KB018054

미소의 카리스마

편안하게 이끄는 리더들의 행동 방식 6

Executive Charisma

1 2 3 4 5 6 7 8 9 10 D&S 20 09 08 07 06 05 04 03

Original : Executive Charisma By D. A. Benton ISBN 0-07-141190-9

This Book is exclusively distributed in Moon & Cow Publishing Co.
When ordering this title, please use ISBN 89-91223-12-5 (03840). Printed in Korea

Executive charisma

미소의 카리스마

편안하게 이끄는 리더들의 행동 방식 6

데브라 벤튼 지음 | 강혜정 옮김

달과소

미소의 카리스마

첫 판 1쇄 펴낸날 2003년 10월 13일
2쇄 펴낸날 2004년 2월 24일
개정판 펴낸날 2006년 1월 14일

지은이 데브라 벤튼 D.A.Benton | **옮긴이** 강혜정 | **펴낸이** 문종현
펴낸곳 도서출판 달과소 | **출판등록** 2004년 1월 13일 제2004-6호
주소 411-380 경기도 고양시 일산구 장항동 730-1 양우로데오시티 750호
전화 031-817-1342 | **팩시밀리** 031-817-1343 | **홈페이지** www.dalgaso.co.kr
디자인 고냥새 catbird@graefikhaus.com | **찍은곳** 신우문화인쇄
ISBN 89-91223-12-5 [03840]

▣▣▣

"어떤 사람이 미래에 적이 될 것인가 동지가 될 것인가는
전적으로 당신이 그 사람에게 어떻게 말하느냐에 달려 있다."

– 아마존 부사장 진 포프 –

CONTENTS

여는 글 • 8

프롤로그 • 19

chapter 1 **먼저 시작하라** 35

- 두려움을 없애거나, 아니면 최소한 피하라.
- 순간을 포착하고, 어떤 식으로든 행동을 취하라.
- 일관성을 가져라.

chapter 2 **상대편이 인정해주기를 바라고 상대편을 포용하라** 49

- '나는 능력 있고 적합한 사람이야.' 라고 스스로에게 말하라.
- 상대편이 인정해주기를 바라는 것처럼 행동하라.
- 상대편이 인정해주지 않더라도 꾸준히 노력하라.
- 상대편에 대해 '능력 있고 유능한 사람' 이라고 생각하라.
- 상대편을 대할 때 유능한 사람으로 대하라.
- 그럴 만한 가치가 없어 보이는 사람에게도 꾸준히 열린 태도를 보여라.
- 시종일관 황금률을 좇아라.
- 자신의 관점을 택하고 컨트롤하라.
- 자신과 상대편, 그리고 삶에 대해 낙관적인 태도를 취하라.

chapter 3 **질문하고 부탁하라** 103

- 단어와 어조를 신중하게 선택하라.
- 체계적으로 질문하라.
- 먼저 정보를 주어 원하는 답을 유도하라.
- 말하라 : '부탁 좀 들어주시겠습니까?' 라고.
- 부탁은 간단하고 명확하게 하라.
- 고마움을 표시하라.

chapter 4 **자신감을 가지고 똑바로 서서 미소 지어라** 133
- 자신이 가진 것에 만족하고 그것을 최대한 활용하라.
- 자세를 바로하고 배에 힘을 주고, 호흡을 가다듬어라.
- 이 순간부터는 건강하고 균형 잡힌 자세로 살겠다고 다짐하라.
- 턱의 긴장을 풀고, 입을 약간 벌리고, 양쪽 입가를 올려라.
- 시선을 고정하고 눈빛을 잘 활용하라.
- 항상 웃는 표정을 유지하라.

chapter 5 **인간적이 되어라, 유머러스해져라, 그리고 스킨십을 가져라** 179
- 사람들을 그 역할로만 대하지 말고 친근하게 대하려고 노력하라.
- 상대편이 여러분에게 친근하게 대하지 않더라고 상대편을 친근하게 대하라.
- 도를 지나치지 마라.
- 유머의 소재를 발굴하도록 노력하라.
- 항상 유머를 구사하라. 그것도 상대편보다 먼저 유머를 구사하라.
- 태도를 올바르게 하라. 테크닉을 잘 발휘하라.
- 일관성을 가져라.

chapter 6 **보조를 늦추어라, 침묵하라, 그리고 경청하라** 231
- 생각하라, 우선순위를 정하라, 그리고 선택하라.
- 실행하라.
- 원칙을 일깨워주는 연상 장치를 활용하라.

chapter 7 **퍼즐의 완성** 261
- 반대로 행하라.
- 연습하라.

감사의 글 · 282

여는 글

좋은 리더십에서 위대한 리더십으로

현재의 위치에 오르기까지 여러분은 정말로 열심히 노력했을 것이다. 부지런히 배우고 일하면서, 주어진 일 이상을 하기도 하고, 지지 않아도 될 책임까지 떠맡아가면서 성실히 살아왔을 것이다. 끊임없는 자기 개발, 자신만의 감각을 잃지 않으려는 노력, 올바른 판단력, 그리고 근면한 자세를 유지했다. 또한 긍정적인 사람으로 보이고자 노력하고, 옷차림에도 신경을 썼으며, 뛰어난 능력으로 한꺼번에 많은 일들을 처리해왔다.

이렇게 열심히 살아온 대가로, 여러분은 아마도 어느 정도 지도자로서의 책임감을 갖는 위치에 올랐을 것이다. 이 지도자로서의 책임감을 바탕으로 여러분은 변화와 복잡한 문제에 대처하는 능력을 키우고, 전략적인 사고를 할 수 있었다. 그 책임감 덕분에 최고의 참모진을 불러 모으고, 현재의 이슈를 분석하여 흐름을 읽고, 미래의 방향을 제시할 수 있었다. 또한 사업을 계획하고, 예산을 세우고, 자신은 물론 다른 사람들의 문제까지 해결하는 데 탁월한 능력을 발휘해왔다.

그러나 이러한 모든 노력에도 불구하고, 여러분은 여전히 책임감이나 영향력 면에서 스스로가 원하는 만큼의 성공을 거두지는 못했다. 여러분이 바라는 성공의 수준이 너무 높아서일까? 그렇지는 않다. 여러분의 기대가 너무 높아서라기보다는 방법적인 무엇인가가 잘못되어 있기 때문이다.

'방법적인 무엇인가가 잘못되었다'는 말에 당혹스러울지도 모른다. '할 수 있는 만큼 최선을 다했는데 도대체 뭘 더해야 하나?' 하는 생각이 들 것이다. 어린 시절 퍼즐 맞추기를 하다가, 모든 조각을 다 맞췄는데 단 한 개가 사라져서 나타나지 않을 때, 그 한 조각 때문에 퍼즐이 미완성으로 남아 있어야 할 때 느꼈던 당혹스러움처럼 말이다. 그 잃어버린 퍼즐 한 조각을 찾아서 퍼즐을 완성하는 것, 즉 여러분이 바라는 최고의 성공에 이르는 데 부족한 그 '무엇'을 찾아서 채워 넣는 것, 이것이 지금 여러분이 해야 할 일이다. 바로 그것이 여러분을 그냥 '괜찮은' 지도자에서 '위대한' 지도자로 탈바꿈시켜 줄 테니까.

하지만 잃어버린 퍼즐을 찾는 일은 그리 쉽지 않다. 많은 사람들이 이것을 아예 포기하기도 한다. 굳이 그렇게까지 하지 않더라도 어느 정도의 성공을 거둘 수 있는 것이 사실이므로, 그 한계를 받아들이며 적당히 타협하고 살 수도 있을 것이다. 그러나 정말로 최고의 성공을 거두기 위해 분투하는 사람은 여기서 적당히 타협하지 않는다. 내가 할 수 있는 일은 다했다고 생각되더라도 최고의 성공에 이르기 위해서 할 일이 더 있음을 알기 때문이다.

그렇다면 잃어버린 한 조각, 여러분에게 부족했던 그 '무엇'은 뭘까? 그것이 곧 '수행 카리스마'(Executive Charisma, 저자는 일반적인 승진이 아니라 회사 경영진의 자리까지 오르는 데 필요한 카리스마, 그리고 리더의 자리에서 일이 원하는 방향으로 진행되도록 상황과 사람들을 이끌 수 있는 능력을 일컫는 말로 이 표현을 썼다. 또한 Executive Charisma라는 표현에는 말 그대로 중역이 되기 위해 필요한 카리스마라는 의미도 내포되어 있다. -역자주)이다.

그렇다면 수행 카리스마란 어떤 것이며, 수행 카리스마를 구성하는 것은 무엇인가? 어떻게 하면 수행 카리스마를 얻을 수 있는가? 이를 구체적으로 밝히기에 앞서, 먼저 수행 카리스마라고 할 수 없는 것들에 대해 언급하고자 한다. 수행 카리스마를 가진 사람은 자신의 지위 상승을 위해 이기적으로 행동하지 않는다. 진정한 지도력보다는 명성을, 실질적인 내용보다는 겉으로 보이는 스타일을, 올바른 인격보다는 성공을 좇는 것은 수행 카리스마라 볼 수 없기 때문이다. 또한 수행 카리스마는 메시아나 샤먼 같은 초현실적인 존재에서 나타나는 불가사의한 힘도 아니다. 다시 말해 수행 카리스마는 선천적으로 타고 나는 능력이 아니라, 배워서 터득하는 일종의 기술인 것이다.

> 수행 카리스마는 실질적인 목적을 이루기 위하여 신중하고 예의 바른 태도를 가지고 의식적으로 행동함으로써, 상대편에게서 효과적인 반응을 끌어내는 능력이다.

즉, 수행 카리스마를 가지고 있는 사람들은 체계적인 사고와 행동을 통해 사람들에게서 열정을 끌어내고, 그들을 설득하여 자신들의 관점을 따르도록 한다.

DFW 컨설팅의 CEO, 폴 슐로스버그는 수행 카리스마에 대해 다음과 같이 말한다. "수행 카리스마는 매력적이고 따뜻한 것만은 아니다. 수행 카리스마를 가진 사람은 자신감이 있으면서 한편으로 인간적인 편안함을 느끼게 한다. 그러므로 수행 카리스마를 가진 사람들은 상대편을 압도하지만, 상대편이 위협감을 느끼게 하지는 않는다. 수행 카리스마를 가진 리더들은 비즈니스에 대한 통찰력을 가지고 있으며, 자신이 선택한 사람들이 중요한 이슈를 놓고 어떻게 상호 작용하는지에 대한 통찰력도 가지고 있다. 즉, 비즈니스와 그것을 수행하고 있는 사람에 대한 이해가 그들을 독특한 존재로 만드는 것이다. 그렇다고 해서 그들이 평균적으로 봤을 때 관대하고 온화한 것은 아니다. 그들은 보통 좋은 뜻에서 매우 '터프' 하다. 자신의 일에 매우 능숙하므로 그 능력과 보통 사람을 능가하는 절대적인 노력으로 사람들을 이끌어간다. 그러나 사람들이 불안감을 가지게 하지는 않는다."

수행 카리스마를 가진 리더들은 최고의 성공에 이르기 위해 필요한, 바로 그 잃어버린 퍼즐 한 조각을 가진 사람들이다. 그것은 상황에 따라 각기 다르게 표현되는데 대인 관계 기술, 상대편과의 공감 능력, 사람을 다루는 기술, 상대편의 마음을 움직이는 에너지 등으로 표현된다. 어떤 표현이든 '사람' 을 다루고 '사람' 과 상호 작용하는 능력임에는 분명하다.

토렌자노 그룹The Torrenzano Group의 CEO, 리처드 토렌자노는 "수행 카리스마를 가지고 있으면 어떤 다양한 입장과도 통할 수 있으며, 그 능력을 활용하여 자신이 맡은 분야에서 최고의 기능을 발휘할 수 있다." 고 말한다.

여러분이 CEO Chief Executive Officer, 최고경영자, COO Chief Operating Officer, 최고운영책임자, CIO Chief Information Officer, 최고정보관리책임자, CFO Chief Finacial Officer, 최고재무관리책임자, CMO Chief Marketing Officer, 최고마케팅경영자, CTO Chief Technology Officer, 최고기술경영자, CPO Chief Privacy Officer, 최고개인정보관리책임자 등의 'C-레벨' 즉, 최고위직에 몸담고 있거나, 그러한 레벨이 되기를 원한다면 앞서 말한 '잃어버린 퍼즐 조각'을 찾아서 퍼즐을 완성해야 한다. 퍼즐을 완성하기 위해서는 수행 카리스마라는 실질적인 내용 이외에도 외형적으로 드러나는 '스타일'도 함께 가지고 있어야 한다. 다시 말해 '주목할 만하고, 인상적이며, 신뢰할 수 있고, 예의 바르며, 마음이 깨끗하고, 진실하고, 용감하며, 일관성이 있으며, 평온하고, 침착하고, 확신에 차 있고, 유능하고, 편안한' 존재가 될 필요가 있는 것이다.

세계적으로 비즈니스의 전환이 일어나고 있다. '어떤 방식으로 사람들과 일을 해나가는가'가 하고 있는 일 자체만큼이나 중요해졌다. 적절한 시기에 적절한 예산 안에서 좋은 성과를 얻어내는 것은 물론 중요하지만, 여기에 덧붙여서 함께 일하는 사람에 대한 존중, 올바른 목적 의식, 선량함이 필요하다.

이 책에서 여러분은 유능한 지도자가 신중하고 예의 바른 태도를 가지고 의식적으로 행동함으로써 상대편으로부터 효과적인 반응을 끌어내는 능력, 즉 수행 카리스마를 통해 일을 함께 해나가는 상대편과 신뢰할 수 있는 관계를 맺어 가는 방식을 배우고 이해하게 될 것이다.

여러분은 스스로의 힘으로 수행 카리스마를 터득하게 될 것이고, 다른 사람이 여러분 자신을 모델로 하여 수행 카리스마를 터득하도록 돕게 될 것이다.

GE의 전 CEO, 잭 웰치는 "큰 회사일수록, 능력 있는 인재를 가려내기가 더 어렵다."고 지적한 바 있다. 실질적인 일에서의 공헌 이외에, 여러분을 다른 사람들과 구별해줄 최후의 근거가 수행 카리스마이다. 성과 달성을 위해 모든 노력을 기울인 뒤에도, 여전히 여러분에게 열려 있는 마지막 성장 가능성이 바로 수행 카리스마인 것이다. 바로 이 수행 카리스마를 통해 여러분은 '능력 있는 인재'로 구분되고 인정받을 수 있다.

지난 10여 년 동안, 나는 실제 회사 중역으로 활동하면서 리더십에서 중요한 요소인 수행 카리스마에 대해 연구해왔다. 연구의 목적은 두 가지였다. 첫째는 수행 카리스마의 중요성을 확인하기 위해서였고, 둘째는 그것이 어떻게 작용하는지 알기 위해서였다. 나는 먼저 〈포춘Fortune〉지 선정 500대 기업인, 〈포브스Forbes〉지 선정 100대 기업인, 〈아이엔시Inc.〉지 선정 100대 기업인을 포함한, 세계의 걸출한 사업가들에 대한 자세한 전기와 업적 조사 자료를 활용해 '리더'라고 불리는 사람들을 가려냈다. 또한 '리더'가 되지 못한 반대의 인물들도 가려냈다. 그리고 직위, 돈, 명성, 권력, 동료들의 존경, 개인적인 행복, 만족도 등 다양한 '성공' 요소들을 검토했다. 그런 다음 객관적으로 성공적인 삶이나 경력을 가지고 있다고 생각되는 사람들과 그렇지 못한 사람들을 구분 짓는 요소가 무엇인지를 연구했다.

특히, 이 리더들이 자기 자신에 대해, 다른 사람에 대해, 그리고 인생에 대해 어떻게 생각하는지를 살폈다. 일이 만족스러울 때와 그렇지 못할 때 그들이 자기 자신을 어떻게 내보이는지, 좌절과 공포, 근심을 어떻게 처리하는지, 의사소통이 제대로 되지 않는 상황에서 어떻게 남들보다 많은 정보를 얻어내는지, 사람들과 진정한 결속을 유지하기 위해 어떻게 노력하는지 등이 여기에 포함된다.

1991년부터 2001년까지 나는 500여 명의 '최고의' CEO와 핵심 중역을 인터뷰했다. 주제는 그들이 일하는 방식에 관한 것이었다.

수백 편의 기사와, 코넬 대학의 조직발전 이론을 포함한 신경학, 사회학, 인류학, 심리학 분야에서 발표된 새로운 조사 자료들을 검토했다. 루트거스 대학의 직업 및 응용심리대학원, 펜실베이니아 교육대학원, 웨더랜드 경영자학교, 다니엘스 경영대학원, 카네기 멜론 대학을 비롯한 여러 곳의 자료들이었다. 또한 많은 연구 자료에 나타나는 리더십 유형을 프라이스워터하우스쿠퍼PricewaterhouseCooper, 액센추어Accenture, 헤이 그룹Hay Group, 버슨 마스텔러Burston-Marsellor, 〈하버드 비즈니스 리뷰Harvard Business Review〉지 등에 소개된 비슷한 사례와 비교하여 분석했다.

그런 다음 나는 '열심이고, 정직하며, 성실하고 노련한 리더'를 '열심이고, 정직하며, 성실하고, 노련하며, 효과적인 카리스마를 가진 리더'로 발전시키는 것이 정확히 무엇인가를 알아내기 위해 각종 결과들을 종합했다. 이 최종 분석에서, 종사하고 있는 산업에 관계없이 '최고의' 자리에 있는 리더들에게서 공통적으로 수행 카리스마의 속성들이 나타나고 있음을 알 수 있었다.

이 모든 조사 과정에서 목표는 나 자신을 위해 잃어버린 '퍼즐 조각'을 찾는 것이었다. 우리 모두가 열심히 일하고, 현명하게 처신하고, 정직하고, 윤리적이기만 하면 성공할 수 있다고 배우면서 자랐기 때문이다. 하지만 내 경험에 따르면, 열심히 일하는 것은 절대적으로 필요한 요소이긴 하지만, 그것만으로는 최고의 성공을 이루기에는 불충분하다. 이 책은 여러분과 나 자신이 실질적인 내용과 스타일 모두에서 성공하기 위해 필요한 정보를 제공하기 위한 것이다.

구체적인 업무 수행처럼 실질적인 '내용'이라고 할 수 있는 것들은 어쨌거나 쉽게 터득되는 것 같다. 똑똑한 사람이라면, 기술적인 능력을 배우는 것은 매우 쉬운 일이기 때문이다. 오히려 어려운 것은 실체가 없이 막연해 보이는 수행 카리스마와 같은 미묘한 뉘앙스를 포착하고 실천하는 것이다. 실질적인 일에서 좀 더 좋은 성과를 내기 위해 노력하는 것과 마찬가지로, 수행 카리스마를 마스터하기 위해서도 노력이 필요하다. 여러분이 만약 자기 개선 노력을 계속하고자 한다면, 이왕이면 제대로 된 목표를 정하고 노력하는 것이 더 나을 것이다.

한 연구 결과에 따르면, 직장에서의 출세와 성공, 발전 가능성의 85%가 '사람을 다루는 능력'에 달려 있다고 한다. 구체적인 업무 능력은 단지 15% 정도만 영향을 미칠 뿐이다. 또 다른 조사에서는 경영 간부의 74%가 자신들에게 가장 필요한 것이 대인 관계 기술이며, 또한 이 부분이 가장 부족하다고 생각하는 것으로 나타났다.

만약 여러분이 35년 동안 직장 생활을 한다면, 1만 시간 이상을 의사결정을 하는 데 보내고, 4만 시간 이상을 다른 사람들 -예를 들어 고용인, 고객, 소비자, 물품공급업자, 주주, 동료, 관리자 등- 과 상호 작용하면서 보내게 될 것이다. 이 모든 순간들이 여러분의 수행 카리스마를 실천하고 발전시킬 수 있는 기회들이다.

저명한 스포츠 에이전트인 마크 맥코맥은 직장에서 가장 치명적인 거짓말 중에 하나가 '성과를 통해 사람을 판단한다' 는 말이라고 지적한다. "만약 그것이 사실이라면 직장은 완벽한 능력주의 사회가 되어야 할 것이다. 하지만 '우리는 우리가 당신을 얼마나 좋아하는가를 근거로 당신의 성과를 판단한다.' 는 말이 오히려 진실에 가깝다. 사람들은 일을 잘못했기 때문이 아니라, 위에 있는 누군가가 그를 좋아하지 않기 때문에 해고된다. 이것은 너무나 자명하다."

수행 카리스마는 여러분이 반드시 지녀야 할 요소이다. 이상적으로 봤을 때 수행 카리스마는 진정한 인격의 확장이고, 거기서 자연스럽게 나오는 부산물이다. 수행 카리스마는 실질적이고, 눈에 보여야 하며, 결코 꾸며서 나오는 연기가 아니다. 하지만 수행 카리스마가 없는 데도 있는 것처럼 허위로 꾸밀 수는 없지만, 이미 가지고 있을 경우 아름답게 보이도록 적절히 꾸밀 수는 있다. 하고자 했던 것을 하되, 수행 카리스마를 활용해 조금 더 '잘' 하라는 것이다. 이 책이 여러분이 그렇게 할 수 있도록 도와줄 것이다.

수행 카리스마를 가지고 있으면, 여러분은 다음과 같은 성격을 가진 사람으로 묘사될 수 있다. 감수성이 예민하면서 현명한, 반응이 빠르면서도 사려 깊은, 깊은 통찰력과 동시에 영감을 주는, 직관적이면서도 지적인, 기분 좋게 마주할 수 있는, 투명할 정도로 정직한, 활기차면서도 말투가 부드러운, 편안한 웃음을 가진, 조용하면서도 때로 허를 찌르는 유머 감각을 지닌, 다른 사람에게까지 영향을 줄 정도로 삶에 대한 열정을 가진, 불안할 때도 침착성을 유지하는, 강인한, 차분한, 평온한, 예리하고 날카로운 지성을 가진 사람... 그 밖에 많은 멋진 것들 말이다!

벤처 캐피털리스트 게일 크로웰은 말한다. "정말 많은 교육을 받았고

영리하지만, 대인 관계 기술과 비즈니스에 필요한 예절이 결여된 사람들을 많이 본다. 어떤 사람은 사적인 대화는 아예 하지 않는다. 하지만 그것은 옳지 않다." 그는 또 다음과 같이 자신의 견해를 밝혔다. "나는 사업을 하면서 맛보게 되는 고통에 무딘 사람들에게 투자한다. 성공하고자 한다면 고객을 끌어오는 영업력과 적정한 이윤을 남길 수 있는 사업모델을 가지고 있는 동시에, 많은 사람들의 입에 오르내릴 정도로 이슈가 되는 사람이 되어야 하기 때문이다. 사람들이 당신에 대해 말하고, 글을 쓰고, 생각 있는 리더들이 당신의 행동이나 말을 예로 들기를 바라야 한다. 그런 사람이 되기 위해서는 고통에 무뎌져야 한다."

사람들은 리더가 되고자 한다. 동물들, 유치원 어린이들, 갱단 멤버들 할 것 없이 무리가 있는 곳에서는 리더를 선출한다. 마찬가지로 노동자들도 리더를 선출한다. 노동자들이 선출한 리더들이 반드시 보스 기질을 가지고 있는 것은 아니다. 하지만 노동자들이 따르기로 한 리더는 리더에게 요구되는 '바로 이것', 수행 카리스마를 가지고 있다. 커닝햄 파트너스Cunningham Partners, Inc.의 CEO, 제프 커닝햄은 사람들이 바라는 리더 상 중에 다음과 같은 사실을 지적한다. "우리가 리더에게서 바라는 것 중에는 원초적이면서도 소박한 것도 포함되어 있다. 만났을 때 밝게 빛나는 눈과 따뜻함을 가진 사람이면서도, 한편으로 그 자신을 포함해 모든 사람을 굴복시킬 수 있는 카리스마를 가진 사람 말이다."

만약 이 모든 설명 중에 여러분에게 해당되는 사안이 없다면, 여러분은 수행 카리스마를 활용하고 있는 사람이 아니므로 지금과는 많이 다른 사람이 되도록 노력해야 할 것이다. 여러분이 지금 어떤 영역에서 일하고 있는지에 상관없이 수행 카리스마를 갖기 위해 최선을 다해야 한다. 주어진 업무를 완료하고, 주변 사람들이 일할 수 있도록 도와주는 시간 이외에는 허비할 시간이 없다. 그 이외의 모든 시간을 수행 카리스마를 연마하는 데 투자해야 한다.

왜냐하면 수행 카리스마는 '최고의 성공' 이라는 인생의 퍼즐을 완성하기 위해, 찾아서 적용해야 할 마지막 한 조각의 퍼즐이기 때문이다. 수행 카리스마는 비즈니스에서 가장 중요한 비결이며, 인생에서 수행 카리스마가 적용되지 않는 분야는 없다.

여러분이 열심히 살고 있는 것처럼 다른 사람들도 내용적으로 훌륭한 결과물들을 내놓으면서 선전하고 있다. 열심히 일하고, 활기가 넘치며, 지성과 감각을 겸비하고 있으면서 좋은 결과물까지 내놓는 것이다. 이러한 노력 덕분에 그들은 여러분에게 만만치 않은 상대가 될 수 있다. 하지만 수행 카리스마라는 마지막 퍼즐 조각으로 여러분의 폼과 스타일을 개선한다면, 여러분은 이들의 가공할 만한 라이벌로 우뚝 설 수 있을 것이다.

콜로라도 포트 콜린스에 있는
벤튼 매니지먼트 리소스 주식회사에서
데브라 벤튼

프롤로그

정직, 확신, 열린 태도

레드 칩Red Chip의 설립자, 마크 로빈스는 '리더십은 배우고 익혀가는 것' 임을 강조한다. "늘 리더십에 대해 공부해야 한다. 왜냐하면 리더십은 배우고 연습할 수 있으며, 키워 나갈 수 있는 것이기 때문이다. 그러한 과정을 통해 매우 탁월한 리더십을 구사하게 되는 것이다. 리더십은 단계적인 수행을 통해 얻는 것이지, 어느 날 갑자기 돌진해서 부딪힌다고 해서 얻을 수 있는 것이 아니다. 돈이나 잘 다듬은 외모를 통해 얻을 수 있는 것도 아니다. 진정한 리더십이란 하루하루의 지루한 일상에서, 늘 옳은 위치를 지키는 것이다. 따라서 리더십을 가진 사람은 적절한 시점에 늘 올바른 의사 결정을 내리므로 모든 사람이 그를 존경하고 싶어 한다. 수행 카리스마를 가진 사람은 고용인, 제휴업체, 관리자, 중역, 지도자, 서비스 제공자 등 모두와 융합할 수 있는 사람이다. 이런 사람은 스스로의 저돌성과 자기 확신에 의존하면서도 동시에 다른 사람과 대화를 나누고, 서로를 알아 가며, 상대편을 다루는 능력을 가진 사람이다. 사람들은 자기 자신의 진실한 모습을 감춰줄 겉모습을 만드는 데 너무 많은 노력을 들인다. 이처럼 꾸며낸 겉모습은 상대편과 일할 때 엄청난 장애가 되는데, 달리 어떤 모습이어야 할지를 모르는 데서 오는 두려움 때문에 빚어지는 현상이다."

수행 카리스마에서 '정직성'은 필수요소이다.

수행 카리스마를 가지고 진정한 리더십을 발휘하기 위해서는 윤리적으로 건전해야 하며, 여기에는 이론이 있을 수 없다. 사실, 이는 너무도 명백한 사실이라 말할 필요조차 없는 일이다. 더구나 도덕적인 잣대가 흔들린다는 것은 있을 수 없는 일이다. 만약 '흔들리는 도덕적 잣대'를 가지고 있다면, 이 책을 그만 읽어라. 그런 상태라면 오히려 내가 이 책을 통해 제안하는 바를 모르는 게 나을 것이다. 정직성은 삶의 모든 영역에서 일관되게 관철되어야 한다. 만약 하겠다고 말한 것을 하지 않는다면, 즉 언행일치가 되지 않는다면, 정직성에 문제가 있는 것이다.

한 여성 중역은 정직성에 대해 다음과 같이 말했다. "다른 사람의 아이디어를 가로채는 일은 제가 일하는 곳에선 흔한 일입니다. 매우 똑똑한 친구가 하나 있는데요, 저는 그 친구의 아이디어를 가로채지 않으려고 합니다. 제가 그렇게 했을 때 그 친구가 특별히 문제 삼지 않는다 하더라도 말이에요. 그 친구는 심지어 알지도 못한 채 지나갈 수도 있습니다. 하지만 그 친구가 모른다 해도 저 자신은 알고 있을 것이기 때문에 저는 그런 행동을 하지 않습니다. 비윤리적인 일을 하도록 요구받았을 때, –사실 그런 일은 자주 발생한다– 저는 그냥 하지 않습니다. '제가 했을 때 마음이 편하지 않은 일이기 때문에 하지 않는 겁니다.' 라고 이유를 말할 때도 있죠. 하지만 때로는 그 일을 하지 않을 것이라고 일부러 설명하지 않습니다. 나중에 사람들이 하지 않은 이유를 물으면, 옳지 않기 때문이었다고 말해주죠. 지도자급에 있는 사람이 자신이 하지 않을 것임을 너무도 잘 알면서 어떤 일을 하겠다고 약속하는 경우도 있습니다. 결국 그들은 약속을 어기게 되죠. 저는 그러지 않으려고 노력합니다. 저는 중역이라는 지도적인 위치는 '할 것과 안 할 것'에 대해서 정면으로 의사 표현을 하고, 그것을 지켜가야 하는 위치라고 생각합니다."

그렇다면 여러분은 얼마나 정직할까? 자신의 정직성을 체크하기 위해 다음과 같은 질문을 던져보자. "내가 약속한 것을 하고 있는가?", "내가 약속했던 것을 했던가?" 한 시간에 한 번, 또는 하루에 한 번이라도 이런 질문을 던져 자신을 돌아보자.

정직성은 도덕성이나 공명정대함처럼 종종 상대편의 시각에서 봐야 더 잘 보인다. 하지만 스스로 자신을 알고 있어야 한다. 아래 사항에 해당하는지 알아보도록 하자.

- 늘 진실을 말하고, 과장하거나 왜곡하지 않는다.
- 언행이 일치하도록 생활한다.
- 늘 누군가 보고 있을지 모른다고 생각하고 행동한다.
- 부모나 여러분을 이끌어주는 인생의 조언자들이 여러분의 행동에 대해 어떻게 생각할지를 늘 염려한다.
- 여러분의 행동이 지역 신문 앞표지에 실려도 좋을 만큼 떳떳하게 행동한다.
- 자식들이 자신을 따라 했을 때, 기쁘고 자랑스럽도록 행동한다.

▪ 불편하거나 귀찮더라도 위와 같은 방법을 일관되게 고수한다.

캠벨 수프Campbell's Soup Company의 CEO, 더그 코난트는 말한다. "초창기에 크래프트 푸즈Kraft Foods에서 일할 때, 직원들은 '우리는 하겠다고 말한 바를 실행하고 있다.'라는 회사 설립자들의 말을 지침으로 따랐다. 만약 약속했던 것을 하지 않고 피해가기 시작한다면, 아무도 여러분을 신뢰하지 않을 것이다."

아래는 최고의 비즈니스 리더들이 정직성에 대해 말한 내용이다.

▪ 커튼 뒤에서 일어나는 것과 똑같은 쇼가 무대 앞에서도 일어나고 있어야 한다.
▪ 겉으로 보이는 모습이 내면의 모습을 반영하고 있어야 한다.
▪ 여러분이 누군가를 좋아하느냐 싫어하느냐와 그 사람의 정직성은 별개의 문제이어야 한다.
▪ 정직하지 못하게 에돌아서 가려다가는 더 난감한 일을 만나게 된다.
▪ 자신은 상대편에게 정직하지 않으면서, 상대편이 자신에게 정직하기를 기대해서는 안 된다.
▪ 표시가 나지 않는 작은 일에도 늘 정직하도록 노력해야 한다.

미연방준비제도이사회FRB 의장, 앨런 그린스펀은 정직의 중요성을 다음과 같이 강조했다. "어떤 일을 윤리적으로 하고자 하는 의지, 즉 정직함과 공명정대함을 가지고 판단해서 할 때 가장 성공할 확률이 높다." 제품에 있어서 질이 중요하듯이, 사람에게는 인격이 무엇보다 중요하다.

정직하다면, 자기 확신을 가질 수 있다. 확신이란 마음의 상태이다. 때로 확신이 약해질 때면, 다시 다잡아야 한다. 어떤 때는, 삶의 단편에는 확신을 가지면서도 다른 부분에서는 확신을 가지지 못하기도 한다. 확신은 두려움이나 걱정이 없는 상태가 아니라, 그것을 극복해가는 것이다.

"사람들은 리더에게서 확신을 얻고 싶어 한다. 리더라면 말을 더듬거나 망설이거나 의심을 품는 사람처럼 보여서는 안 된다. 또한 개인만 생각해서도 안 된다. 누구나 '계획대로 되지 않으면 어쩌나' 하는 걱정을 할 수는 있으며, 좋은 리더들은 모두 그런 걱정을 하고 있다. 하지만 어떤 사람이 당신을 좋아하는지 싫어하는지에 대해서는 걱정해서는 안 된다. 물살이 쓸고 지나가도 흔들리지 않는 강 속의 바위처럼, 그 자체로 안전하고 확고하게 보여야 하는 것이다." 아메리카 주식회사America Inc.의 CEO, 커트 카터의 말이다.

비행 도중 고장 난 아폴로 13호 우주선을 지구로 안전하게 귀환시키는 책임을 맡았던 미항공우주국NASA 비행국장, 유진 크란쯔의 말을 들어보자. "팀원에게 불확실한 일을 하달해서는 안 된다. 또한 주변에서 어떤 일이 일어나건 누구보다 냉정한 태도를 유지해야 한다."

연륜과 경험, 성장 과정, 업적, 성공, 돈 등은 확신을 가지는 데 영향을 끼친다. 하지만 그렇다고 해서 좋은 교육 환경에서 자라고, 성공했으며, 돈이 있고, 연륜과 경험이 있는 사람들 모두가 확신을 가지고 있는 것은 아니다.

조시 부시 대통령조차도 당선 후에 다음과 같이 말했다. "사람들은 내가 대통령이 될 자격이 있는지 없는지를 주시합니다. 충분한 자격을 갖춘 다른 누군가가 있는가도 살피죠. 저 자신도 제가 자격이 있는지 없는지를 늘 살핍니다."

초기 단계에서 확신은 앞서 말한 정직과 비슷하다. 여러분은 확신을 가지고 있거나 그렇지 않거나 둘 중에 하나일 것이다. 하지만 정직은 거짓으로 꾸며내기 힘들지만, 솔직히 어느 정도의 자기 확신은 꾸며서 만들어낼 수도 있다. 확신은 정직에 비해 상황에 따른 조건부 성격이 강하다. 즉, 정직과 달리 특정 상황과 연관된 요인들에 따라 바뀔 수 있는 것이다. 상황에 따라 더 확신에 차 있을 수도 있고, 확신이 부족할 수도 있다. 상황에 따라 확신의 정도가 달라지는 것은 누구나 마찬가지다. 그렇지만 한편으로 어떤 주어진 순간에 실제로 느끼고 있는 것 이상의 확신을 가지고 있는 것처럼 행동할 수도 있다. 확신은 어느 정도 꾸며서 만들어낼 수 있는 여지가 있기 때문이다.

리더는 '책임감 있는' 태도를 취해야 하고, 자신감을 가지고 똑바로 서 있어야 하며, 웃음을 잃지 않아야 하고, 사람들의 눈을 정면으로 들여다볼 수 있어야 한다. 왜냐하면 지도자는 상황이 어떠하든 원하는 결과를 내기 위해 요구되는 일을 해야 하기 때문이다. 여러분이 사람들에게 확신을 보여주면, 사람들도 확신 있는 사람으로 여러분을 대해줄 것이다. 만약 여러분이 확신 있게 행동하지 못한다면, 사람들 또한 확신 없는 사람을 대하듯이 대할 것이다.

정직성과 확신을 가진 사람은 다른 사람에게도 정직성과 확신을 고취시킨다. 스스로 강한 확신을 가지고 있으면, 사람들이 그 사람에 대해 더 큰 믿음을 가질 수 있기 때문이다. 여러분이 스스로를 믿고 있을 때 다른 사람들 또한 여러분을 믿게 되는 식으로, 긍정적인 순환 고리가 만들어진다.

그렇지만 오만으로 변질될 우려가 있는 '과신'은, 결국은 스스로를 해치게 되므로 경계해야 한다.

내적인 자기 확신을 갖고 유지해가는 것은 평생을 걸쳐서 노력해야 할 어려운 일이다. 또한 자신과 상대편 모두를 위해 필요한 외적인 확신을 보여주는 것 또한 그만큼 어려운 일이다.

크래프트 푸즈Kraft Foods의 총재, 대릴 브루스터는 "문제를 이야기할 때 해결할 수 있는 것처럼 말해야 한다. 특히 초반에는 자신감 있는 표정을 짓고 있어야 한다."고 말한다.

업계의 선두주자로 전설적인 존재가 된, 한 회사의 CEO가 자신의 사회성에 대해 다음과 같이 말한 적이 있다. "사회성이라는 측면에서 봤을 때, 나는 세 살 이후로 불안정한 편이다. 여덟 살 때 나는 말 때문에 대중 앞에서 웃음거리가 된 적이 있었고, 이후 그 충격을 결코 극복하지 못했다." 그가 이 말을 한 것은, 충격이 있은 후 60년이나 지나서였다. 하지만 그의 이런 말을 듣지 않은 채 행동만을 들여다본다면 상상조차 할 수 없는 일이다. 결국 그는 내적인 확신보다 더 강한 외적인 확신을 보여주면서 살아온 것이다. 이처럼 세계적인 명성을 얻을 만큼 성공한 CEO 대부분이 자기가 실제 가지고 있는 것보다 더 큰 확신을 외부로 보여주고 있다.

홈 스테이트 뱅크Home State Bank의 부사장, 데브 허쉬는 때로는 자신감이 부족하더라도 부딪히고 도전하라고 말한다. "어떤 지위에 걸맞은 능력을 두루 갖추기 전에 그 역할을 맡아서 해야 할 때가 있다. 그럴 경우 한동안 불편한 시간을 보내게 된다. 하지만 그 자리에 있었던 모든 사람이 그런 기분을 느꼈으리라는 사실을 기억해야 한다. 불안해하고 불편해하는 것은 누구에게나 있을 수 있는 일이므로 괜찮다. 박차고 나가서 그 역할에 도전하는 것이 중요하다."

상술한 것처럼, 상대편과 의사소통하고 관계를 맺을 때 정직해야 하고 자기 확신 -보여주기 위해 어느 정도 꾸며낸 확신- 을 가질 필요가 있다. 이와 더불어 요구되는 것이 '열린 태도' 인데, 이는 상대편과 관계를 맺는 데 있어서 가장 심플하고 진실한 최선의 방법이다.

열린 태도를 보여준다는 것은 언어적인 커뮤니케이션이든 다른 방식이든 상관없이 모든 의사소통에서 직접적이고, 투명하고, 개방적이며, 솔직하다는 뜻이다. 특정한 일에 대한 여러분의 입장과 생각, 그 어디에도 비밀이나 속임수 같은 것이 없어야 한다. 이처럼 완전히 개방된 접근을 통해 여러분의 위치와 입장을 알릴 수 있을 뿐 아니라, 상대편의 입장과 위치를 명확히 알 수 있다.

여러분과 함께 일하는 사람들은 남의 마음을 읽는 재주를 가진 독심술사들이 아니다. 사람들이 여러분의 의도를 알아서 이해해줄 것으로 생각해서는 안 된다. 불확실한 암시 같은 것에 의존해서도 안 된다.

상대편이 알 필요가 있는 것들을 직접 이야기하라. 이러한 방식으로 초기부터 자주 대화하라. 완전히 개방된 의사소통을 통해, 여러분이 상대편과 구축하고자 하는 관계에서 불명확함이나 애매함을 없앨 수 있다. 또한 이처럼 투명한 관계를 유지하면, 스스로 약속한 것을 어기기 어려워지므로 자연히 책임감도 강해진다.

여러분이 상대편에게 원하거나 기대하는 것, 또는 상대편에 대해 계획하고 있는 바를 이야기하라. 또한 상대편이 여러분에게 원하거나 기대하는 것, 또는 여러분에 대해 계획하고 있는 바를 물어라. 대인 관계에서 두려움과 불확실성, 의심을 없애라. 자신의 생각을 말하지도 않고서, 상대편이 알아주기를 기대하는 것은 불공평하다. 이것은 고등학교 화술 수업에서 이미 배운 것이기도 하다. 1) 여러분이 무엇을 말할 예정인지를 말하라. 2) 말하라, 그리고 3) 여러분이 무엇을 말했는가를 말하라. 여러분이 원하는 방식으로 일을 처리했을 때 발생하는 이익에 대해 명쾌하게 설명하라. 스스로를 개방하지 않는다면, 상대편과의 사이에 무형의 벽을 만들게 된다. 겸허하다 싶을 정도로 개방되어 있다면, 여러분과 상대편 사이에 소통할 수 있는 다리가 만들어진다. 때로 여러분의 상사가 그렇게 열린 태도를 보여주지 않는다 하더라도 여러분은 그렇게 해야 한다.

워너 레코드Warner Records의 전 사장, 스티브 로스는 열린 태도로 자신을 오픈하는 방식을 취했던 리더다. 그의 방식은 이렇다. "언제든지 내 방에 들어와서 문제가 있다면 이야기하시오. 별 문제가 없고 회사가 잘 굴러가고 있다면 그냥 그대로 진행하시오."

전 백악관 통신원, 밥 베르코비츠는 '열린 커뮤니케이션' 을 다음과 같이 설명한다. "사람들에게 내가 누구고, 어떤 사람인지, 잘하는 것은 무엇인지, 내게 어떤 것이 중요한지를 이야기한다. 동시에 상대편에게도 그들이 누구이며, 어디에서 왔는지, 그리고 무엇을 원하는지를 묻는다."

캠벨 수프의 CEO, 더그 코난트는 사람들과 관계를 맺을 때 처음부터 열린 태도를 취해 되도록 빨리 서로를 이해할 수 있도록 하는 것이 중요하다는 것을 거듭 강조한다. "어떤 사람과 일하게 됐을 때, 첫 만남에서 내가 어떤 사람인지를 명확하게 설명해줍니다. 또한 최대한 빨리 상대편과 저 사이에 불명확함이나 애매함을 없애야 한다고 이야기합니다. 그래야만 되도록 빠른 시간 안에 상대편과 제가 힘을 모아 우리 앞에 놓인 과제들을 건설적으로 해결하는 데 온 역량을 집중할 수 있기 때문이죠."

"따라서 저는 그 첫 번째 만남에서 내가 중요하게 생각하는 것이 무엇인지, 어떤 지도자가 되고자 하는지, 조직에서 내가 가치를 두는 것이 무엇인지, 보고서에서 내가 기대하는 바가 무엇인지, 내가 몸담고 있는 직장, 나의 경영 철학, 경영 스타일, 경험을 얼마나 신뢰하고 있는지에 대해서 말해줍니다."

"미팅 시간이 끝나갈 즈음에는 그날 이야기했던 논점을 다시 한번 정리해줍니다. '나는 당신에게 내가 원하는 행동 방식이 무엇인지를 설명하고, 그런 행동 방식이 필요한 이유를 공감시키기 위해 1시간을 쏟았다. 내가 지금 말한 것들을 실제로 실행하는 모습을 보여주면, 당신이 나를 믿을 수 있게 될 것이다. 내가 만일 말한 것들을 실행하지 못한다면, 당신은 나를 불신하게 될 것이다. 물론 나는 내가 말한 것들을 실천할 것이고, 당신은 나를 믿을 수 있게 될 것이며, 그 결과 우리가 눈앞의 일을 잘 해나갈 수 있을 것임을 확신한다.' 하는 식으로 말이죠. 그 후에도 일과 연관된 그들의 개인적인 철학을 공유할 수 있도록 계속해서 만남의 자리를 마련합니다. 이렇게 하는 데 걸리는 시간은 30분이 채 안 됩니다. 그러나 그들이 자신의 철학을 나와 공유하는 시간을 가졌을 때, 함께 일을 해나가는 관계는 정말로 건설적인 방향으로 진전됩니다."

베르코비츠나 코난트처럼, 자신이 가진 열린 태도를 상대편에게 명백히 보여주는 데, 몇 분 혹은 몇 십분의 시간을 투자하라. 사람들이 여러분을 생각할 때마다 떠올려주었으면 하는 핵심적인 것 두세 가지를 생각해보라.

아메리카 주식회사America Inc.의 CEO, 커트 카터는 서로를 아는 것이 일을 해나가는 데 가장 중요한 요소라고 말한다. "만약 상대편의 행동 동기와 성격, 능력을 안다면, -그리고 상대편도 여러분에 대해 그런 점들을 파악한다면- 서로가 하는 행동에 대해 거리낌 없이 이야기할 수 있을 것이다. 상호관계에 있어 이것이 가장 중요한 것이다. 이런 관계가 형성되어 있다면 문제가 발생했을 때, 드러난 사실들을 가지고 논점을 제기하고 질문할 수 있다. 비난하거나 비판하는 것이 아니라, 상황을 물어보고 재검토를 요구할 수 있다. 상대가 고객이든 동료든 '제가 아는 당신답지 않네요. 어디서부터 빗나간 건지 다시 한번 살펴봅시다.' 라고 말할 수 있다."

리더로서 여러분은 진정으로 솔직해야 하며, 상대편이 여러분을 용감하고 힘차게 일을 이끌어가는 사람으로 볼 수 있도록 실질적인 능력을 가지고 있어야 한다. 리더의 자리에 올라 지휘봉을 잡았을 때, 인자한 성품은 물론 솔직함, 단호함, 합리적인 적극성, 실행력이 있어야 확고하고 안정된 방식으로 조직을 이끌어갈 수 있다.

자신이 믿는 것에 대해서는 자신감이 넘치고, 의지가 강하고, 확고해야 한다. 자신의 관점에 대해서도 쉽게 굽히지 않고 단호해야 하며, 기쁘게 받아들여야 한다. 때로 어쩔 수 없이 필요에 의해 원하지 않는 이야기를 해야 할 때도 있다. 그러나 그럴 경우에도 하고 싶었던 이야기를 하는 것처럼 해야 한다. 문제점이 있다면 최선을 다해 알아내고, 부정적인 상황을 빠른 시간 내에 효과적으로 해결할 수 있도록 해야 한다. 직접적이고 솔직하고, 있는 그대로를 보여줘야 하며, 숨김이 없어야 하고, 강인하면서도 모든 사람에게 공평해야 한다. 바로 이것이 완전히 열린 태도다.

궁극적으로는 행동이 말보다 더 큰 파급력을 가진다. 완전히 열린 태도로 행동하고 말해야 한다. 수행 카리스마의 토대는 정직, 확신, 열린 태도이다. 이 책에서 내가 제안하는 수행 카리스마를 마스터하기 위한 '6단계 행동 원칙' 을 통해 여러분은 정직과 자기 확신, 그리고 열린 태도를 가진 삶을 살 수 있을 것이다.

Mento 6단계 행동 원칙

- 먼저 시작하라
- 상대편이 인정해주기를 바라고, 상대편을 포용하라
- 질문하고 부탁하라
- 자신감을 가지고 똑바로 서서 미소 지어라
- 인간적이 되어라, 유머러스해져라, 그리고 스킨십을 가져라
- 보조를 늦추어라, 침묵하라, 그리고 경청하라

'6단계 행동 원칙' 은 효율적인 리더들의 스타일과 행동, 정신세계를 세밀히 조사하고 분석한 결과 만들어진, 여러분을 성공으로 이끌어주는 실제적인 방법들이다. 지금 이 책을 읽고 있는 여러분을 포함한 모든 진취적인 경영자들은 실생활에서 부딪히는 어려움에 대처하기 위해 이 6단계를 활용해야 한다. 이 기본이 되는 기술을 잘 활용한다면, 여러분이 직장에서 최고의 자리로 올라가는 속도가 더욱 빨라지고, 여러

분이 하는 모든 일이 더 효율적으로 진행될 것이다.

여러분이 인생의 어느 단계에 있든지, 이 6단계를 몇 년 먼저 시작했었더라면 하는 생각이 들 것이다. 각종 신문이나 잡지에 비즈니스 관련 칼럼을 게재하고 있으며, 〈상어와 함께 수영하되 잡아먹히지 않고 살아남는 법Swim With The Sharks〉의 저자이기도 한 하비 맥케이는 이에 대해 다음과 같이 말했다. "타고난 본능만으로는 개인적인 자질을 연마하는 데 필요한 모든 것들을 감당해낼 수 없다. 타고난 본능 이외에 실제적인 방법이 필요한데, 이 방법을 터득하는 데는 체계적인 수련이 필요하다."

"CNN, ABC, NBC 등에 재직할 때, 나는 미국 대통령은 물론 많은 회사 CEO들과 함께 일했다. 사람들은 유능하고 성공적인 지도자들이 가진 특성을 배우고 훈련해야 한다. 당신 -저자인 나를 가리킨다- 도 바로 이것에 목표를 두고 사람들을 가르쳐야 할 것이다." 〈사람들이 당신에게 말해주지 않은 비밀What Men Don't Tell You〉의 저자이자, 텔레비전 쇼 진행자이기도 한 밥 베르코비츠는 이처럼 성공적인 지도자들의 특성에서 배울 것을 강조했다.

이 6단계를 실천하면 여러분은 다음과 같은 도움을 받을 것이다.

- 할 일이 앞에 놓여 있을 때, 그것을 해낼 수 있다.
- 상대편에 대한 감정을 컨트롤할 수 있다.
- 자기 스스로를 해치는 행위나, 경력에 나쁜 영향을 끼치는 행동을 피할 수 있다.
- 상대편이 나에 대해 알아주었으면 하는 내용들을 상대편에게 효과적으로 보여줄 수 있다.

- 상대편이 본받을 만한 말투와 행동, 태도를 가질 수 있다.
- 권력을 얻고 유지할 수 있다.
- 많은 추종자들의 네트워크를 구축하고 동원할 수 있다.
- 자신의 진실성을 높일 수 있다.
- 시야를 넓힐 수 있다.
- 사업 영역을 넘어서서 외부의 사람들을 설득하고 움직일 수 있다. 즉, 거리에서 우연히 마주칠 법한 익명의 사람들은 물론 언론과 지역 주민들을 적절히 대할 수 있다.
- 상대편과 함께 있을 때 편안함을 느낀다.
- 상사를 돋보이게 해준다.
- 진행하고 있는 일에서 불확실성이라는 안개를 걷어버릴 수 있다.
- 필요할 경우, 스스로 앞으로 나서서 중심에 설 수 있다.
- 자신만의 차별성을 높인다.
- 상대편이 납득하고 따를 수 있는 기준을 제시한다.

좋든 나쁘든 사람들은 자신과 닮은 사람을 고용하게 마련이다. 그러므로 여러분의 사업적인 욕구를 충족시키고, 다수의 고객을 확보하고 있으며, 높은 수익성, 깊은 감동, 신뢰성, 윤리성, 탄탄함을 가진 회사, 또한 모두가 열심히 일하는 열정적인 분위기의 회사에서 일하고 싶다면 여러분 스스로가 그런 존재여야 한다.

만일 위에서 말한 요소들이 전혀 없는 조직에 몸담고 있다면, 회사를 떠나라고 충고하고 싶다. 왜냐하면 주변의 분위기가 여러분에게 영향을 끼치기 때문이다. 그러므로 자신이 원하는 종류의 사람이 되려면, 그와 비슷한 마인드를 가진 사람들과 함께 있어야 한다.

여러분은 중대한 시점에 나름대로 대가를 치르면서 자신의 인생과 경력을 책임지고자 지금 이 자리에 있는 것이다. 그저 살아남기 위해, 그럭저럭 시간을 때우기 위해, 또는 최소한 손해를 보지 않는 수준에서 만족하기 위해서라면 이 6단계를 배우고 실천할 필요가 없다. 더 많은 월급을 받기 위해서, 좀 더 그럴싸한 직함을 갖기 위해서 이 6단계를 마스터할 필요는 없다. 그러나 여러분과 가족, 여러분이 책임지고 있는 사람들을 위해서 인생이라는 내기에서 승리하고자 한다면 반드시 이 6단계를 배우고 실천해야 한다.

당신이란 존재는 지금까지 스스로 보고 배우고 직접 해온 것들의 총합이다. 또한 삶에서 당신 자신을 도울 수 있는 유일한 존재이기도 하다. 오로지 자신만이 스스로를 도울 수 있으니까. 스스로의 실천을 강조했던 간디의 말을 들어보자. "여러분 스스로, 여러분이 세상에서 보고 싶어 하는 '변화' 자체가 되어야 한다. 여러분이 미래에 무엇을 하게 될 것인가를 결정하는 가장 중요한 측정 수단은 과거에 여러분이 했던 일이다. 여러분의 과거가 곧, 여러분 미래의 서막인 것이다."

영화배우이자 제작자인 톰 크루즈는 "나는 내가 할 수 있는 것을 다 하지 못했다는 생각을 하면서 잠자리에 드는 것이 싫다."고 말했다. 여러분도 이런 태도를 갖는다면, 더할 나위 없이 좋은 결과를 낼 수 있을 것이다.

Chapter 1

먼저 **시작**하라

미국은 다른 사람이 이끌어주기를 기다려서 위대해진 것이 아니다.
– 존 F. 케네디

스스로 먼저 시작할 때 인생은 자신의 것이 된다. 반대로 그렇게 하지 않는다면 여러분은 자기 인생의 주도권을 상대편에게 넘겨주게 된다. 수행 카리스마의 첫 번째 단계는 주도적으로 먼저 행동하는 것이다. 만약 상대편이 먼저 행동해주기를 기다린다면, 영원히 기다리기만 하다가 끝나 버릴지도 모른다. 인생에는 여러분이 잡아주기를 기다리는 수없이 많은 기회들이 있다. 시도해보지도 않고 그 기회들을 날려버려서는 안 된다. 그 기회들을 잡아야 한다. 여러분이 아직 준비가 덜 되었거나, 그 기회를 잡을 수 있는 위치에 다다르기 전이거나, 그 일을 쉽게 해낼 수 있는 상태가 아니거나, 문제 해결의 실마리를 찾기 전이라 해도 마찬가지다.

하루가 몇 분인가를 세어보라. 1,440분이다. 그러니 하루에도 1,440번이나 무언가를 시작할 수 있는 기회가 있는 셈이다.

그중에 수면 시간을 뺀다고 치자. 충분할 정도로 잠을 잔다 해도 800번 이상의 기회가 있다. 평소보다 1~2번 혹은 10번 정도의 기회만 더

잡는다면 어떤 일이 일어날지 생각해보라. 이 기회들은 사실 너무나 작은 것이어서 그 결과물이 완성된 형태로 드러날 필요조차 없는 것들일지도 모른다. 그렇지만 여러분은 그 기회들을 잡아 주도적으로 먼저 시작해야 한다. 사람들은 결코 그런 기회들을 그냥 보내지 않는다. 여러분이 잡지 못한다면, 다른 누군가가 여러분이 흘려보낸 기회들을 잡을 것이다. 그러므로 최선을 다해 있는 힘껏 먼저 시작하도록 하라. 망설이거나 주저하지 말고.

뉴욕에 있는 팜The Palm 레스토랑의 한 매니저는 레스토랑을 찾는 고객들에 대해 다음과 같이 말한다. "사람들은 가던 길을 멈추고 우리 레스토랑에 들어와서는 먼저 자기 자신을 소개하고, 테이블에서 사람들을 만나고, 우리 직원들에게 인사를 한다. 자신들이 알지 못하는 사람을 포함하여 모든 사람에게 인사를 하고 반가움을 표시하는 것이다." 레스토랑을 찾아서 들어가는 것조차도 먼저 시작하는 것의 한 범주가 되는 것이다. 레스토랑을 선택하고, 그 안에 있는 낯선 사람에게 먼저 말을 거는 것, 이것은 먼저 시작하는 작은 예일 뿐이다. 먼저 시작하는 또 다른 방법은 지금까지 한 번도 해본 적이 없는 일을 하는 것이다.

BEA 시스템스BEA Systems의 창업자, 전 회장 겸 CEO, 빌 콜레만은 앞서 말한 작은 일들이 아니라, 좀 더 큰 범위에서 먼저 시작한 용기 있는 사람이다. "때로 신규 사업 개발이 실패로 끝나더라도 결과적으로 더 좋아지는 경우도 있다. 그럴 경우 실패한 것이 아니라, 위험을 감수하고 무언가를 시도한 뒤 그로부터 새로운 것을 배우고, 다른 사람에게 좀 더 많은 가치 경험을 제공하는 역할을 한 것이다. 나는 '이 일이 제대로 되지 않더라도 뭔가를 배울 수 있을 거야.' 라고 생각하며 큰 위험을 감수했던 시절에 대해 감사하고 있다. 내 나이 마흔네 살에 BEA 시스템스를 시작했는데, 당시는 실리콘 밸리의 황금기로 사람들에게 수많은 가능성을 던져주었던 시기였다. 당시 나는 기존에 다니던 회사에 머물면서 1~2천만 달러 정도를 더 모아서 사업을 시작해야 하는 상황이었다. 하지만 나는 아무것도 시도해보지 않은 채 예순 살 노인이 되고, 그때서야 과거를 돌아보면서 내가 만약 그때 그 사업을 시작했었더라면 어땠을까 하는 질문이나 던지면서 살고 싶지는 않았다."

그렇다고 여러분이 콜레만처럼 오늘 당장 사업을 시작할 필요는 없지만, 직장이라는 안전지대 밖으로 나갈 수 있도록 준비할 필요는 있다. 물론 위험을 감수하기보다는 실용주의적인 노선을 취하고, 자신의 역량을 집중하면서 위험을 최소화하는 것도 좋은 방법일 수는 있겠지만.

먼저 뭔가를 시작한다는 것이 쉬운 일은 아니라는 사실을 받아들여야 한다. 힘이 든다고 먼저 시작하지 않고 기다리려 한다면 영원히 기다리기만 해야 할 것이다. 고통은 일시적이지만, 먼저 시작함으로써 여러분이 만들어낸 변화는 영원할 것임을 명심하고 용기를 내라. 새로운 일을 시도하는 건 처음에는 늘 두렵게 보인다. 어려움이 클수록 여러분은 더 큰 경쟁력을 가진 사람이 될 것이며, 결국 더 큰 영광을 누리게 될 것이다.

내 강의를 듣고 실천했다는 한 프로젝트 매니저의 이야기를 들어보자. 그는 첨단 기술 회사에 다니고 있다. "목요일에 저는 선생님이 말했던 그런 몇 번의 기회를 만났습니다. 그중 하나에 대해 말씀드리고 싶어요. 제가 그 기회를 잡을 수 있었던 것은 물론 하루에도 수십 번씩 기회를 만날 수 있다는 선생님의 면담을 들은 결과였죠. 저는 저희 회사

COO(Chief Operating Officer, 최고운영책임자)와 면담을 했습니다. 선생님이 말씀하신 대로 그분이 제 이야기를 들어줄 것이라고 기대하고 무작정 찾아갔죠. 어떻게 되었냐구요? 성공적이었습니다. 그날 COO와의 대화를 통해서 회사에서 제가 진행하고 있는 프로그램의 개요를 프리젠테이션할 정식 미팅을 예약할 수 있었습니다. 다음 달에요. 저는 사실 그가 후원자로서 가장 적격이라고 생각해서 그에게 보여줄 기회를 기다려왔거든요. 제 상사가 적절한 절차를 거쳐서 그런 기회를 만들어주기를 기다렸는데, 몇 달이 지나도 소식이 없었습니다. 그래서 제가 직접 한 거죠. 그 일을 하는 데는 3분밖에 걸리지 않더군요."

스스로 앞장서서 주도권을 쥐고 행동한다면, 어느 누구에게도 뺏기지 않을 소중한 경험을 할 수 있다. 내 고객 중의 한 사람이 저명한 비즈니스 전문가 피터 드러커를 만난 이야기를 자랑스럽게 들려주었다. "피터 드러커에게 다가가서 저를 소개했습니다. 그리고 10분가량 이야기를 나눴죠. 그 일은 제가 혼자 힘으로 이뤄낸 소중한 기억으로 늘 남아 있을 것이고, 아무도 제게서 그 기억을 빼앗아가진 못할 겁니다."

그와 반대되는 이야기도 있다. 이 또한 나의 고객이 들려준 이야기다. "제 여동생은 정말 일을 잘합니다. 하지만 그 아인 자기가 먼저 나서려 하질 않죠. 그 아인 누군가 자기를 알아주고 발견해주기를 기다립니다."

카우보이 세계 챔피언인 래리 마한은 로데오 경기에 임하는 자세에 대해 "당신의 머리에서 뇌를 떼어내서 잠시 동안 주머니 속에 찔러 넣어두라."는 말로 대신했다. 스스로 주도권을 쥐고 먼저 시작하기 위해서 래리 마한처럼 한다는 것은 쉬운 일이 아니므로 거기까지 요구하지는 않겠다. 다만 내가 여러분에게 권하는 일이 편치 않을 수 있으며, 그 일을 하는 과정에서 자신이 실수할 수도 있다는 사실은 받아들여야 한다. 이는 프로 사이클 크로스컨트리 경주 선수인 매트 호프만이 말한 것과 비슷하다. 그는 "나쁜 것은 당신이 실패할 수 있다는 사실이고, 좋은 것은 고통은 순간일 뿐이라는 점이다."고 말했다. 어쩌면 학생들에게 공중그네를 가르치는 학교장의 말이 그 상황과 더 유사할지도 모른다. 그는 "공중그네를 잡고 몸을 돌리고 회전하는 것이 처음엔 두려움이지만, 두 번째부터는 즐거움이 된다."고 말했다.

때로 여러분을 매우 초조하게 만드는 상황도 있을 수 있다. 손이 땀으로 흠뻑 젖고, 심장이 두근거리는 상황 말이다. 그런 상황을 직면한다면, 9살짜리 꼬마 체이스 루비또의 말에서 교훈을 얻어라. 루비또가 부시 대통령을 만난 뒤 했던 말이다. "대통령을 만나는 것은 매우 특별한 일이죠. 가끔 곧장 기절해 버리는 사람들도 있지만, 전 그러고 싶지 않았어요. 왜냐하면 제 생각에 졸도하는 건 시간 낭비니까요."

여러분이 앞장서서 개척해 나갈 때 여러분의 삶은 여러분의 것이 된다. 하지만 여러분이 그렇게 하지 않는다면, 여러분은 삶의 주도권을 상대편에게 넘겨주게 된다. 이 말을 명심하도록 하라.

Mento 먼저 시작하는 법

- 두려움을 없애거나, 아니면 최소한 피하라.
- 순간을 포착하고, 어떤 식으로든 행동을 취하라.
- 일관성을 가져라.

두려움을 없애거나, 아니면 최소한 피하라.

일에 건강한 긴장감을 줄 수 있는 소소한 두려움은 문제가 안 된다. 두려움 때문에 먼저 앞장서서 행동하기를 주저하지만 않는다면 말이다. 하지만 여러분이 사람 또는 상황을 두려워한다면, 너무도 많은 크고 즐거운 기회들을 잃어버리게 될 것이다.

물론 전혀 모르는 윗사람에게 전화를 해야 한다면, 어느 정도의 망설임은 있게 마련이다. 하지만 전화를 한다고 해서 여러분이 잃는 것이 무엇인지를 생각해보라. 전혀 없다. 만약 상대편이 전화를 받지 않는다면 어떻게 될 것인가? 그냥 그뿐이다. 마침 집에 있어서 전화를 받았다 해도 여러분이 하는 일에 관심이 없거나, 즉시 대답해줄 만한 시간이 없어서 여러분을 거절할 수도 있다. 그렇다고 해서 여러분이 잃는 것은 없다.

개중에는 여러분이 모욕감을 느낄 정도로 무례한 방식으로 퇴짜를 놓는 사람도 있을 수 있다. 그렇다면 전화를 건 여러분이 아니라 그런 태도를 취한 상대편에게 문제가 있는 것이다. 오히려 그들을 불쌍하게 여겨야 한다.

'두려움에서 벗어나지 못한다면, 난 아무것도 할 수 없을 거야.' 라는 생각은 누구나 할 수 있다. 하지만 그 말보다는 자신감을 갖고 스스로에게 다음과 같이 말하는 것이 중요하다. '일단 해보는 거야. 그러고 나서 그 결과를 받아들이겠어.' 라고. 이 말은 '일단 해보는 거야. 결과에 신경 쓰지 않고.' 라고 말하는 오만한 태도와는 다르다. 일단 시도해본 후 그 결과를 받아들이겠다는 말은 '실질적인 목적을 이루기 위하여 신중하고 예의 바른 태도를 가지고 의식적으로 행동함으로써, 상대편에게서 효과적인 반응을 끌어내는 능력' 이라는 수행 카리스마의 목적에 잘 부합한다. 하지만 두 번째의 오만한 태도는 수행 카리스마의 목적과 맞지 않는다.

수행 카리스마가 가지고 있는 모든 측면들을 생활에서 끊임없이 적용한다는 것은 아주 힘든 일이다. 하지만 여러분이 그 힘겨움을 이겨낼 수 있을 만큼 강한 존재라면 끝없는 적용을 통해 결국에는 좋은 결과를 얻게 될 것이다. 한 중역이 말한 것처럼 "정면으로 받아쳐서 승리하게 될 것이다."

세상에는 두 가지 다른 타입의 사람이 존재한다. 기꺼이 위험을 감수하려는 사람과 그렇지 않은 부류이다. 용감해져야 한다는 말이 구더기나 풍뎅이 유충을 두 눈 딱 감고 먹을 줄 알아야 한다는 그런 뜻은 아니다. 분명 용기는 노력과 끈기를 필요로 한다. 뚜르 드 프랑스Tour de France: 자전거를 타고 프랑스 전국을 일주하는 사이클 경기에서 다섯 번이나 우승한 랭스 암스트롱은 "경기에서 이기기 위해서는 질 수도 있다는 위험을 감수해야 한다."고 말했다.

물론 주도적으로 먼저 나서서 하다 보면, 난처하고 거북스러운 상황을 겪을 수도 있고 심지어 그 때문에 상처를 입을 수도 있다. 오래도록 기억에남는 메시지를 담은 축하 카드를 산 적이 있다. 거기에는 "만약 지옥을 통과해서 가야한다 하더라도, 멈추지 말고 계속 가라."고 쓰여 있었다.

최소한 가끔은 위험을 즐길 줄 알아야 한다. 왜냐하면, 위험을 감수하지 않는다면 자신이 무엇을 할 수 있는지조차 알 수 없기 때문이다. 이왕이면 큰 위험을 감수하도록 하라. 작은 위험들은 그 위험을 해결하기 위해 소모되는 칼로리만큼의 가치도 없는 경우가 많다.

순간을 포착하고, 어떤 식으로든 행동을 취하라.

여러분이 가장 두려워하는 일을 하는 데는 사실 1~2분 또는 10분 정도의 짧은 시간밖에 걸리지 않는데, 바로 그 일이 여러분의 인생 전체를 결정하기도 한다.

성공, 행복, 미래, 그리고 부 이 모든 것들이 '기꺼이 먼저 시작하려는 의지' 여부에 달려 있다. 〈포브스〉지의 전 발행인 말콤 포브스는 다음과 같이 썼다. "여러분은 혼자 힘으로 자신의 다리를 움직일 수 있고 손을 사용할 수 있다. 그러므로 여러분은 육체적으로나 정신적으로나 독립적이어야 한다. 스스로 어떤 일에 대한 행동을 취해야 하고, 언어를 제어해야 하며, 자신의 업적을 쌓아가고, 자신이 묻힐 무덤까지도 준비해야 한다. 여러분은 지금 이중에서 어떤 것을 하고 있는가?"

여러분이 하루에 만날지도 모르는 800번 이상의 기회들을 다음과 같이 활용할 수 있을 것이다.

- 회사 칵테일파티나 식료품점에서 만난 낯선 사람에게 잘 알고 지내는 사람에게 하듯이 말을 걸어라. 그들에게 오랜 친구에게 보여주었던 따뜻함과 유머, 품위를 보여줘라.
- 여러분이 알고 지냈으면 하는 중요한 사람 또는 관심 있는 사람에게 손으로 직접 쓴 축하 메시지를 보내라.
- 비행기에서 우연히 만났던 사람에게 전화를 해서 멋진 레스토랑을 추천해줘서 고맙다고 이야기해보라. 혹시 그가 여러분이 살고 있는 도시를 찾아온다면, 그에게 멋진 레스토랑을 추천해줄 기회를 달라고 제안해보라.

딕 워스는 캔자스 주 헤이Hay에 중고차 판매 대리점을 가지고 있다. 그가 운영하는 본사를 방문하면, 유명인의 사인을 액자에 끼워 일렬로 늘어놓은 인상 깊은 광경을 볼 수 있다. 거기에는 프랭크 시나트라, 지미 카터, 조지 부시, 로널드 레이건, 조지 번스, 지미 스튜어트, 제랄드 포드, 밥 호프, 월터 매튜, 잭 니클라우스, 잭 레몬 등이 포함되어 있다. 어떻게 이렇게 많은 유명인의 사인을 얻을 수 있었을까? 대답은 간단하다. 그가 먼저 그들에게 사인해 달라고 부탁했고, 그들이 그의 부탁에 응해주었기 때문이다.

날마다 -심지어 휴가 중일 때마저도- 먼저 '안녕하세요?' 라고 인사하고, 질문하고, 대화를 나눌 사람을 정하라. 그리고 그와 여러분 사이에 '정해진 틀' 을 깨고 한발 더 다가서보라. 정기적으로 만나면서도 '안녕하세요?' 라는 가벼운 인사만을 교환하고 마는 사이였던 사람을 불러세워서 말을 걸어보자. 그가 휴가 때 어디를 갈 예정인지, 그의 아들은 어느 학교를 다니는지, 지금 일을 하기 전에는 어디서 어떤 일을 했는지를 알아보자.

자신의 한계를 시험하는 데는 수백 가지 방법이 있다. 내가 아는 어떤 사람은 늘 셔츠 주머니에 종이 한 장을 넣고 다니다가 새로운 사람을 만날 때마나 그 이름을 적어둔다. 그런 다음, 저녁에 그 종이를 들여다보면서 적힌 사람 수만큼 자기 자신에게 보너스 점수를 준다. 그는 스스로에 대해 점수를 매기는 자기관리 노트를 가지고 있었다. 분명한 것은 종이에 이름이 전혀 적혀 있지 않다면 그는 그날의 기회를 잡지 않은 것이고, 따라서 보너스도 없다는 사실이다. 개인적으로 새로운 일을 시도할 때 개인기록관리 카드 같은 것을 가지는 것이 좋다. 정신적으로도 그렇고 실질적으로도 그런 기록이 없으면, 자신이 그 일을 얼마나 했는지 -혹은 하지 않았는지- 자신이 얼마나 나아지고 있는지를 늘 기억하기 어렵기 때문이다.

먼저 시작하는 데 있어서 가장 기본이 되는 생각은 정해진 틀에서 벗어나는 것이다. 정해진 틀에서 벗어나는 것은 다음과 같은 목적을 가지고 있다. 1) 자기가 먼저 시작하는 방법을 익혀서 습관화한다. 2) 새로운 것을 배우고 경험한다. 3) 판에 박힌 일상을 벗어나 오랜 습관을 깨고 색다른 것을 시도해본다. 여러분이 먼저 누군가에게 다가갔을 때 거절당했다고 하자. 예를 들어 상대편이 여러분을 무시하거나, 퉁명스럽게 대하거나, 귀찮게 여기거나, 화를 내면서 가 버리거나, 혹은 경멸하는 듯한 시선을 보내거나 하는 식으로 말이다. 그러면 또 어떤가? 그럴 경우, 손해 보는 쪽은 여러분을 거절한 상대편이다. 계속해서 또 다른 사람들과의 대화를 먼저 시도하라! 먼저 다가가서 시작하는 방법에는 옳고 그른 것이 없다. 중요한 것은 실천하는 것이다!

일관성을 가져라.

새로운 일을 완수하려면 그에 부합하는 의지가 필요하다는 사실을 알고 있을 것이다. 하지만 진짜 중요한 것은 지속적으로 시도할 수 있는 훈련을 하는 것이다. 남들이 여러분에게는 무리라고 말한 것들도 여러분이 결코 멈추거나 굴복하지 않고 계속해 나간다면, 결국 해낼 수 있다는 사실을 깨닫게 될 것이다.

주머니에 종이 한 장을 넣고 다니면서 종이에 새로운 이름이 기록될 때마다 유리병에 100원씩을 넣어서 스스로에게 상을 줘라. 또한 개인기록관리 카드를 만들어 기록하라. 여기까지는 기본적인 목표를 설정하는 과정이다. 그러고 나서는 실천하라, 컨디션과 상관없이 항상 계속해서 실천하라.

먼저 다가가서 뭔가를 시작했을 때 상대편의 반응 때문에 실망하지 마라. 모든 것을 다 잘했다 해도 여러분이 원하는 방식으로 반응해주지 않는 사람들은 있게 마련이다. 그렇다 해도 좌절하거나 절망하지 마라. 자기중심을 확고히 하고 먼저 시도하며 다시 시도하라. NFL북미프로미식축구리그의 마이크 디트카 감독이 말한 것처럼 "시도 자체를 그만두었을 때 당신은 비로소 뭔가를 잃게 된다."

한 스포츠화 광고 카피처럼 "만반의 채비를 하고 밖으로 나가라." 이것이야말로 지금 여러분이 해야 할 일이다. 수행 카리스마에 대해 이 책에서 배우게 될 모든 것은 단지 시작일 뿐이다. 채비를 하고 밖으로 나가야만 수행 카리스마를 실행할 수 있다. 여러분이 선택한 일을 적극적으로 행하라. 기다리고만 있지 말고.

아주 가끔씩만 두려움 없이 순간의 기회를 포착한다면, 그것만으로는 충분하지 않다. 여러분이 목표를 포기하게끔 영향을 끼치는 주위 환경들에 굴복해서는 안 된다. 상대가 누구든지 먼저 다가가서 관계를 시작하는 사람이어야 하며, 이러한 방식을 꾸준히 지속해야 한다. 이것은 마치 숨을 쉬듯 항상 계속돼야 한다. 미칠 듯이 흥분했을 때든 기쁠 때든 슬플 때든 행복할 때든 활기가 있을 때든 그렇지 못할 때든 여러분의 상태에 상관없이 항상 그렇게 하라. 이것이 바로 서문에서 잭 웰치가 말한 진정한 인재를 구분해주는 요소 중의 하나다. 어떠한 경우에도 먼저 시작할 수 있느냐 없느냐에 따라서 구분되는 것이다.

워버그 핀커스Warburg Pincus의 파트너, 게일 크로웰 사장은 "성공한 사람들은 일이 발생하기 전에 미리 행동하는 특성을 가지고 있다."고 말한다. "대개 그들은 먼저 시작한다. 어떤 일이 일어나기를 기다리는 대신 먼저 어떤 일이 일어나도록 만드는 것이다. 기다리고만 있다면, 원하는 일은 결코 일어나지 않는다. 물론 앞서감으로써 감수해야 하는 위험과 상대편의 거절 가능성 또한 상당하다. 하지만 시도조차 하지 않았을 때 감수해야 하는 위험률은 훨씬 더 높다."

모든 순간이 여러분에게는 또 하나의 기회다.

Chapter 2

상대편이 인정해주기를 바라고, 상대편을 포용하라

좋은 생각, 행복한 생각, 감사하는 생각으로 하루하루를 시작한다.

– 마이클 폭스

상호 존중하는 관계를 위해 상대편이 여러분을 인정해주기를 바라고, 상대편을 포용하는 것은 수행 카리스마가 제대로 발현되기 위해 반드시 필요한 정신 자세이다. 이런 정신 자세가 없으면 여러분이 상대편에 대한 자신의 영향력을 컨트롤하기 위해 어떤 행동을 취하더라도, 결국에는 게임을 할 때 쓰는 속임수처럼 교묘하고 계획적인 것으로 간주되어 버린다. 나는 여러분의 행동이 이런 결과를 낳기를 바라지 않는다.

이 세상에 태어난 인간으로서, 여러분은 태어날 때부터 상대편이 자신을 인정해주기를 바랄 권리가 있으며, 한편으로 모든 사람을 받아들이고 포용해야 할 의무가 있다. 스스로 상대편을 포용하지 않으면서 상대편이 자신을 인정해주기만을 바라는 이기적인 행동을 해서는 안 된다. 여러분이 수행 카리스마를 성공적으로 익혀서 실천하려면, 자신의 자존심뿐 아니라 상대편의 자존심을 충분히 배려하고 존중해야 한다.

만약 여러분 스스로 '상대편이 여러분을 인정해주기' 를 바라지 않는다면, 여러분은 결코 어느 누구에게도 인정받지 못할 것이다. 하지만 여러분 스스로 '상대편이 여러분을 인정해주기'를 바란다면, 곧 인정받을 것이다.

한 CEO는 "나는 사람을 대할 때 인종에는 개의치 않는다. 하지만 그들이 '내가 인정해주기를 바라는지 그렇지 않는지'에 대해서는 늘 신경을 쓴다."고 한다. 그만큼 그 부분을 중요하게 생각한다는 뜻이다.

여러분이 상대편에게 인정받기를 바라고, 또한 상대편을 포용할 때 느끼게 되는 얼굴 붉어지는 부끄러움, 손에 땀을 쥐게 하는 긴장, 떨림, 동요를 잊어라. 무서운 사람을 마주했을 때 느끼는 심장의 두근거림, 낯선 사람에게 말을 걸 때의 당혹스러움, 권위에 대한 두려움, 누군가 여러분을 비판할지도 모른다는 우려도 무시해 버려라.

"나는 순전히 운으로 이 자리까지 왔으며, 언젠가는 그 사실이 들통나고 말 거야.", "누군가가 그것을 알아채고 나를 궁지에 빠뜨릴 날이 올까봐 두려워.", "나는 거의 들통 날 상황에 처해 있으므로, 숨어야 해."와 같은 부정적이고 소극적인 생각도 말끔히 지워버려라.

만약 여러분이 상대편을 포용한다면, 그들은 여러분의 포용에 부응하는 행동을 해줄 것이다. 만약 여러분이 상대편을 포용하지 않는다면, 그도 거기에 맞춰서 여러분을 대할 것이다. 포용할 사람과 포용하지 않을 사람을 고르고 선택하면서 사람들을 차별해서는 안 된다. 상대편에 대해 마음에서부터 부정적으로 생각해서는 안 된다. 여러분이 바라는 모습이 아니라, 그 사람 자체를 있는 그대로의 모습으로 받아들여야 한다. 만약 잘 알고 지내는 사람들을 친절하게 배려하고 있다면, 낯선 사람들에게도 마찬가지로 대해보라. 다시 만날 일이 없을 것처럼 생각되는 사람에게도, 지속적으로 만나게 될 사람에게 하는 것과 똑같이 대해 주어라.

"어떤 사람이 미래에 적이 될 것인가 동지가 될 것인가는 전적으로 당신이 그 사람에게 어떻게 말하느냐에 달려 있다. 나는 아버지와 함께 건축 사업을 하면서 그 사실을 배웠다. 여러분이 지금 비서로 대하는 사람이 2주 후에는 계약을 성사시켜야 하는 고객의 부인이 되어 있을 수도 있다!" 아마존Amazon의 전자상거래 부문 부사장, 진 포프의 말이다.

"상대편에게 더 많은 돈을 주기는 어렵지만, 더 많이 존중해줄 수는 있다." 이맥 디지털eMac Digital의 부사장, 마크 건은 상대편에 대한 존중을 강조한다. "스스로 존중하는 마음을 갖고 있지 않다면, 상대편을 존중해줄 수 없다. 나는 무조건적으로 상대편을 존중한다. 존중은 사랑과 같은 것이어서, 굳이 그 한계를 정할 필요가 없다. 여러분이 존중하는 마음을 가지고 대하면, 상대편이 여러분을 적대시하거나 나쁘게 대할 수 없다는 사실은 지극히 당연한 이치다."

〈하버드 비즈니스 리뷰The Harvard Business Review〉지는 런던 경영대학원 로버트 거피 교수와 헨리 경영대학 가레스 존스 교수가 실시한 조사 결과를 특집으로 다루었다. 그 특집의 제목은 "사람들은 어떤 지도자를 따르는가?"였다. 이에 따르면 사람들이 따르는 리더는 대체로 다음과 같은 특징들을 가지고 있다.

"리더는 사람들에게서 세 가지 감정적인 반응을 끌어낸다. 첫 번째는 '자신이 중요하다'는 느낌이다. 사람들은 자신의 기여도가 아주 적을지라도 '당신은 정말로 중요해요.'라고 말해주는 지도자에게 열과 성을 다해 헌

신한다. 두 번째는 집단과 집단 구성원들에 대한 '공동체 의식'을 갖게 한다. -여기서 공동체란, 일에 관하여 통일된 목표를 가지고 있으면서 동시에 인간적인 면에서도 서로 관계를 맺고자 하는 의지를 가진 집단으로 정의할 수 있다- 마지막으로 리더에 대한 열광과 흥분이다. 사람들은 리더에게 그런 기분을 느꼈을 때 리더가 자신과 더 가까워졌다고 생각한다. 사람들은 누구나 삶에서 흥분과 도전, 어떤 강렬함을 원한다. 그런 감정들이 세상을 치열하게 살고 있다고 느끼게 하기 때문이다. 따라서 모든 연구 보고서들이 리더가 카리스마를 가질 필요는 없다고 역설하고 있음에도 불구하고, 사람들은 더 외향적이고 활동적인 사람에게서, 그렇지 못한 사람보다 더 쉽게 리더십을 느낀다. 옳든 그르든, 그것이 사람들이 리더십을 느끼는 방식인 것이다."

연구 결과에서 나타난 첫 번째 감정적인 반응에 주목해보자. '자신이 중요한 존재라는 느낌', 여러분이 원하는 바가 아닌가? 아마도 다른 모든 사람들 역시 '중요한 존재라는 느낌'을 갖고 싶을 것이다. 이는 또한 이 장에서 이야기하고 있는, '상대편이 인정해주기를 바라고 상대편을 포용하는 것'의 궁극적인 목표이기도 하다. 이런 태도로 사람들을 대하면, 서로가 '중요한 존재'라는 느낌을 받을 수 있고, 결과적으로 상호 존중하는 관계를 만들 수 있기 때문이다.

한 CEO는 최근 회장으로 승진한 자신의 윗사람에 대해 다음과 같이 설명했다. "그는 이사회 이사들, 월스트리트의 사람들, 자신이 살고 있는 지역 주민 모두로부터 똑같은 대우를 받기를 원했습니다. 그가 최전선의 관리자였을 때도 마찬가지였죠. 스스로가 그렇게 대우받기를 원했으므로, 그는 늘 사람들을 그런 방식으로 대했습니다. 그는 사람들 앞에서 비굴하게 복종하는 위치에 있어 본 적이 없었습니다. 인정받기 위해 굽실거려 본 적도 없었고, 영국 여왕을 알현한다 하더라도 무릎을 꿇고 기어가지는 않을 사람이었습니다. 제스처조차도 너무나 자연스러워서 스스로도 깨닫지 못할 정도였죠. 그는 필요할 때면 자신의 생각을 거침없이 이야기했고, 자기가 먼저 나서서 뭔가를 이야기해야 할 때도 망설임이 없었습니다. 다른 사람의 의견에 동의하지 않을 때는 품위 있고 적절한 방법으로, 반대 의견을 분명하게 표시합니다. 상대편의 일, 나이, 경험, 지식을 존중하면서 모든 사람을 동등하게 대합니다. 그는 사람들은 모두 다르지만 우열이 있는 것은 아니라고 생각했던 겁니다." 모든 사람을 동등하게 생각하고 받아들이는 바로 이런 성격 때문에 그 사람은 회장의 자리까지 올라갈 수 있었던 것이다.

상대편이 인정해주기를 바라라

상대편이 인정해주기를 바란다는 것은, 스스로가 '인간으로서' 다른 사람과 동등한 존재임을 인정하는 것이다. 세상에 어느 누구도 '나보다' 위에 있거나 아래에 있지 않다. 사람들 모두가 동등한 위치에 있는 것이다. 또 이것은 자기 폄하를 그만둔다는 뜻이다. 즉, 자신이 제대로 인정받지 못하고 있다는 느낌, 자신에 대한 실망, 냉소, 상처받기 쉬운 나약함, 무기력함, 자존심 결여에서 벗어나는 것이다. 이미 말한 대로, '언젠가 나의 부족함이 들통 나고 말 거야. 나는 노출될 거야.' 라는 식의 잘못된 태도도 버려야 한다.

대신, 상대편이 인정해주기를 바라는 태도, 의식적이고 신중하며 변함없는 태도로 먼저 시작해야 한다. 상대편이 여러분보다 더 부유하거나 직위가 높거나 더 많은 권력과 경험, 지위를 가지고 있는 것처럼 보이더라도 개의치 않아야 한다. 우리 모두는 똑같은 무대에 서 있으며, 어느 누구에게도 더 높은 연단 따위는 허락되지 않기 때문이다.

리츠칼튼 호텔 그룹은 새로운 직원이 올 때마다 호텔에서 반드시 지켜야 할 '황금 기준Gold Standard' 이라고 명명한 서비스 정책을 가르친다. 그 일부가 바로 회사의 좌우명이기도 한데, 그 내용은 다음과 같다.

"우리는 우리 호텔을 찾는 신사숙녀들에게 봉사하는 '신사숙녀' 이다… 우리는 서비스를 하는 사람이지 종이 아니다."

이 말은 리츠칼튼 호텔을 찾는 고객과 호텔에서 일하는 고용인들은, 인간의 존엄성이라는 측면에서는 서로 동등하다는 뜻이다. 서비스하는 사람으로서의 사명을 나타내는 위 문구는 '상대편이 인정해주기를 바라는 태도' 를 완벽하게 보여주는 좋은 예이다.

대부분의 사람들이 '상대편이 인정해주기를 바라는' 행위를 몸소 실천하는 때가 있다. 예를 들어, 자동차를 운전하고 있을 때, 말 그대로 '저절로' 길에 있는 다른 운전자들과 동등하다고 느끼지 않는가? 자동차는 모든 사람을 평등하게 만드는 멋진 도구이다. 제한 속도가 70km인 도로라면, 여러분도 70km로 달린다. 어떤 사람이 여러분 앞에서 끼어들기를 시도한다 해도, "여보 문단속 좀 해." 하는 정도면 그만이다.

-문단속을 해서 자기 집을 지키는 것처럼, 가던 차선을 지키면 그만인 것이다- 자동차를 통해 여러분은 마치 자신이 도로를 소유하고 있는 것처럼 느낄 수 있다. 여기서는 직함이나 권력, 사회적인 지위도 더 이상 문제되지 않는다. 2톤 무게의 쇳덩이를 손에 쥐고서 여러분은 무소불위의 슈퍼맨이 되는 것이다. 하지만 차 밖으로 나가면, 힘의 상징이던 슈퍼맨의 망토가 벗겨지고 만다. 하지만 여러분이 길 위에서 다른 사람과 동등하다고 느낀다면, 삶에서도 역시 동등하다고 느껴야 한다. 고속도로에서와 마찬가지로 삶이라는 도로에서도 상대편에게 인정받기를 바라라.

우리는 누구나 상대편을 두렵게 하고, 당황스럽게 하며, 때로 괴롭히고, 상대편의 계획을 무산시키기도 하는 사람들을 알고 있다. 그런 사람은 교회, 지역 사회, 회사, 협회, 이웃 등 어디서든 볼 수 있다. 하지만 스스로 자신을 지배할 수 있는 권리를 상대편에게 주지 않는 한, 누구도 여러분을 맘대로 지배할 수 없다는 것을 명심해야 한다. 그러므로 사람들이 여러분에게 그런 힘을 행사할 수 없게 하라. 나의 개 '스쿠터'는 내가 명령하면 자리에 앉는다. 하지만 대통령이 '스쿠터'에게 자리에 앉으라고 명령한다면, 발을 쓱 내밀고 말 뿐 시키는 대로 자리에 앉지 않을 것이다. 왜냐하면 '스쿠터'는 대통령에게 자신을 지배할 수 있는 힘을 주지 않았기 때문이다.

여러분은 머릿속으로 "그래, 하지만 난 너무나 평범한 사람일 뿐이야... 내가 무슨 권리로 상대편에게 인정받기를 바랄 수 있는 거지?"라고 의문을 제기할 것이다. 그 대답은 여러분이 '모든' 권리를 가지고 있다는 것이다. 다행히도 여러분의 마음을 편안하게 해줄 대답이 여기에 있다. 다시 말해 우리 모두는 인생을 잘 살아보려고 노력하는 전형적인 보통 사람들이다. 평범한 보통 사람이라도 스스로에 대해 존경심을 가질 수 있고, 자신의 능력을 신뢰할 수도 있다.

상대편에게 인정받기를 바란다고 해서, 여러분의 인생에 지배력을 행사하는 사람들 –사장, 연장자, 공무원, 법관 등– 에 대해 마땅히 가져야 할 존경과 관심, 감사하는 마음을 없애라는 뜻은 아니다. 자신의 단점을 충분히 인지하고 있으면서도 동시에 자기 스스로가 상대편에게 인정받기를 바랄 수 있어야 한다. 여러분은 너무도 자주, 쉽게, 그리고 기꺼이 상대편을 포용하면서도 스스로에 대해서는 그렇게 하지 못했다. 나는 여러분에게 질문하지 않을 수 없다. 여러분 스스로가 자신을 포용하지 않는다면 도대체 누가 여러분을 포용해준다는 말인가?

일부 사회에서는 상대편에 대한 존중의 표시로 자기 자신을 낮추도록 교육하고 있다. 하지만 그런 사고와 교육방식은 바뀌어야 한다. 자기 자신을 낮추지 않고 충분히 존중하면서도 동시에 상대편을 존중할 수 있다.

처음으로 관리직에 오른 사람을 지도했던 적이 있는데, 그는 교육의 결과를 다음과 같이 설명했다. "저는 지적으로는 당신의 말을 이해했습니다. 하지만 당신이 말한 것을 스스로 믿고 실천하기까지는 몇 달이 걸렸죠. 저는 일상적인 삶과 직장에서의 업무 두 가지 모두에서 바뀌었습니다. 더 조용해졌고, 조바심 내는 게 줄었으며, 더 강한 자기 확신을 가지게 되었습니다. 그러자 다른 사람들이 저를 보는 시각도 달라지기 시작했습니다. 결과적으로 세상에 저의 존재와 가치를 확인시킨 셈이죠."

사람들에게 자신의 인기를 높이거나 사교적임을 증명하기 위해서 또는 단순한 친분 관계를 목적으로 상대편이 인정해주기를 바라서는 안 된다. 상대편이 인정해주기를 바라는 것은 오래도록 잊혀지지 않는 명언이 된, 샐리 필드의 오스카 상 수상 소감과는 분명히 다르다. 샐리 필드는 "여러분은 저를 좋아하고 있군요. 정말로, 정말로 저를 좋아하고 있군요."라는 말로 자신의 인기를 확인했다. 상대편이 인정해주기를 바라는 것은 상대편이 여러분에게 어떤 빚을 지고 있어서 그 결과로 당연히 여러분을 인정해야 한다는 권리 의식과도 다르다. 왜냐하면 여러분은 그런 권리를 가진 존재가 아니기 때문이다. 상대편이 인정해주기를 바라는 것은 여러분의 의견에 상대편이 찬성해주기를 바라는 것과도 다르다.

한 회사의 중역은, 상대편이 인정해주기를 바라는 것이 얼마나 큰 힘을 가지는지를 자신의 경험을 들어 설명한다.

"제가 살고 있는 지역의 중년 남성들 모임에, 점심 초대를 받아서 갔을 때의 일입니다. 당연히 상당히 많은 사람들이 모이는 익명성이 보장되는 회합일 것으로 예상했었죠. 그런데 뜻밖에도 제가 들어선 곳은 12인용 작은 탁자가 있는 회의실이었습니다. 의자에 앉자마자 우리는 서로를 소개하고, 자신의 일과 삶, 취미나 흥미에 대해서 간단히 이야기하는 시간을 가졌습니다. 예상치 못한 일이라 제 차례가 다가오자 온갖 불안감이 밀려들었고, 등 뒤에서는 땀이 비 오듯 흘렀습니다. 제 생각에 여기 있는 사람들은 다들 대단한 인물 같았고, 저는 완전히 사기꾼이 된 기분이었습니다. 바로 그때 저는 이 사람들이 나를 여기에 초대했을 때는 그만한 이유가 있었을 것이라는 사실을 떠올렸습니다. 그러자 마음에 여유가 생겼고 제 특유의 자연스러운 미소가 되살아났죠. 여기 있는 다른 사람들처럼 저도 이 방에 어울리는 사람이라는 사실을 스스로에게 주지시켰습니다. 덕분에 온건하고 차분한 태도로 이야기를 마칠 수 있었습니다."

잭 웰치는 GE 회장으로 재임하던 마지막 날, 〈투데이 쇼Today Show〉와 인터뷰를 했다. 그때 그는 "당신의 성공 비결은 무엇입니까?"라는 질문을 받자, "항상 저보다 더 똑똑한 사람을 고용하는 겁니다."라고 답했다. 그는 매우 똑똑한 사람이며, 지금까지 가장 성공한 CEO 중의 한 명으로 알려져 있다. 그런데도 그는 최소한 대중 앞에서는, 자신보다 더 똑똑한 사람을 고용한다고 말하고 있다!

흥미롭게도, 이 말은 내가 많은 CEO들에게서 항상 듣는 말이다. 사회 각계각층의 영향력 있는 지도자들은 한결같이 "나보다 더 똑똑하고 나은 사람을 고용한다."고 말한다. 여러분에게 충고하고 싶은 것은 '여러분이 고용한 사람들이 여러분을 인정해줄 수 있도록 그에 걸맞게 행동하라.'는 것이다. 만약 여러분 스스로가 자신을 인정하지 않는다면, 상대편이 도대체 무슨 이유로 여러분을 인정하고 싶어 하겠는가? 스스로 자신을 인정하지 않는 태도는, 여러분을 선택한 상대편의 선택까지도 평가 절하하는 행동이기도 하다.

우디 알렌 감독은 자신의 코미디가 늘 잘되는 것은, 자신이 좋은 사람들에 둘러싸여 있기 때문이라고 말한다. "최고를 고용하고, 그들에게 맡겨둔 채 좀 멀찍이 떨어져 있으세요. 그리고 일이 끝났을 때 돌아와서 그 사람들에게 공을 돌리십시오."

CEO들은 똑똑한 사람을 고용하고, 그들이 많은 지원, 끊임없는 칭찬, 또는 대중적인 인정 없이도 모든 일을 알아서 잘해주기를 기대한다.

여러분 중 대다수는 지위가 더 높은 사람들 주위에서 그들과 함께 일해야 한다. 여러분이 만약 '이를 어쩌지? 이를 어쩌지?' 하는 걱정스러운 태도로 일한다면, 모든 일을 알아서 하는 똑똑한 사람을 찾는 윗사람의 시험을 통과하지 못할 것이다. 시험에 통과하려면 상대편이 여러분을 인정해줄 것을 바라고 용기 있게 행동하라.

"사실 많은 윗사람들이 아랫사람에게 함께 일할 수 있는 기회를 주려고 한다. 자기 확신과 자신감, 카리스마를 가진 사람들은 자신과 비슷한 요소를 가지고 있는 다른 사람에게 항상 열려 있다. 즉, 여러분이 본받고 싶어 하는 사람들은 여러분이 인정해주기를 바랐을 때 있는 그대로 인정해줄 가능성이 가장 높은 사람들이라는 사실을 잊지 말아야 한다." 아이쉐르파 캐피털iSherpa Capitlal의 파트너인 피터 마네티의 말이다.

어린이를 위한 비폭력 단체인 세이프 차일드Safe Child에서는 약자를 괴롭히는 사람들에게서 나타나는 일련의 특징들을 연구해 발표한 적이 있다. "약자를 괴롭히는 사람들은 자신들이 힘이 있다고 느끼고 싶어 하는데, 다음과 같은 것들을 통해 그 욕구를 충족시킨다. 상대편에게 고통을 주면서 만족을 얻는다. 상대편에 대한 공감이 거의 없다. 상대편에 대한 비방을 통해 자신의 행동의 정당성을 지키려 한다. 일반적으로 반항적이고 비사교적이다."

이런 특징들은 상대편이 자신을 인정해줄 것이라고 바라는 사람에게서 나타나는 특징과는 정반대되는 것들이다.

여러분이 아직도 상대편이 인정해주기를 바라지 않는 쪽을 택한다면, 원하는 바를 이룰 수 있을 것이다. 스스로의 낮은 기대에 맞춰서 살아가면 될 것이기 때문이다. 아마 그 낮은 기대조차도 여러분에게는 충분히 높게 느껴질 것이다.

여러분이 스스로 표준 이하처럼 생각하거나 행동한다면, 상대편도 여러분을 그렇게 대할 것이다. 스스로 자신의 존엄성과 가치를 포기한다면, 상대편이 여러분의 운명을 좌지우지하게 된다. 구걸하거나 애원하는 사람은 결코 존경받을 수 없다는 사실을 명심하라. 그들은 값싼 동정과 무시, 그리고 해고를 당할 뿐이다.

상대편이 인정해주기를 바란다는 것은 –생각하고 행동하고 상대편과 관계를 맺는 방식에 있어서– 스스로에게 새로운 차원의 권한을 부여하는 것이다. "여러분이 결정해야 하는 모든 사안에 대해 스스로 반응을 선택할 수 있는 권한이 여러분에게 있다. 자극과 반응 사이에는 일정한 간격이 있는데, 바로 그 간격이 선택의 힘이 개입하는 순간이다." 캠벨 수프의 CEO, 더그 코난트의 말이다.

Mento 상대편이 인정해주기를 바라는 법

- '나는 능력 있고 적합한 사람이야.' 라고 스스로에게 말하라.
- 상대편이 인정해주기를 바라는 것처럼 행동하라.
- 상대편이 인정해주지 않더라도 꾸준히 노력하라.

'나는 능력 있고 적합한 사람이야.' 라고 스스로에게 말하라.

하루 종일 다른 누군가와 대화하지 않은 바에야 사람들은 스스로에게 말을 하게 되는데, 이때 자기 자신에게 하는 부정적인 말의 양은 놀랄 만하다. 혹자는 이것을 '스스로 먹구름을 드리우는 행동' 이라고 불렸다. 스스로에게 부정적인 말을 하지 마라. 만약 남들이 똑같은 말을 여러분에게 한다면, 아마도 무척 화가 났을 것이다. 자신에 대한 부정적인 내용들이 설령 사실이라 하더라도, 여러분은 생각과 행동을 바꿀 수 있는 권리가 있다.

'나는 능력 있고 적합한 사람이야.' 라고 스스로에게 말하는 것이 그 시작이다. 만약 '나는 능력 있어.' 라고 말하지 않는다면, 여러분은 기본적으로 '나는 무능한 사람이며, 상대편에게 인정받을 만한 자격이 없다.' 고 말하고 있는 셈이다.

'능력 있고 적합하다' 는 말이 '위대하고 대단하다' 는 뜻으로 들리지 않는 것은 사실이다. 하지만 그럼에도 불구하고 '능력 있고 적합하다' 는 말은, 사람이 바랄 수 있는 가장 높은 수준의 기대를 반영하고 있다. 이에 대해 생각해보자. 만약 여러분이 스스로에게 '무능력하다' 고 말하고 그렇게 생각한다면, 남들에게서 인정받기를 바라지 않을 가능성이 높다. 이미 인정받을 만하지 않다고 생각하고 있기 때문이다. 스스로 그런 기대를 가지고 있지 않다면, 당연히 그럴 자격이 없는 사람처럼 행동하게 될 것이다. 그런 태도로 살아간다면, 상대편이 이를 보고 여러분이 인정받을 자격이 없다는 결론을 내릴 것이며, 결과적으로 여러분을 인정해주지 않을 것이다. -개인의 자조 노력을 돕는 지도자들은 이것을 '자기실현적인 예언' 이라고 부른다. 즉, 스스로에게 하는 말이 예언이 되어 실제로 일어나게 되는 것이다-

'나는 능력 있고 적합한 사람이야.' 라는 말은 '나는 보통 사람이야.' 라는 말과는 분명히 다르다. -여러분은 이 책을 읽고 있다는 이유만으로도 이미 보통 이상의 사람이다- 오히려 '나는 능력 있고 적합한 사람이야.' 라는 말은 '나는 훌륭해.', '나는 자격이 있어.', '나는 우수해.', '나는 어떤 일이든 할 수 있는 능력이 있어.' 라고 말하는 것이다. 스스로가 '능력 있고 적합한 사람' 이라고 느끼는 그 순간에, 여러분은 이미 최상의 상태에 있는 것이다. 즉, 여러분은 '훌륭한 선수' 이며 중요한 사람이고, 잠재능력을 발휘하여 자아실현을 하고 있으며, 엘리트주의적 방법이 아니라 지극히 겸손한 방법으로 한계를 넘어 앞으로 나아갈 것이다.

이렇게 설명했음에도 불구하고 '능력 있고 적합한 사람이다' 라는 말이 그렇게 대단한 표현으로 들리지는 않을 것이다. 하지만 '능력 있다' 는 표현을 '무능력하다' 라는 반대말의 관점에서 생각해보면, 정말로 좋은 뜻임을 알 수 있다.

심지어 여러분이 스스로 '무능력하다' 고 말한다 해도, 여러분은 분명 무능력한 존재는 아니다. 하지만 부디 그런 좋지 않은 생각을 스스로의 머리에 주입하는 일만은 그만두어라. 잘못된 생각을 내버려두지 말고 생각을 스스로 관리하라. '능력 있고 적합한 사람' 이라는 잣대가, 여러분이 하루를 돌아봤을 때 빠지게 되는 심한 좌절감 같은 것을 피할 수 있도록 도와준다. 사실 삶에서 여러분이 제어할 수 있는 것은 그리 많지 않다. 그런데 여러분 자신에 대한 태도는 여러분이 제어할 수 있는 것 중의 하나다.

물론 '나는 능력 있고 적합한 사람' 이라고 생각한다고 해서 개인적으로나 직업적으로 더 발전해야 할 필요성을 부정하는 것은 아니다. 우리 모두는 그런 필요성을 가지고 있다. 하지만 여러분의 불완전함에만 초점을 맞추지는 마라. 여러분은 사장, 고용인, 배우자, 부모, 친구 등등의 여러 면에서 유능하다. 때로 부족한 부분 혹은 좀 더 잘해야 할 영역이 나타났을 때 스스로에게 '나는 유능해, 하지만 이 영역에선 부족한 점이 있기 때문에 좀 더 잘하려고 노력하고 있어.' 라고 이야기해보자. '나는 너무 서툴러... 또 실패했잖아.' 라고 말하기보다는.

이 같은 긍정적인 자기 대화는 무모하고 허황된 이야기, 즉 '나는 멋져. 위대해.' 하는 식의 동기부여를 위한 달콤한 격려와는 다르다는 점을 명심해야 한다. 이것은 '나는 능력 있어. 난 열등하다고 생각지 않아. 점점 나아지기를 바라고 있어.' 라고 자신에게 말하는 것이다. 여러분의 뇌는 -다른 사람의 뇌도 마찬가지지만- 스스로에게 하는 말을 믿는다. 그러므로 여러분의 뇌에게 기억시키고 싶은 것을 이야기하라. 또한 앞으로 여러분이 가고자 하는 곳, 원하는 목표를 말하라. 이미 도달한 목표를 재확인시키지 말고 말이다.

사람들은 하루에 평균 50,000가지 생각을 한다. 따라서 그 생각들을 관리하기 위해서는 강한 집중력과 인내력이 필요하다. 사이코로직스Psychologix의 사장, 토마스 크룩은 35세 이후에 인간의 뇌는 매년 1%씩 부피가 줄어든다고 발표했다. -이것은 본업 이외의 부가적인 활동을 통해 사라지는 뇌세포의 수까지는 세지 않은 수치이다- 그러므로 남아있는 부분이 더 좋은 상태를 유지하도록 하기 위해 '나는 능력 있어.' 라는 자기 암시로 뇌를 통제하도록 하라.

상대편이 인정해주기를 바라는 것처럼 행동하라.

여러분이 마땅히 있어야 할 곳에 있으며, 해야 할 일을 하고 있는 것처럼 행동하면 누구도 여러분에게 의문을 제기하지 않을 것이며, 여러분이 필요로 하는 지원을 받을 수 있다. 1분 만 시간을 들여서 과거 잘 진행되었던 사람들과의 만남에 대해 생각해보라. 아마도 상대편이 여러분을 인정해주기를 바랐을 것이고, 결과적으로 상대편이 여러분을 인정해주었을 것이다. 결과가 좋지 않았던 만남에 대해서도 생각해보라. 여러분 스스로 상대편이 인정해주기를 바라지 않았을 것이고, 마찬가지로 결과 또한 그러했을 것이다.

느끼고 생각하고 있으면서도 보여주지 않는다면, 전혀 효과가 없다고 말할 수 있다. 사람들은 보통 느낌을 믿는데, 이것을 직관, 직감, 육감 등으로 부른다. 그런데 이 느낌은 곧 그들이 보는 것에 근거를 두고 있다.

갓 대학을 졸업한 포레스트 글레이저는 자신보다 훨씬 나이가 많고 경험이 많은 동료들을 상대해야 하는 직장에 들어간 신입사원이다. 그에게 어떤 방법으로 자신이 상대편에게 인정받기를 바란다는 것을 보여주었는지를 물었다. "와이셔츠 단추를 단단히 채우고, 상대편의 눈을 쳐다보면서 악수를 합니다. 그리고 매우 구체적인 방식으로 업무 이야기를 하죠."

미디어테크MediaTech의 CEO, 모리 도비는 다음과 같이 충고한다. "얼굴을 정면으로 쳐다보고, 상대편의 눈을 응시하며, 목소리를 부드럽게 하고, 수동적인 자세를 버려라. 옛말에 나오듯이 결코 상대편에게 당신이 식은땀을 흘리며 긴장하고 있다는 사실을 보이지 마라."

내가 아는 사람은 몸이 불편해 휠체어 신세를 지고 있는데, 자신이 가장 그리운 것은 상대편과 같은 눈높이에서 얼굴을 마주대하는 바로 그 '능력'이라고 했다. 휠체어에 앉아 있으므로 그는 언제나 사람들을 올려다봐야 하고, 사람들은 그를 내려다보게 되기 때문이다.

발명가 딘 카멘은 이와 같은 신체장애를, 모터를 단 휠체어를 통해 해결했다. 이 휠체어에는 '스탠딩 모드' 라는 특별한 기능이 있어서 휠체어에 탄 사람을 일반인의 눈높이까지 끌어 올려준다. 물론 이 모드에서 안정적이며 흔들리지 않는 균형을 유지할 수 있다. 카멘은 휠체어를 활용하는 몇몇에게 이 기계를 테스트해본 결과에 대해 알려주었다. "일어서서 상대편과 같은 눈높이에서 마주할 수 있게 됐을 때, 사람들은 감격에 겨워 눈물을 흘렸습니다."

대부분의 사람들은 그런 신체장애를 가지고 있지 않다. 그런데도 왜 스스로를 정신적인 휠체어에 묶어 불리한 위치에 세워두고, 상대편과 같은 눈높이로 대등하게 서는 기분을 만끽하지 못하는가?

게일 크로웰은 일과의 3분의 1을 사람들을 면접하면서 보낸다. 크로웰은 실적과 보유 기술과 더불어 면접자가 가지고 있는 수행 카리스마를 평가한다. 거래를 성사시키거나 회사를 설립할 수 있는 능력을 가진 정도로는 충분하지 않기 때문이다. "면접자에 대한 내 판단이 누구나 인정하는 기준이 되도록 하기 위해, 나는 CEO 앞에 앉아서 CEO와 대화하고 있는 면접자의 모습까지 상상해봐야 한다. 수행 카리스마를 가지고 있다면, 그는 자기 방을 가진 경영진이 될 수 있을 것이고, 수행 카리스마가 없다면 그 위치에 오르지 못할 것이다."

크로웰을 포함해 수행 카리스마를 가지고 있는 사람들에 대해 이야기해보자. 그들은 똑똑하고 '자신들이 하고 있는 게임' 에 대해 충분한 식견을 가지고 있으며, 스스로의 가치에 만족하는 것처럼 보인다. 또한 그들은 믿기지 않을 정도로 솔직하지만, 그렇다고 해서 그 말이 상대편에게 가혹하게 들리거나 귀에 거슬릴 정도는 아니다. 또한 말하는 내용은 늘 명쾌하다. 그들은 무엇을 말하고 실천해야 할지를 선택한다. 그들은 청중은 물론 자기 자신에게 중요한 것이 무엇인지를 알고 있다. 사람들은 그들에게 관심을 가진다. 왜냐하면 확신에 차 있고, 늘 준비되어 있으며, 신중하고, 먼저 악수를 청하거나 포옹해주기 때문이다. 그들과 이야기할 때 사람들은 마치 자신이 그 방 안에 있는 유일한 사람인 것처럼 느낀다. 그곳에 수백 명의 사람이 있다 하더라도 말이다.

"나는 사람들이 나에게 긍정적으로 반응해줄 것으로 기대하고, 상대편과 그들의 관심사에 깊은 흥미를 가지고 있다는 것을 표시한다. 나는 그들이 나를 좋아할 것이며, 나와 함께 일하고 싶어 할 것이라고 생각한다. 사람들은 나의 그런 기대를 저버리지 않는다. 왜냐하면 내가 매우 명쾌한 태도를 취하기 때문이다." 월트 디즈니The Walt Disney Company의 선임 부사장, 스티브 말코비치의 말이다.

여러분의 기대는 긍정적인 순환 고리를 만들어낸다. 상대편이 인정해주기를 바라면, 정말로 상대편이 여러분을 받아들인다. 여러분이 더 많이 기대하면, 상대편은 여러분을 더 많이 받아들일 것이다. 상대편이 여러분을 더 많이 받아들여주면, 여러분은 더 잘하게 된다. 이런 식의 긍정적인 순환이 계속 진행된다.

여러분이 상대편에게 어떤 행동을 하느냐에 따라 그들이 여러분에게 하는 행동이 결정된다. 여러분이 차갑게 거리를 두고 냉담하게 행동한다면, 메아리처럼 차갑게 거리를 둔 냉담한 행동이 되돌아올 것이다.

실제 행동을 통해 여러분의 태도를 상대편에게 끝없이 확인시켜 주어야 한다. 여기서 태도라고 하는 것은, '언제 어느 곳에서나 상대편이 여러분을 인정해주기를 바라는 태도'를 말한다. 이렇게 하기가 가장 힘든 때는 상대편이 인정해주지 않을 때인데, 사실은 바로 그때가 가장 중요한 순간이다.

상대편이 인정해주지 않더라도 꾸준히 노력하라.

내가 '상대편이 여러분을 인정해주기를 바라야 한다.'고 강조한 것은 사실이지만, 그렇다고 해서 상대편이 늘 인정해줄 것이라고 생각할 만큼 순진한 것은 아니다. 많은 노력을 기울였음에도 불구하고 기대했던 대로 되지 않는 경우가 있을 것이다. 불행하게도 이런 경우는 상당히 자주 발생한다.

어떤 사람이 '여러분에게 나쁘게 대하면' 빨리 대처하라. 너무 늦지 않도록 말이다. 마크 건은 다음과 같이 제안한다. "그들에게 가서 그렇게 행동하는 이유가 무엇인지를 알아내라. 그들의 태도가 생각했던 것과 다르다면, 거기에 대해 어떻게 해야 할지를 알아내라. 그들에게 당신이 온 이유를 말하라. 물론 어느 쪽이든 상대편에 대한 존경심을 가지고 말해야 한다."

상대편을 인정하지 않는 사람에게는 기본적으로 두 가지 유형이 있다. 첫 번째 유형은 외부로 드러내놓고 남을 인정하는 것을 거부하는 경우인데, 그들 스스로가 불안정하기 때문이다. '외부로 드러내서 인정한다'고 한 말에 주목하라. 사실 그들은 이미 여러분을 인정했을 수도 있다. 다만, 성격적인 결함이나 장애 때문에 이를 드러내는 것을 두려워하는 것이다. 두 번째 유형은 여러분이 더 강해지기를 바라는 마음에서, 인정하는 모습을 보여주지 않는 사람이다. 그런 사람은 여러분의 '친구'라고 부를 수 있다. 실제로 여러분에게 관심을 가지고 있는 많은 사람들이 쉽사리 여러분을 인정해주지 않을 것이다. 그들이 까다롭게 굴면 여러분은 장애를 극복하면서 일하는 법을 배우게 될 것이고, 따라서 강해지고 더 능숙해질 것이기 때문이다.

여러분을 인정하지 않는 것처럼 보이는 두 유형의 사람들에 대해 그들의 행동 이유에 관계없이 같은 방법으로 대처해야 한다.

여러분이 '먼저' 인정해주기를 바라고 행동하라. 만약 인정해주기를 바라는 태도로 시작하지 않거나 그 태도를 계속 유지하지 않는다면, 그들은 결코 여러분을 인정하지 않을 것이다. 모든 일에는 '시작점'이 있게 마련이다. 이왕이면 여러분이 시작하는 게 좋다. 먼저 시작하지 않고 기다린다면, 아마도 아주 오랜 시간을 기다려야 하든지, 아니면 영원히 기회는 오지 않을 것이다.

나를 인정해주지 않는 상대편을 똑같이 인정해주지 않음으로써 복수하려 하지 마라. 냉대하거나 무시하거나 말을 자르지도 마라. 같은 수법으로 보복한다 해도 결코 기분이 나아지지 않을 것이며, 최후의 승자가 될 수도 없을 것이다. 한 중역은 이런 사람들과 같은 수법으로 싸우는 것은 어리석은 행동이라고 지적한다. "바보들과 싸우려 하지 말아야 합니다. 바보들과 싸운다면 그들은 당신을 같은 수준으로 끌어내린 뒤, 자신들의 노련함으로 당신을 역습할 테니까요. 이렇게 되면, 결국 스스로 분을 삭이지 못해 화를 내는 것밖에는 할 수 있는 일이 없답니다."

미디어테크의 CEO, 모리 도비는 힘들었던 협상 경험에 대해 들려주었다. 협상 테이블에서 상대편의 리더가 모리의 제안에 반대하면서 이런 저런 이의를 제기했다. "전 심호흡을 하면서 숨을 돌린 뒤 그 사람을 바라보았습니다. 그리고 유머를 섞어서 친절하고 진솔한 방식으로 응수했습니다. 그 사람의 의견과 지위를 존중하되 저의 의견과 위치 또한 확고히 했죠. 결국 계약이 성사됐습니다. 나중에 협상 테이블에 함께 있었던 사람을 복도에서 마주쳤는데. '정말 잘하셨습니다. 대표는 단지 당신을 시험해봤던 것뿐입니다.' 라고 말하더군요." 모리는 "그 사람들에게서 저에 대한 존경심을 얻어낸 건 정말 즐거운 일이었죠."라고 덧붙였다.

한 CEO는 야구 경기에서 투수가 직구를 던지다가 변화구도 섞어 던질 수 있는 것처럼, 사람에 대해서도 그렇게 할 수 있다고 이야기했다. 그는 "때로 저는 어떤 사람에게 관심이 있기 때문에 그 사람에게 마치 변화구를 던지듯 변칙적인 방법을 쓰기도 합니다."라고 말했다. 이런 경우가 여러분이 잘되기를 바라는 마음에서 쉽사리 인정해주지 않는 경우이다.

사람들이 여러분을 시험하고자 할 때는 다음과 같이 대처하자.

- 어쨌든 포용하는 태도를 계속 유지하라.
- 눈앞의 현상보다는 상대편의 진의가 어디 있는가에 더 관심을 가져라.
- 방어적인 자세를 취하지 마라.
- 상대편이 제기하는 비판에 대해 역으로 질문하라.
- 상대편의 동기가 무엇인지를 엄밀히 파악하라.
- 제 삼자에 대한 것이라기보다는 여러분 자신에 대한 것임을 기억하라.
- 보복하지 마라

▪ 그 안에서 유머를 찾아라.

▪ 예의 바른 태도로 이의를 제기하라.

또한 논의의 내부를 자세히 들여다봐라. 여러분의 입장 또는 상대편의 입장에 대한 오해가 있지는 않은지? 메시지를 제대로 전달했는지? 결과가 현실적인지? 왜 계획대로 되지 않는지?

홈 스테이트 뱅크Home State Bank의 부사장, 데브 허시는 누군가에게 시험당할 때, 스스로에게 위로의 말을 건넨다. "왜 내가 이렇게 느끼는가를 자문합니다. 그리고는 긍정적인 생각을 하기 시작하죠. 저 자신에게 최상품 도자기와 금속공예품은, 뜨거운 불 속에서 단련된 결과라는 것을 상기시킵니다." 금속처럼 사람도 시련을 통해서 성장하는 법이다.

상대편이 여러분에게 처음 '실력 행사'를 했을 때, 결코 '굴복하지 말고 나아가라.' 한번 잃어버린 존엄을 나중에 다시 회복할 수는 없기 때문이다. 여러분이 일단 한번 굽히고 들어간다면 그들은 계속해서 여러분을 모욕할 것이다. 상대편이 처음부터 여러분에게 '그런 행동을 해서는 안 된다'는 사실을 알아야 한다. 즉, 그들이 대했던 다른 사람들처럼 반응하고 도망치지 않는다는 것을 보여줘야 한다. 만약 '그런 행동을 하도록' 지금까지 놔두었다면, 이제 이 책에서 읽은 바를 활용해 상황을 바로잡아야 할 때다. 그렇게 한다면 그 결과에 상관없이 기분이 좀 나아질 것이다. 왜냐하면 최소한 자신이 스스로를 대하는 방식은 더 나아져 있을 테니까.

상대편이 인정해주지 않았다고 해서 투덜대거나 뾰로통해 있거나 불평하지 마라. 오히려 흐름을 어떻게 바꿔야 할지에 대해 창조적으로 생각하라. 상황을 있는 그대로 받아들이고 평가하라. 감정적인 상처 따위는 잊어버리고 새로운 접근 방법을 시도하라. 이런 행동은 최소한 여러분에게 무례하게 굴었던 사람들을 혼란스럽게 할 것이다. 구석에 가서 울고 있는 대부분의 사람들과 다르기 때문이다. 사태가 잘못되기 전에 다른 접근 방법을 미리 생각하라. 지금 당장 대안이 필요하지 않은 시점이라 해도 늘 대안을 가지고 있어야 한다. '대안을 가지고 있다'는 사실만으로 불안이나 두려움이 줄어들 것이고, 미리 생각해두면 문제점들을 사전에 예방할 수 있을 것이다.

무엇보다 이런 실력 행사를 하는 사람들 때문에 여러분의 방식이 바뀌지 않도록 주의하라. 느린 듯하지만 강인한 방식으로 그들을 혼란스럽게 하라. 마치 그들에게 인정받기라도 한 것처럼 그들을 대하라.

그들이 여러분을 압박하면 할수록 더 유쾌하고 강인하게 대처해야 한다. 여러분이 유쾌하고 강인하게 대처하는 만큼 상대편은 여러분을 존경하게 될 것이다. 결국 그들은 여러분이 다른 사람들과 다르며, 자신들의 부정적인 스타일이 전혀 효과가 없다는 사실을 시인하게 될 것이다. 만약 그들이 여러분을 테스트하기 위해 그렇게 행동했다면, 물론 그 테스트를 무사히 통과하게 될 것이다. 그러면 여러분은 그들의 동등한 동료로 대우받을 것이고, 환영받을 것이다. 만약 어떤 사람이 스스로의 불안감 때문에 여러분을 인정하지 못한 것이었다면, 그 사람이 자신의 내부 문제와 맞붙어 싸우는 과제가 남게 된다. 그것은 그 사람 스스로 극복해야 할 문제다.

불행하게도 세상에는 여러분을 인정하지 않음으로써 여러분에게 좌절을 맛보게 하는 사람들이 너무 많다. 이에 대한 나름의 대책을 강구하지 않고 그 사람들이 자신을 인정하지 않았다는 사실 때문에 괴로워만 한다면, 여러분은 패배자가 되고 그들이 승리자가 될 것이다.

여러분을 잘 알지 못하고 제대로 평가하지 못하는 그들의 어리석음에서 위안을 얻어라. 동요, 대결 의식, 스트레스 등의 초기 반응에서 오는 감정적 소모를 최소화하라. 여러분이 올바른 방향으로 향하고 있다면, 어떤 것이든 참아낼 수 있다는 사실을 깨닫게 될 것이다. 누군가가 "그냥 웃어넘기고 잊어버리세요. 화를 내고 괴로워하느니 차라리 나가서 발 마사지나 받는 게 낫죠."라고 말한 것처럼 웃으면서 넘기면 그만인 것이다.

여러분이 이 모든 것을 잘 해냈는데도, 여전히 노골적이고 뻔뻔스럽게 여러분을 거절하는 사람을 만날 수도 있다. 차로 비유하자면, 마치 브레이크가 고장 난 차 같은 사람들이다. 그런 사람을 피해갈 수는 없다. 운전할 때처럼, 안전벨트를 하고 교통신호를 지키고 길 양쪽을 번갈아 살피면서 조심조심 가도 무모하게 돌진해오는 사람이 있게 마련인 것이다. 한 고객이 그런 사람에 대해 설명한 것을 보면 이렇다. "전 제가 올바르게 잘하고 있다고 생각했습니다. 하지만 그 고객은 엉뚱한 방식으로 공격해왔습니다. 말하자면 후진했다가 갑자기 돌진해오는 차 같았죠." 다행히도, 인생에서 이런 유형의 사람을 만날 일은 그리 많지 않다. 살다 보면 마치 속이 빈 수레처럼, 그렇게나 무가치한 것들로 가득 찬 사람을 만날 때가 있다. 이럴 때는 텔레비전 리모콘을 조종하듯이 하면 된다. 리모콘 전원을 끄고 자리를 피한 뒤 발 마사지라도 받는 것이다.

예의 바르게 최선을 다했음에도 불구하고, 다시는 만나지 않았으면 하는 사람들이 있다. 그들은 스스로가 너무도 불안하고, 두려움이 많으며, 비열한 사람들이다. 그들은 '브레이크가 고장 난 자동차' 정도가 아니라 '브레이크가 고장 난 기차' 같은 사람들이다.

하지만 이런 사람들마저도 처음에는 포용하면서 시작해야 한다. 그리고 그들이 '절대적으로 확실하게, 무조건적으로, 되풀이해서' 여러분을 인정하지 않는다는 사실이 증명될 때까지 계속해서 그들을 포용하라. 만약 그들이 '절대적으로 확실하게, 무조건적으로, 되풀이해서' 여러분을 인정하지 않는다는 결론을 얻었을 때 가장 좋은 방법은 떠나는 것이다. 상대편이 인정해주기를 바라는 태도는 상대편을 포용하지 않는 사람, 상대편을 포용하는 방법조차 모르는 사람, 혹은 상대편을 포용하고 싶어 하지 않는 사람과 같이 있을 때 특히 필요하다.

반대로 여러분이 가진 직함이나 권력 때문에 상대편에게 지나치게 잘 받아들여지는 경우도 있다. 이럴 경우에는,

- 같은 방식으로 여러분도 상대편을 포용해라.
- 상대편이 여러분을 인정해주는 것을 이용하지 마라.
- 자기 꾀에 스스로 속아 넘어가지 않도록 주의하라.

상대편이 여러분을 마땅히 인정해야 한다고 생각하지 말고, 그것을 주변 사람들을 편안하게 해주는 데 사용하라. 상대편의 관심에 감사하고, 여러분 또한 상대편에게 관심을 보여주고 되돌려주라.

내가 아는 한 CEO는 자신의 지위 때문에 생기는 후광 효과를 최소화하기 위해 자신의 신분을 속이고 사무실에 들어간다. 그러고는 사무실 여기저기를 돌아다니며 사람들을 1대 1로 만나 이야기를 나누고 정

보를 모은다. 사람들이 자신의 존재를 알고 두려워서 진실을 감추기 전에 말이다.

여러분이 상대편을 두려워하게 하는 위치에 있다면, 그것을 즐기는 한편으로 생산적으로 활용할 수도 있다. 즉, 사람들이 공손한 태도로 어떤 일을 수행하도록 시킬 수 있다. 그럴 경우에도 상대편을 포용하는 것부터 시작하여, 위에서 설명한 다양한 수행 카리스마의 요소들을 활용하도록 하라.

상대편을 포용하라

상대편이 자신을 인정해주기를 바라는 것처럼, 상대편을 포용하고 받아들이는 것도 필수적이다. 여기에는 다른 이견이 있을 수 없으며, 어떤 예외도 있을 수 없다.

상대편을 포용한다는 것은 그 사람의 중요성과 기여도, 능력, 존재를 인정한다는 뜻이다. 사람들은 말로 나타나는 것은 물론 비언어적인 것, 즉 감정적인 확인도 필요로 한다. 사람에 대한 가장 심한 모욕은 무시다. 상대편에게 인정받고자 하는 사람들의 욕구는 매우 강해서, 누군가에게 무시를 당하는 것보다 오히려 싸우는 것을 더 좋아할 정도다. 어떤 사람은 존재를 알아주지 않고 무시당하는 상황을 벗어나고자 놀림감이 되는 걸 감수하면서까지 바보스런 행동을 하기도 한다. 그렇게라도 상대편의 관심을 끌고 싶어 하기 때문이다. 어린 시절부터 사람들은 이런저런 방법 -소극적인 것이든, 적극적인 것이든- 으로 타인의 관심을 끄는 방법을 배운다.

노인들이 나이가 들어가면서 느끼는 좌절감 중에 하나가 점점 더 눈에 띄지 않게 된다는 점이라고 한다.

상대편을 포용하는 것은 상징적 측면과 실제적 측면 모두에서 상대편을 인정하는 것에서 시작한다. 한 개인의 존재 가치를 인정하는 말, 목례, 미소, 스킨십 등이 그 시작이다. 이어서 사람들이 마땅히 받아야 할 온당하고 본능적인 배려가 뒤따라야 한다.

사람들을 있는 그대로 진심으로 포용하는 품성을 길러야 한다. 대부분의 사람들은 훌륭하고 능력 있는 사람들이며, 대부분의 상황에 충분히 대처할 수 있을 만큼 지적이고, 유능하며, 재주가 있다. 이 가운데 최소한의 요건만을 만족시키는 사람이라 해도 진심으로 포용하라. 여러분이 포용하고 지지해주는 자체가 그들에게는 중요한 변화의 계기가 될 수도 있다. 여러분이 상대편에게 대접받고 싶은 바로 그 방식대로 상대편을 대하라. 상대편에 대한 존중과 경의를 가지고. 상대편에게 100% 공정하게 대우를 받고, 흠잡을 데 없이 깨끗한 경력을 갖고 싶다면 여러분 역시 상대편에게 그렇게 해주어야 한다. 여러분이 때로 실수에서 벗어날 '제 2의 기회'를 원하는 것처럼, 상대편에게도 '제 2의 기회'를 주어라. 그가 실수했더라도 말이다. 상대편이 여러분의 실패를 감싸주기를 바라는 것처럼 상대편의 실패를 감싸주어라. 누구를 포용하고, 누구를 포용하지 않을 것인지 선택하는 것이 아니다. 만약 여러분이 상대편을 포용하지 않는다면 지금 연마하고 있는 수행 카리스마 전체가 제대로 효과를 발휘하지 못할 것이다.

"상대편을 포용한다는 것은 간단히 말해, 의식적인 감정이입이다. 진정으로 상대편의 입장이 되어 생각하도록 노력하는 것이다" 헬스그레이즈HealthGrades, Inc.의 사장 겸 CEO, 케리 힉스의 표현이다.

여러분이 상대편을 포용하면 주변 사람들이 편안해진다. 왜냐하면 사람들은 자신을 인정해주는 사람을 믿기 때문이다. 마음이 편안해지면 종종 두려움이나 의심 때문에 생기는 한계를 극복하게 된다. 즉, 여러분은 누군가를 포용함으로써 그들이 가능하다고 생각한 것 이상을 성취할 수 있도록 돕는 것이다. 단지 누군가를 포용함으로써 해줄 수 있는 것을 나열하면 다음과 같다.

- 자존심을 유지할 수 있도록 해준다.
- 스스로의 가치 의식을 높여준다.
- 개인적인 존엄을 높여준다.
- 그들의 행복을 최대화한다.

상대편을 포용한다는 것은 허위로 추켜세우거나, 감언이설을 쏟아내거나, 개인을 숭배하거나, 남의 비위를 맞추는 것이나, 불합리한 추종 같은 것은 절대 아니다. 이는 단지 상대편을 판단하고 비판하는 태도 대신에 상대편에 대한 중립적이고 긍정적인 태도를 갖는 것을 뜻한다.

지위고하를 막론하고 여러분은 모든 사람을 받아들이고 포용해야 한다. 여러분이 원했던 일을 다른 동료에게 넘겨준 사장, 여러분의 이력서를 무시한 인사 담당관, 도로에서 운전을 방해한 다른 운전자, 바쁘다는 핑계로 여러분을 도와주지 않은 자동차 대리점 직원, 여러분의 개가 짖는 소리 때문에 시끄러워 못살겠다며 경찰을 부른 이웃, 인색했던 친구,

친지들에게 뜬소문을 퍼뜨리고 다닌 친척 아줌마 등 모든 사람을 받아들이고 포용해야 한다. 중요한 것은 이 리스트는 끝이 없다는 것이다. 세상의 모든 사람들을 호모 사피엔스, 즉 현생 인류의 구성원이라는 그 사실만으로 받아들이고 포용해야 한다. 상대편이 여러분을 인정해주기를 바랐던 것처럼 여러분도 상대편을 포용해야 하는 것이다.

Mento 상대방을 포용하는 법

- 상대편에 대해 '능력 있고 유능한 사람'이라고 생각하라.
- 상대편을 대할 때 유능한 사람으로 대하라.
- 그럴 만한 가치가 없어 보이는 사람에게도 꾸준히 열린 태도를 보여라.

상대편에 대해 '능력 있고 유능한 사람'이라고 생각하라.

여러분이 능력 있는 것처럼 상대편도 유능하다. 그렇다! 지구상에 아예 존재하지 않았으면 하고 바라는 골칫덩이 아첨꾼, 멍청이, 바보라 하더라도 그들 또한 능력이 있으며 인간으로서 인정받을 만한 가치가 있는 존재다.

여러분이 일상생활에서 마주치는 모든 사람이 여러분 자신만큼 중요한 존재들이다. 여러분보다 덜 중요한 사람은 아무도 없다. 그들이 여러분을 우러러보든 그렇지 않든 상관없이 여러분은 그들을 깔보아서는 안 된다. 사람을 대할 때 그 사람이 전에 경험해본 것보다 더 많은 존경을 가지고 대한다면, 그와의 관계는 결코 잘못되지 않는다.

그렇다고 해서 '당신은 능력이 있습니다.'라고 큰 소리로 떠들고 다닐 필요는 없다. 그랬다가는 오히려 '당신은 평균 수준이네요.'라고 말하는 것으로 오해받을지도 모른다. 하지만 이 책을 읽고 있는 여러분과 나는 '당신은 능력이 있습니다.' 라는 말이 '당신은 유능합니다... 당신은 그 일을 할 만합니다... 당신은 성공할 겁니다.' 라는 뜻임을 기억해 두도록 하자.

끝까지 '상대편이 능력 있고 유능한 사람' 이라고 생각해야 하며, 절대로 '무능하다' 고 생각하거나 말해서는 안 된다. 어떤 사람의 행동이 기준에 미치지 못해서 냉정한 검토가 필요할 수도 있다. 하지만 그렇더라도 인간으로서 그 사람은 여전히 능력 있는 사람이다.

자신이 상대편을 대할 때 참을성이 없고 독선적이거나 건방지다는 사실을 깨달았다면, 당장 고치도록 하라. 하던 일을 멈추고 스스로를 바꾸는 일부터 시작하라. 여러분이 만약 대우받는 입장이라면 어떤 대우를 받고 싶은지 1분만 생각해보라.

여러분이 상대편을 포용하지 못한다면, 상대편도 분명 여러분을 인정해주지 않을 것이다. 하지만 여러분이 먼저 상대편을 포용한다면, 여러분은 실제보다 더 강한 인상을 주는 감동적인 사람으로 인정받을 것이다. 상대편을 존중해주면 사람들은 여러분을 더 잘 믿고, 여러분에게서 편안함을 느낀다. 그들은 기꺼이 여러분의 말을 듣고, 여러분과 무언가를 의논하고, 여러분의 지시를 받을 준비가 돼 있을 것이다.

누군가를 포용해주면, 그는 여러분에게 감사하게 될 것이고, 여러분을 기쁘게 해주고자 할 것이다. 당연히 그가 하는 일의 결과가 좋을 것이고, 그 때문에 여러분은 더더욱 그를 지지하게 될 것이다. 결국 여러분과 그 사람 모두 이득을 보게 되고, 그 같은 '수혜적인 주고받기' 가 일종의 바이러스처럼 다른 사람들에게까지 퍼지게 된다. 이와 관련해

블룸버그 뉴욕 시장에 대해 들은 바가 있다. "그가 가진 가장 뛰어난 재능은 사람들이 할 수 있을 것이라고 생각하지 않았던 일을, 할 수 있도록 고무하는 것입니다." 맥더미드 프린팅 솔루션즈MacDermid Printing Solutions의 CEO, 스테판 라겐에 대한 이야기도 있다. "그는 사람들이 스스로 생각한 것보다 15% 더 잘할 수 있게 해준다."

상대편을 대할 때 유능한 사람으로 대하라.

이렇게 하기 위해서는 노력이 필요한 것이 사실이다. 하지만 자신이 원하는 것을 상대편에게도 주어야 한다. 상대편에 대해 생각하고 그들과 대화를 나누고, 제 삼자에게 그들에 대해 이야기할 때 중립적이거나 긍정적인 측면을 선택하라. 이런 태도를 통해서 여러분은 1) 그들의 강점을 더욱 더 중요하게 부각시키고, 약점을 그들과 무관한 것으로 만들 수 있다. 2) 자신들이 거의 완벽하다고 알게 하거나, 최소한 좋은 쪽으로 생각할 수 있게 해준다. 3) 거절당할지도 모른다는 두려움을 최소화시켜 준다.

"이것은 지나치게 관대하고 이상적이야."라고 생각하고 있다면, 그런 생각을 버리고 다시 생각해보라. 이것은 단지 여러분이, 상대편이 여러분에게 해주었으면 하고 바라는 것일 뿐이다. 상대편을 유능하다고 간주하기 위한 좋은 출발점은, 그들에게 관심과 흥미를 갖고 시간을 투자하는 것이다. 건설적인 것에 초점을 두어 뭔가 좋은 점을 찾아라. 재치, 뛰어난 숫자 감각, 멋진 옷, 새하얀 치아, 새 펜, 멋진 헤어스타일, 성실성, 지성, 친절함, 철저한 시간 개념, 그 밖에 생각해낼 수 있는 무엇이든지. 여러분의 마음이 '그는 무능하고 이 일에 적합하지 않은 사람이야.' 라는 쪽으로 흐르지 않도록 하라.

'그는 능력 있어. 또는 그녀는 능력 있어.' 라는 생각에 이어서 '나는 당신을 잘 압니다. 당신이 뭘 하는지도 잘 알고 있고요. 그리고 당신이 생각보다 더 많은 일을 할 수 있다는 것을 알고 있습니다.' 라고 조금은 과장되게 감정을 표현해보라.

불안정한 성격으로 성장했지만, 남편의 지원과 장려 덕분에 유명인사가 될 수 있었던 한 토크쇼 진행자는 말한다. "'당신은 할 수 있어, 할 수 있어, 할 수 있어.' 라는 말을 통해 부족했던 자기 확신을 채울 수 있다. 그 효과가 얼마나 빠른지 안다면 여러분은 깜짝 놀라게 될 것이다."

"CEO라는 타이틀 때문에 저는 사람들을 압박하거나 위협하는 힘을 갖게 되었습니다. 그래서 저는 되도록 사람들을 편안하게 해주려고 노력했습니다. 늘 미소 짓고, 솔직하게 대하고, 먼저 '안녕하세요?' 하고 인사를 했죠." RTM 레스토랑 그룹RTM Restaurant Group의 CEO, 러스 움프나우어의 말이다. 그는 "전 제가 그들을 존중한다는 사실을 알아주기를 바랐고, 그것이 절대로 어리석은 짓이라고 생각하지 않았습니다."라고 덧붙였다.

여러분이 할 수 있는 가장 작고도 손쉬운 행동은 상대편을 칭찬하는 것이다. 상대편을 칭찬하는 데는 노력이 전혀 필요 없고, 돈도 들지 않으며, 단지 몇 초의 시간만 있으면 된다. 칭찬은 내가 1장에서 언급됐던 하루 800번 이상의 순간적인 기회를 활용할 좋은 방안이다. 최소한 "누군가 저에게 '당신이 저의 하루를 기쁘게 해주었어요.' 라고 말하는 것만으로 '나의' 하루가 즐거워진다는 것을 배웠다."는 어느 책의 문구처럼 말이다.

오늘 기쁘게 해줄 일이나 사람을 찾는 것은 좋은 목표다. 대상은 되도록이면 여러분에게서 그런 것을 바라지 않거나 많이 받지 못한 사람으로 정해라. 전설적인 존 록펠러는 사람들에게 10센트짜리 동전을 나누어주곤 했다. 여러분은 10센트짜리 동전 대신 칭찬을 나누어주도록 하라. 칭찬은 상대편을 '유능한' 사람으로 대하는 가장 쉽고 직접적인 방식이다. 상대편의 가치와 중요성을 알아내고, 그에 상응하게 대우하라. 어떤 사람이 가치 있고 중요하다고 느낀다면, 그대로 표현하라. 만약 여러분이 느끼기만 하고 말하지 않는다면, 그들은 결코 이 사실을 알지 못할 것이다. 결국 여러분과 상대편 모두에게 소중한 기회가 사라져 버린다.

책을 내려놓고, 누군가를 찾아가서 그에 대해 새롭게 알아낸 칭찬거리를 이야기해줘라. "돈이나 섹스 이상으로 사람들은 인정받고 싶어 하고 칭찬을 바란다." PR 담당 이사인 리사 에거턴의 말이다.

"그 사람은 정말 똑똑하답니다. 꼭 당신처럼 생각하지 뭐예요."와 같은 간단한 말들로 멋진 칭찬을 할 수 있다. 이외에 좋은 칭찬을 예를 들면 다음과 같다.

- '당신에게' 감사합니다. –그냥 '감사합니다' 가 아니다–
- 좋은 지적이에요. 전 생각도 못했답니다.
- 나는 당신이 정말 자랑스러워요.
- 더 좋은 생각이네요.
- 당신은 정말 가치 있는 사람이에요.
- 당신이 하는 일이 얼마나 좋은 일인지 알고 계세요?

■ 당신은 정말로 ○○○ 같군요. -○○○을 당신이 활동하는 영역에서 중요하고 성공한 사람의 이름으로 채워라-

정직하게 진심을 담아서 사람들의 특별한 재능을 상기시켜 주면, 사람들은 여러분을 현명하다고 생각한다. 그럴 만한 사람이든 아니든, 일반적으로 사람들은 '당신의 판단이 옳다' 고 느낀다. 〈너무 친절한 당신You re Too Kind〉의 저자 리처드 스텐겔은 〈타임〉지에 다음과 같이 썼다. "자존심이 셀수록 아첨에 더 쉽게 넘어간다. 자기 확신을 가진 사람들은 자신들에게 직접 하는 칭찬을 풋내기의 판단이라기보다는 통찰력 있는 판단이라고 생각한다." 그는 또한 벤 프랭클린이 지은 〈가난한 리처드의 달력Poor Richard s Almanac〉의 내용을 인용하고 있다. "아첨을 받는 사람에게 있어서 아첨꾼은 절대로 우스꽝스럽거나 말 안 되는 소리를 하는 사람으로 보이지 않는다. 아첨을 받는 사람은 항상 아첨꾼의 말을 받아들이게 되어 있다."

내 친구 덱스가 길에서 노동자를 만났을 때나, 식료품 가게에서 점원이나 낯선 사람을 만났을 때 즐겨 쓰는 말이 있다. 그는 "정말 열심이시네요."라고 큰 소리로 인사한다. 인사를 받는 사람들은 자신들이 정말로 그렇다고 '생각한다.' 따라서 그가 인정해주는 것을 즐거워한다. 사실 그들이 그렇게 열심히 일하고 있지 않았다 하더라도 자신들의 존재를 인정해주는 것 자체를 기분 좋게 생각한다.

허버트 마인즈 어소시에이츠Herbert Mines Associates의 전무이사, 데이브 하디는 칭찬을 적절히 활용하는 사람이다. "고객과 함께 있을 때 저는 항상 칭찬거리를 찾습니다. 그들이 자료 조사부터 매매 협상을 끝까지 마무리하는 데까지 얼마나 유능했는지를 말합니다. 늘 칭찬할 어떤 것을 찾고, 더불어 다음에도 더 잘할 필요가 있다는 말도 하죠. 동료들에게도 마찬가지입니다. 편하게 동료들 자리에 들러서 '저번 미팅에서 정말 잘했어. 그 주제에 관해서 너보다 많이 알고 있는 사람은 없을 거야.' 라고 말해줍니다."

여러분이 한 인간으로서 상대편을 포용한다는 사실을 보여주었다면, 때로 그 사람에 대한 비판이 필요할 때 효과적이고 건설적으로 –그 사람 자체가 아니라– 그의 '행동'을 비판할 수 있다. 사람 자체가 나쁘다는 뜻을 배제한 채, 그의 행동이 어떻게 변화했으면 하는지 명확하게 전달할 수 있기 때문이다. 즉, 인간에 대해서는 이미 포용했으므로 순전히 행동에 대한 이야기라는 사실을 상대편도 이해하기 때문이다.

어떤 사람의 행동을 포용할 수 없다면 이야기하라. 그의 인격, 동기 또는 능력을 공격하지 말고 변화가 요구되는 행동에 집중하라. 인간으로서 그를 포용하는 태도를 견지하고, 문제가 '언제, 어디서, 어떻게, 왜' 발생해서 진행되었는가를 묻고, 어떻게 그 문제를 해결할 수 있을지에 대해 질문하라. 이럴 때 적절한 얼굴 표정과 말투가 필요한데, 이는 4장에서 자세히 논의할 것이다.

Mento 질문하는 법

- '이렇게 했으면' 좋겠습니다.
- 그렇게 하는 데 필요한 것들이 여기 있습니다.
- 그 일을 마치는 데 필요한 시간을 드리겠습니다.
- 제가 기대하는 결과는 이렇습니다.
- 질문 있으세요?

'이 일을 할 수 있을 만큼 상대편이 유능하다' 는 생각을 전제로 위에 언급한 말들을 해야 한다. 그렇게 한다는 것이 마냥 쉬운 일은 아니다. 하지만 할 수 없을 만큼 어려운 일도 아니다.

한 여성 부사장의 말은 여러분에게 도움이 될 것이다. "저는 사람들을 높이 평가함으로써 그들에게서 최선을 끌어내기 위해 노력합니다. 비록 그 사람이 내 삶을 지옥처럼 만드는 사람이라 할지라도 마찬가지죠."

그럴 만한 가치가 없어 보이는 사람에게도 꾸준히 열린 태도를 보여라.

나는 세상에는 갖가지 타입의 사람들이 있으며, 겉보기에 다른 사람들보다 더 가치 있어 보이는 사람이 있는가 하면 그렇지 못한 사람도 있다는 사실을 알고 있다. 하지만 사람들을 판단하고, 분류하는 여러분과 나는 누구인가?

열심히 일하지 않는다고 생각되는 사람들을 우리가 얼마나 가혹하게 비판할 수 있는지에 대해 생각한다면 정말 놀라울 정도다. 그러면서도 우리는 순진하게도 혼자서만 그런 생각을 하고 있으며 상대편은 모를 것이라고 생각한다. 하지만 여러분이 상대편에 대해 그런 생각을 가지고 있다면, 몸 구석구석에서 그런 생각이 배어 나온다. 그 사람이 주변에 있다면 말할 것도 없으려니와 심지어 멀리 떨어져 있을 때도 그렇다. 자신이 가지고 있는 부정적인 생각을 속일 수 있을 만큼 능숙한 배우는 많지 않다. 더구나 지속적으로 속일 수 있는 배우는 더더욱 없다.

여러분의 생각은 상대편의 자존심을 세워주고 유지시켜 주기도 하고, 공격해서 무참히 짓밟기도 한다. '그는 너무 멋져, 그녀는 정말 대단해.' 하는 식으로 과장해서 말할 필요는 없다. '그는 유능해. 그녀도 마찬가지야.' 하고 말해야 한다.

어떤 경우에라도 상대편을 포용하는 태도를 버려서는 안 된다. 5분의 잘못된 행동 때문에 행동을 효과적으로 잘 관리해온 5개월의 시간이 수포로 돌아갈 수도 있다.

어린 시절 혹은 바로 지난주에 들은 가혹한 말들이 여러분에게 어떤 영향을 끼쳤는지, 여러분이 지금 그 말들을 어떻게 기억하고 있는지를 생각해보라. 여러분 스스로가 그런 부정적인 메시지를 전달하고 남에게 상처를 주는 당사자가 될 수도 있다. 잠깐 동안 스스로에 대한 경계를 늦추고 함부로 말하는 순간에 말이다. 순간적으로 해이해져서 내뱉은 말의 결과가 평생 영향을 끼칠 수도 있다.

상대편을 포용한다고 해서, 그 사람이 실제로 어떻게 생각하고 행동하고 말하는지를 망각하라는 것은 아니다. 계속해서 상대편이 어떻게 여러분에게 도움이 되고 해를 끼치는지를 빈틈없이 알고 있어야 한다. 그래야만 잠재되어 있는 문제들이 실제로 발생했을 때 그 문제들을 덮어버리지 않고 노출시켜서 현명하게 대처할 수 있기 때문이다. 또 한편으로 그 문제를 일으킨 사람을 여전히 포용할 수 있어야 한다.

지켜본 결과 어떤 사람의 인격과 동기, 행동이 해롭고 파괴적임이 증명되었고, 그것이 여러분 자신과 주변에 영향을 끼쳤을 때는 묵과해서는 안 된다. 하지만 처음부터 무작정 비난하고 비판하는 반응을 보여서는 안 된다. 그 대신 필요한 항의를 하고, 문제를 해결하고, 잘못된 방향을 되돌리는 쪽으로 반응해야 한다. 만약 여러분이 상대편과 진솔한 인간관계를 맺어왔다면, 문제가 불거졌을 때 마찬가지 접근법으로 원활하게 풀어갈 수 있다.

좋은 의도를 가지고 노력했는데도, 상대편은 여러분의 포용하는 태도를 미심쩍게 생각할 수 있다. 삶에서 일어나는 많은 것들이 실은 오만이 아니라 무지와 순진함에서 일어난다는 사실을 기억하자. 상대편의 행동이 '당신에게 한방 먹이려는' 음모라고 생각하는 것은 옳지 않다. 단지 여러분을 겪어보지 않은 데서 오는 무지 때문인 경우가 많기 때문이다. 한 중역의 말처럼, "모든 것은 기본적으로 선한 의도에서 시작된다." 사람들이 온통 거짓, 사기, 위선, 가장으로 가득 차 있다는 강박관념을 버려라. 상대편도 여러분과 크게 다르지 않다.

"저는 사람들을 대할 때, 상대편이 나를 어떻게 대하는지를 보고 거기에 맞춰서 대해왔습니다. 저는 결코 '그 사람을 어떻게 대하는지'를 말하는 제 삼자의 말에 영향을 받지 않았습니다." 홀스투스 트레이더스 Horsetooth Traders의 CEO, 린 캔터베리의 말이다.

사실 주변에 있는 사람들의 태도와 행동은 자기 방어, 무능함, 심지어는 무지에서 기인하는 경우가 많다. 세상에는 지금도 많은 문제가 쌓여 있다. 상대편을 포용하지 않음으로써 이 복잡한 세상에 불필요한 문제를 보탤 필요는 없다. 어떤 사람이 확실하게 증명할 수 있는 죄를 저지르기 전까지는 그를 포용하여라. 말하자면 이것은 그의 정체가 명확히 밝혀지지 않았기 때문에 주어지는 '불확실성의 혜택' 같은 것이다. 어떤 사람이 명백한 잘못을 저질렀다 해도 허심탄회하게 그 문제에 대해 대화를 하는 한편 인간으로서는 여전히 포용하는 자세를 취하라.

허심탄회한 자세로 문제를 충분히 토론한 뒤에는 먼저 화해의 표시를 보내라. 화해를 청할 때 호의를 베푸는 것보다는 상대편의 호의를 구하는 것이 더 효과적이다. 뭔가를 부탁해서 그가 여러분에게 호의를 베

풀 수 있도록 유도하라. -이에 대해서는 3장에서 다시 논의할 것이다-

메이킹더넘버스닷컴MakingtheNumbers.com의 설립자, 잭 폴비는 "누군가 당신에게 잘못을 했을 때, 오히려 지나치게 친절을 베풀어 상대편을 당혹스럽게 하는 것도 하나의 방법이다."라고 말한다. "그것이 근본적인 상황을 크게 바꾸지는 못할지도 모른다. 그러나 당신에게 잘못한 사람에게 같은 수법으로 반격을 가하는 것을 되도록 삼가고 반대로 호의를 베풀어 답례한다면, 적어도 여러분은 인격적으로 크게 성장할 수 있을 것이다. 물론 잘못을 저지른 상대편을 그렇게 좋게 대하려면 대단한 유머 감각이 필요할 것이다."

상대편이 여러분을 포용하지 않았다는 이유로 여러분도 상대편을 포용하지 않아도 된다고 생각하지 마라. 상대편이 포용하지 않는 이유를 알아보고, 상대편에게 솔직하고 열린 태도를 보여야 한다. 어느 수상이 6살짜리 소녀에게, "어떤 사람이 지도자인지 아느냐?"고 물었을 때, 소녀가 한 말을 기억해야 한다. "네, 항상 옳은 일을 하기 때문에 사람들이 따르고 싶어 하는 사람이에요."

1장에서 이야기한 '먼저 시작하라'는 말을 다시 한번 되새길 필요가 있다. 여러분이 먼저 시작하는 사람이 되어야 한다. 상대편이 여러분을 인정해주기 전에 여러분이 먼저 상대편을 포용하는 것이다. 더구나 상대편이 여러분을 인정해주지 않는다는 생각 자체가 오해일 때도 많다. 그들이 여러분을 인정해주었는데도 표현하는 데 익숙하지 않아서 빚어지는 결과다. 그들은 '따뜻하고 친근한' 연기에 능숙하지 못했을 뿐인 것이다. 그러므로 여러분은 상대편이 어떻게 하느냐에 상관없이 상대편을 포용하는 태도를 유지해야 한다.

여러분이 먼저 상대편을 포용하면, 상대편도 태도를 바꾸어 여러분을 인정해줄 것이다. 하지만 더 중요한 것은 상대편을 포용하는 여러분 스스로의 능력을 끊임없이 갈고 닦을 수 있다는 점이다.

상대편의 자존심 지켜주기

인간으로서 삶에서 최우선으로 삼아야 할 일은 상대편의 자존심을 지켜주기 위해 최선을 다하는 것이다. 상대편은 여러분이 무엇을 했는지, 어떤 모습이었는지, 무슨 말을 했는지 정확히 기억하지 못할지도 모른다. 하지만 여러분이 그들을 '어떻게 느끼게 했는지' 기억할 것이다.

상대편의 자존심을 지켜주기 위해 해야 할 중요한 일이 하나 있다. 자기중심적인 태도를 버리는 것이다.

수행 카리스마는 여러분 자신에 관한 것이라기보다는 오히려 상대편에 대한 여러분의 영향에 관한 것이다. 여러분은 상대편의 자존심을 다치게 할 것인지, 오히려 고무시킬 것인지 선택할 수 있다. 후자라면 그들은 더 많은 일을 해낼 수 있을 것이다. 마치 여러분이 좋은 기분에서 더 많은 일을 할 수 있는 것처럼. "우리가 사용하는 언어는 우리에게 건설적인 힘을 주기도 하고, 때로 파괴적인 힘을 발휘하기도 합니다." 홈 스테이트 뱅크Home State Bank의 부사장, 데브 허쉬는 '긍정적인 말'의 중요성을 강조한다. "어느 때고 긍정적인 생각을 이야기할 수 있습니다. 사실 긍정적인 생각을 말하는 데는 돈 한 푼 들지 않죠."

자존심을 지켜준다는 것은 여러분 자신과 상대편을 존중하는 것이다. 여러분의 자존심에 상처를 입었다면, 그것은 자신의 태도에서 비롯된 것일 것이다. 그러나 상대편마저 여러분의 자존심을 지켜주지 않을 때 자존심의 상처는 정말로 심해진다.

그러므로 상대편뿐 아니라 자기 자신의 자존심을 지켜주면서 시작하라. 사실 상대편의 자존심을 지켜주는 것은 작은 감사와 칭찬, 호의에서 시작할 수 있다.

미디어테크MediaTech의 CEO, 모리 도비의 비법은 다음과 같다. "제 사무실에서 사람을 만날 때 저는 늘 '커피 한잔 하실래요?' 라고 묻습니다. CEO가 직접 커피를 타주는 것은 상대편을 존중한다는 뜻이죠. 또한 이것은 할 일이 많은 비서를 존중해주는 행위이기도 합니다."

상대편의 자존심을 지켜주기 위해 최선을 다하라. 어떤 사람의 경우 스스로 자존심을 갖고 있지 않을 수도 있다. 그런 사람이라면 굳이 여러분이 나서서 자존심을 지켜주고 구해줄 필요는 없다. 하지만 자존심과 자신감을 가지고 있는 사람이라면 결코 그 자존심과 자신감을 묵살해서는 안 된다. 여러분과 마찬가지로 상대편도 아래와 같은 것들을 가질 권리가 있다.

- 자기만족
- 자기 가치에 대한 인정
- 자애심
- 자존심

하지만 아무리 좋은 것도 지나치면 나쁜 법이다. 런던 경영대학원과

케이스 웨스턴 리저브 대학에서 최근에 발표한 연구 결과에 따르면, 자존심이 지나치면 부족한 것보다 오히려 더 해로울 수 있다고 한다.

예를 들어, 자존심이 센 사람은 도로에서 자동차 경적을 더 요란하게 울려대는 경향이 있다. 지나친 자존심이 전반적으로 정신 건강에 어떤 영향을 미치는지를 놓고 심리요법계에서 논쟁이 한창이다. 조사 결과에 따르면, 지나치게 자존심이 높거나 낮은 경우, 폭력적인 방법으로 다른 사람을 위협하는 경향이 높다고 한다. 결국 이런 사람들이 범죄자가 되어 감옥에 가게 되는 것이다.

어쨌든 지나치게 높거나 낮은 자존심을 가질 필요는 없다. 자신과 상대편 양쪽의 정당한 존재 이유를 인정하는 태도, 즉 균형 잡힌 자존심이 필요하다. 이것이 곧 함께 살아가는 인간으로서 상대편에게 인정받기를 바라고, 또한 상대편을 포용하는 자세이다.

왜 우리는 상대편이 불필요한 일을 지시할 때도 그것을 맡아서 하게 되는가? 상대편의 자존심을 지켜주기 위해 최선을 다하는 것이 인간으로서의 의무이기 때문이다.

Mento 자신과 상대편의 자존심을 지켜주는 법

- 시종일관 황금률을 좇아라.
- 자신의 관점을 택하고 컨트롤하라.
- 자신과 상대편, 그리고 삶에 대해 낙관적인 태도를 취하라.

시종일관 황금률을 좇아라.

황금률이란 '상대편이 여러분에게 해주기를 바라는 바대로 상대편에게 하라.' 는 것이다. 이는 대단히 기본적인 행동이다. 상대편에 대해 올바르게 생각하고, 행동하고, 말하라. 그리고 그 올바른 행동을 일관되게 유지하라.

황금률을 달리 표현한 말들을 살펴보자.

- 상대편을 위해 옳은 일을 하라. 그러면 결국 자신을 위해 옳은 일을 한 결과가 될 것이다.
- 상대편이 여러분에게 해주기를 바라는 대로 상대편에게 해주어라.
- 상대편에게 잘하라, 그러면 그들도 여러분에게 잘할 것이다.
- 여러분이 대우받기를 바라는 대로 상대편을 대우하라.
- 상대편이 여러분에게 하지 않았으면 하는 일을 결코 하지 마라.
- 여러분이 하기 싫은 일을 상대편에게 부탁하지 마라.
- 상대편의 기대 이상의 존재가 되라.
- 여러분이 나서서 하고 싶지 않은 일을 상대편에게 요구하지 마라.
- 여러분 스스로 어떤 대우를 받고 싶은가?
- 여러분의 어머니, 아들이 어떤 대우를 받기를 바라는가?
- 여러분 스스로에게 기대하는 바를 상대편에게도 기대하라.

"면접을 시작해서 5~10분이면 면접자가 적합한 사람인지 아닌지를 알 수 있습니다. 판단의 근거도 무척 명확하고 구체적이죠. 하지만 면접자가 적합하지 않은 사람으로 판단되더라도 면접 시간을 충분히 줍니다. 내가 시간을 쏟을 만큼 가능성 있는 후보이며, 그만한 가치가 있는 사람이라는 사실을 스스로 깨닫게 하고 싶어서입니다." 한 채용 담당

이사가 한 말이다.

상대가 누구든, 상황이 어떻든 상관없이 상호 자존심을 지키기 위해 상대편이 여러분을 인정해주기를 바라고, 상대편을 포용하는 태도를 버려서는 안 된다.

만약 상대편의 자존심을 무너뜨린다면, 여러분이 나름대로 저력을 가지고 있다고 해도 그만큼 여러분의 경력과 개인적인 삶에서 손실을 보게 될 것이다. 상대편을 깎아내리거나 나쁘게 보이게 함으로써 자신이 돋보이는 경우는 없기 때문이다.

살다 보면 무척 피곤하거나, 두렵거나, 준비를 채 다하지 못하거나, 머리가 엉망이라거나 하는 갖가지 이유로 상황이 여의치 않을 때가 자주 있다. 하지만 그런 것에 개의치 말고 늘 일관성을 유지하라. 아래는 일관성을 유지하는 너무나 단순한 3단계다.

1. 결심하라.
2. 끈기 있게 고수하라.
3. 1과 2를 반복하라.

관객에 따라 다른 연주를 하는 연주자가 되지 마라. 상황에 따라 변화하면서 적응하고 맞추려고 노력하는 사람은 너무나 많다. 그렇게 일관성 없이 바뀌는 사람이라면, 그가 어떤 재주를 갖고 있었는지조차 기억하기 어렵다. "컨트리클럽에 있을 때나 동네 스포츠 용품 매장에 있을 때나 똑같이 행동하려고 노력한다."는 사람처럼 행동에 일관성을 가져라. 누구가의 앞에서나 뒤에서나 같은 모습을 유지하라.

초특급 호텔에서 경영자 집단을 대상으로 강연한 적이 있었다. 나를 고용한 사람은 상대편의 자존심을 배려하는 데는 최고의 자질을 가진 사람이었다. 그는 내가 전화를 하거나 이메일을 보낼 때마다 너무도 유쾌하고 재치 있게 대해주었다. 강연이 있는 날 아침, 나는 강연하게 될 강연장의 위치와 레이아웃을 체크하고 싶었다. 운동을 마친 뒤라서 온몸이 땀에 젖어 있었고, 머리 손질이나 메이크업도 전혀 하지 않은 채로, 시설을 둘러보기 위해 호텔로 갔다. 강연 몇 시간 전이었기 때문에 강연 관계자는 당연히 없을 것이며, 나를 알아볼 만한 사람도 없을 것으로 생각했다. 하지만 현장에 그 행사 기획자가 와 있었다. 아마도 나처럼 행사장을 미리 체크하려는 목적이었을 것이다. 그 사람은 사진에서만 봤기 때문에 나를 알아보지 못했고, 복도에서 나를 밀쳐내다시피 하면서 퉁명스럽게 스쳐 지나갔다. 마치 자신이 살고 있는 세상에 이처럼 마음에 안 드는 사람이 있다는 것을 참을 수 없다는 듯이. 나는 내 존재를 알리지 않았고, 후에도 그녀에게 그 이야기를 하지 않았다. 물론 강연 시간에 내가 '잘 차려입고 멋진 외모'를 하고 있었을 때 그녀는 내게 예전의 유쾌한 면을 보여주었다.

자신의 관점을 택하고 컨트롤하라.

여러분이 수행 카리스마를 터득하여 잘 활용하는가의 10%는 '여러분에게 어떤 일이 일어나는가'와 관계돼 있고, 나머지 90%는 일어난 일들에 '어떻게 반응하는가'와 연관돼 있다. 즉, 어떤 일이 발생하는가가 아니라 여러분이 어떻게 반응하는가가 절대적으로 중요하다. 여러분은 주변에서 어떤 일이 진행될 것인가에 대해서는 거의 선택의 여지가 없다. 그러나 그 일에 어떻게 반응할 것인가는 언제나 여러분의 선택이다.

그렇다고 해서 현실을 피하기 위해 상황을 있는 그대로가 아닌 왜곡된 형태로 받아들이고 반응하라는 것은 아니다. 늘 깨어 있으면서 스스로 선택한 생산적이고 건설적인 관점을 가지고 자신의 태도를 통제하라는 것이다. 옳은 관점과 잘못된 관점은 결국은 같은 지점, 여러분의 '선택' 에서 비롯된다.

자신의 관점을 선택하는 것은 '동전의 다른 면' 을 들여다보는 것처럼 간단한 일이다. 상대편이 여러분의 관점을 통제하도록 내버려두지 않고, 스스로 자신의 관점을 통제하는 것이다. 여러분도 마찬가지겠지만 나도 무작위로 전달되는 스팸성 이메일을 좋아하지 않는다. 하지만 개중에는 가끔 쓸모 있는 내용이 들어 있는 것도 있다. 아래도 그런 메일 중에 하나다.

자, 이제 여러분은 핵심을 파악했을 것이다.

감사합니다

- 너무 꽉 끼는 옷에 감사합니다. 그것은 제가 충분히 잘 먹었음을 의미하니까요.
- 내가 들은 정부를 비난하는 말들에 감사합니다. 그것은 제가 '표현의 자유' 를 갖고 있음을 의미하니까요.
- 이른 아침에 울려대는 자명종 소리에 감사합니다. 그것은 제가 살아 있음을 의미하니까요.

- 설거지를 돕지 않고 텔레비전을 보고 있는 10대 자식에게 감사합니다. 그것은 그 아이가 거리를 헤매지 않고 집에 있다는 것을 의미하니까요.
- 제가 내고 있는 세금에 감사합니다. 그것은 제가 아직 일자리가 있다는 것을 의미하니까요.
- 늘 깎아줘야 하는 잔디, 지저분한 유리창, 제대로 맞춰줘야 하는 지붕 물받이에 감사합니다. 그것은 제가 집을 가지고 있음을 의미하니까요.
- 하루가 끝나고 난 뒤의 피로함에 감사합니다. 그것은 제가 열심히 일할 능력이 있음을 의미하니까요.
- 주차장 맨 끝에서 어렵게 찾은 주차 공간에 감사합니다. 그것은 제가 두 다리가 멀쩡해 걸을 수 있으며, 동시에 자동차까지 소유하는 혜택을 누리고 있음을 의미하니까요.

오늘 어떤 일이 있었든지 간에, 동전을 뒤집듯이 반대 면을 보라. 가벼운 자동차 접촉 사고가 있었다면, 더 심각하지 않은 것에 감사하라. 어떤 사람이 약속에 늦는다면, 기다리는 시간을 잘 활용하라. 누군가 여러분을 비판하면, 기쁜 마음으로 받아들이고 고쳐라. 나중에는 그 누구도 같은 내용으로 공격하지 않도록 말이다. 여러분이 원했던 일을 남이 하게 됐다면, 여러분의 수행 카리스마를 일깨우고 분발해야 할 계기라고 생각하라.

오랫동안 열심히 들여다보면, 모든 것에는 좋은 측면이 있게 마련이다. 신중히 들여다보고, 여러분만의 관점을 선택하기 위해 노력하라.

어떤 일을 바라볼 때 누구나 원하는 관점과 태도를 선택할 수 있다. 마야 안젤로의 시에서처럼, "당신이 좋아하지 않는 것이라면, 그것을 바꿔라. 바꿀 수 없다면, 바라보는 여러분의 태도를 바꿔라."

자신과 상대편, 그리고 삶에 대해 낙관적인 태도를 취하라.

여러분이 하는 모든 일에서 근본적인 토대가 되어 줄 긍정적인 견해를 선택하라. 식이요법이 어떤 음식을 골라서 입 안에 넣을 것인가를 선택하는가에 달려 있듯이, 마음을 위한 식이요법은 무엇을 골라서 머릿속에 넣을 것인가를 선택하는 데 달려 있다. 위통, 두통, 극심한 피로, 입 냄새 따위를 가져오는 정신적인 부작용이 없도록 잘 선택하라.

스스로 자신의 관점을 선택하라. 더 나아가 생산적이고 건설적이며, 긍정적인 관점을 선택하라. 다른 사람이 여러분의 머릿속에 부정적인 견해를 심어 줄 여지를 주지 마라.

한 가지 긍정적인 생각을 하는 것만으로 여러분의 매 순간, 하루, 인생의 방향이 바뀔 수 있다. 영화배우 마이클 폭스는 자신이 파킨슨병을 어떻게 극복하고 있는지에 대해 "좋은 생각, 행복한 생각, 감사하는 생각으로 하루하루를 시작한다."고 말했다. 무엇을 제일 먼저 생각하는가는 중요하다. 하지만 이어지는 두 번째, 세 번째, 네 번째 생각도 역시 중요하다.

스스로에게 주변 사람들, 자신을 둘러싼 상황 등이 얼마나 안 좋은가를 역설한다면 당연히 소극적이고 부정적인 관점을 택하게 될 것이다. 안 좋은 일을 두 번, 세 번, 네 번 머릿속에서 곱씹으면 여러분의 정신이

'그것이 안 좋다' 는 사실을 믿게 되고, 그 믿음에 맞춰서 움직이게 된다. 이렇게 되면 사태가 처음보다 더 악화될 소지가 높다. 결국 작은 눈덩이 하나가 눈사태로 발전할 수도 있다.

이럴 때 여러분이 자기 파괴적이고 부정적인 독백을 멈추고 긍정적인 쪽으로 전환하여 사고한다면, 그것은 '이미 일어난 일' 일 뿐 그 이상도 이하도 아닐 것이다. 그러나 여러분이 그 안 좋은 일에 대한 생각을 떨쳐 버리지 못하고 곱씹어 생각한다면, 비관적이고 우울한 생각들로 여러분의 시간과 두뇌세포가 소진될 것이다.

러시아에 있는 친구가, 102살 먹은 여지주에 대해 이야기해준 적이 있다. "그 사람은 아플 때마다 '내일은 나을 거야.' 라고 자기에게 말했는데, 실제로 그렇게 됐다는군."

물론, 우리는 현실적이어야 한다. 좋은 소식이든 나쁜 소식이든 상황을 명확하게 알려고 하는 것이 최우선이다. 항상 실제 상황을 엄밀하게 검토하라. 그렇지만 너무 빨리 부정적인 생각으로 당황스러워하지는 마라. 삶에서 근본적으로 좋거나 나쁘거나, 옳거나 그른 것은 거의 없다. 거의 대부분이 또 다른 관점에서 생각해볼 수 있는 여지가 있다는 말이다. 물론 그 관점은 전적으로 여러분의 선택에 달려 있다.

허쉬 푸즈Hershey Foods Corp.의 CMOChief Marketing Officer, 최고마케팅책임자, 윈 윌라드처럼 생각해보자. 그는 "신은 날마다 저에게 태양을 비춰줍니다. 가끔 흐린 날도 있지만요."라고 말했다.

펜실베이니아 대학의 심리학 교수이자 〈낙천주의를 배워라 : 생각과 삶을 바꾸는 법Learn Optimism : How to Change Your Mind and Your Life〉이라는 책의 저자인, 마틴 셀리그먼 박사의 이야기를 들어보자. "만약 여러분이 가능성과 긍정적인 결과를 기대하면서 살아간다면, 결과적으로 가능성이 실현되고 긍정적인 삶을 살게 될 확률이 높아진다. 승진할 수 있는 더 좋은 기회를 얻고, 안 좋은 기운은 멀리 달아난다. 또한 여러분 주변으로 좋은 사람들을 끌어올 수 있는 더 많은 기회를 얻게 될 것이다. 비관적인 사람은 우울증에 걸릴 확률이 8명 중에 2명꼴로 매우 높다. 반면에 낙관적인 사람들은 암에 걸리거나 심장병으로 죽을 확률이 훨씬 낮다."

랜스 모로는 〈타임〉지에 다음과 같은 글을 썼다. "낙관주의를 제대로 이해하면, 이것은 '생각하지 않거나 생각이 없는 상태' 가 아니라, '뭔가를 할 수 있는 힘' 을 불어넣는 능력이다. 세상에서 이보다 더 활동적인 에너지를 가진 것은 없다."

한 사람이 가진 낙관주의는 다른 사람에게까지 영향을 미친다. 특히 회사 사장에게서 시작된 분위기는 무척 빠르게 아래로 퍼져나간다. 왜냐하면 모든 사람이 사장을 보고 있기 때문이다. 직원들은 일뿐 아니라 감정적인 면에서도 사장의 영향을 받는다. 맨 위층 집무실에서 문을 꼭꼭 닫고 있어서 직원들 눈에 잘 띄지 않을 때조차도 마찬가지다. 사장의 태도는 찾아와서 직접 보고하는 사람의 분위기에 영향을 주고, 그것이 도미노 현상처럼 전 회사로 퍼져나간다. 다니엘 콜레만이 〈하버드 비즈니스 리뷰Harvard Business Review〉지에서 주장한 내용이다. 지도자의 분위기는 주변 사람들의 분위기에 영향을 준다. 즉, 여러분이 지도자라면 주변 사람들을 부정주의로 내몰 수도 있고, 그 반대로 할 수도 있다.

L.E. 해리슨과 S.P. 헌팅턴이 편집한 〈문화가 중요하다 : 가치가 어떻게 인간의 발전 방향에 영향을 주는가?Culture Matters : How Values

Shape Human Progress, New York : Basic Books, 2001〉에서 하버드 대학 역사학자 데이비드 랜디스는 낙관주의의 중요성을 다음과 같이 강조했다. "스스로가 자신에게 주는 권한보다 더 효과적인 권한 부여는 없다. 이 세상의 낙관주의자들이 가진 것이 바로 그것이다. 낙관주의자들은 늘 옳기 때문이 아니라, 긍정적이기 때문에 이런 권한을 가질 수 있다. 일이 잘못됐을 때조차도 그들은 긍정적인데, 이것이 곧 목적을 달성하는 비결이다."

낙관주의는 바보 같고, 순진하며, 황당한 꿈을 꾸는 그런 관점이 아니다. 실패를 두려워하지 않고, 앞으로 나아가는 길을 선택하는 것이다. 또한 불필요한 걱정, 불안, 좌절감으로부터 자유로워지고자 하는 것이다. 비관적이고, 불확실하며, 편협하고, 지나치게 감정적이며, 불쾌하고, 혼란스러운 생각 없이 당차게 행동하고자 하는 것이다. 상황이 아무리 좋지 않더라도, 있는 상황 그대로를 받아들여라. 그러나 '나는 성공할 것이다.' 라는 긍정적인 마음 자세만은 결코 버리지 마라.

예일 대학에서 29년 동안 수행한 '낙관적인 태도' 에 관한 연구 결과에 따르면, 낙관적인 태도는 혈압, 콜레스테롤 수치, 흡연, 비만보다 건강에 더 많은 영향을 끼친다. 낙관적인 태도는 뇌졸중으로 사망할 위험을 줄이고, 심장병에 걸릴 확률도 줄여준다. 연구 결과는 또 낙관적인 태도를 가진 사람의 평균 수명이 그렇지 않은 사람보다 약 7.5년 정도 길다는 사실도 밝혀냈다.

낙관주의는 교육, 경력, 돈, 성공보다도 더 중요하다. 분명코 여러분의 외모보다도 더 중요하다. 중요한 것은 여러분이 날마다 낙관적인 태도를 가질 것인가 말 것인가를 선택할 수 있다는 사실이다.

도널드 트럼프는 긍정적인 생각의 힘을 강조한다. "나는 '긍정적으로 생각하는 것' 이 가지는 힘을 믿는다. '나는 긍정적이며 행복하다.' 고 생각하면서 스스로에게 그 사실을 확인시키는 것이다. 물론 '나는 행복해질 거야, 나는 행복해질 거야, 나는 행복해질 거야.' 라고 말만 하고 있어서는 안 된다. 결국은 스스로를 행복하게 만들 일을 직접 해야 한다."

〈포춘〉지는 위기의 순간에 지도자가 취해야 할 5단계 행동 원칙을 발표했는데, 그중에 하나가 '아주 낙관적인 관점을 선택하는 것' 이다.

곤경에 빠졌을 때 낙관적인 관점을 선택하라. –물론 곤경에 빠져 있지 않을 때도 낙관적인 관점을 선택하라– 어려운 현실에서도 '긍정적인 것' 을 찾아라. 부정적인 것이 끼어 들어와도, 그 안에서 꾸물거려서는 안 된다. 대신 건설적인 관점으로 상황을 재검토해보라. 자신이 선택한 분위기, 즉 관점 안에서 생각하면 할수록 생각은 점점 더 확고해진다. 그것이 부정적인 것이든 긍정적인 것이든 마찬가지다.

Chapter 3

질문하고 부탁하라

모든 사람의 생각이 똑같다면, 결국 아무도 생각하지 않는 것이다.
- 조지 S. 패튼

수행 카리스마의 토대는 바로 여러분의 정신이다. 강인하고 튼튼한 정신적인 토대를 가지고 있다면, 효과적인 커뮤니케이션을 통해 일이 잘되도록 할 수 있을 것이다. 커뮤니케이션할 때 자료를 나누어주고, 지시 사항을 전달하는 것만으로는 충분하지 않다. 지도자로서 여러분은, 전달받은 사람들이 여러분의 생각을 시의 적절한 방법으로 실행할 수 있도록 이끌어야 한다. 이렇게 하기 위해서는 사람들의 자존심을 추어주고, 그들에게 질문하고 부탁하는 테크닉을 적절히 구사해야 한다. 사람들에게 질문하고 부탁하는 것은 여러분의 지시를 잘 따르도록 하는 방법 중의 하나다.

질문하고 부탁하는 과정을 통해 여러분이 가지고 있는 긍정적인 에너지가 상대편에게 전달된다. 이 과정을 통해서 여러분이 원하는 목표를 이루는 동시에 상대편의 자존심도 지켜줄 수 있다. 상대편이 누구든지 먼저 질문하고 부탁하는 사람이 돼야 한다.

질문하고 부탁할 때 중요한 것은 망설이지 않고, 두려워하지 않는 것이다. 또한 '내가 저 사람에게 물어볼 만한 처지가 아니다.' 라는 식의 느낌을 갖지 않아야 한다. 여러분이 현명하게 사람을 다루고, 적절한 말투와 방식을 활용한다면 누구나 여러분의 질문과 부탁을 받아들일 것이다.

질문하라

'질문하라' 는 말은 너무도 기본적이고 쉬운 충고처럼 보인다. 하지만 '말하는' 대신에 '질문한다' 고 할 때, 하루에도 질문할 수 있는 횟수가 얼마나 많은지를 안다면 깜짝 놀랄 것이다. 여러분이 카리스마를 가진 경영자로서 사람들과 유대 관계를 맺는 데는, 말하는 것보다 질문하는 것이 훨씬 더 좋은 결과를 가져올 것이다. 질문을 통해서 여러분은 새로운 정보를 얻고, 상대편 혹은 어떤 사실에 대한 오해를 피할 수 있고, 문제를 해결하며, 사고가 활발해지고, 사람과 상황에 대해서 빠르고 정확하게 판단할 수 있다. 성공한 사람들은 말하는 것보다 질문을 더 많이 한다. 질문을 생각해내면서 여러분은 지적으로 공격적이지는 않지만 적극적인 자세를 취할 수 있다. 질문을 미리 준비한다면, 그 질문을 통해 상대편에게서 존경과 관심을 얻을 수도 있다. 여러분이 얼마나 말을 잘 알아듣고 대응하는지, 브레인스토밍을 얼마나 잘하는지를 보여줄 수 있기 때문이다. 큰 소리로 말하되, 너무 많이 말하지는 마라. 여러분이 다양한 스타일과 재능을 가진 사람들을 능수능란하게 다룰 수 있음을 보여줘라. 그렇게 하면, 여러분이 속한 팀과의 커뮤니케이션은 물론 다른 팀과의 관계도 개선할 수 있을 것이다. 사람들은 뭔가를 일방적으로 이야기하는 사람보다는 자신들에게 질문하는 사람을 더 좋아한다.

"나는 어렸을 때 어머니에게서 질문하고 잘 듣는 능력이 얼마나 중요한가를 배웠다. 어머니가 저녁을 준비하는 동안에 나는 조리대 끝에 앉아서 어머니와 이야기를 나누곤 했다. 어머니 주변을 빙빙 돌면서 그날 있었던 일에 대해 이야기하면, 어머니는 '음... 그래서 어떻게 됐니?' 라고 물으셨다. 내가 쉬지 않고 학교에서 있었던 일을 말하다가 멈추면, 어머니는 '오호... 그래서?' 라고 다시 물으셨다. 어머니의 이런 반응을 보면서, 누군가 실제로 나에 대해서 물어보고 내 이야기를 들어주었을 때 어떤 기분이 드는가를 알게 되었고, 이것은 귀중한 가르침이었다.

지금까지도 나는 어머니와 같은 방식으로 질문하고 듣는다. 그러면 상대편은 다른 사람에게는 전혀 하지 않는 비밀 이야기들을 나에게 털어놓는다. 왜냐하면 그들은 내가 자신들의 이야기에 대해 질문해주고 들어줄 것임을 알기 때문이다." 크리틱스 시스템스Critix Systems의 수석 부사장, 케이트 허친슨의 말이다. 허친슨은 또 덧붙였다. "이야기를 들어주다 보면 사람들과의 관계가 한 차원 더 진전된다. 즉, 관계가 좀 더 개인적인 단계로 진전된다. 친근감을 키울 수 있고, 서로를 신뢰하게 된다. 이것은 단지 표면적으로만 친화성을 보이는 것과는 다르다."

질문할 때 아래와 같은 목적으로 해서는 안 된다.

- 깊은 인상을 남긴다.
- 정보를 캔다.
- 두렵게 한다.
- 우위를 차지한다.

- 당황하게 한다.
- 궁지로 몰아넣는다.
- 속박한다.
- 비밀을 캔다.

질문은 아래와 같은 것을 목적으로 해야 한다.

- 상대편을 포용한다.
- 상대편의 자존심을 지켜준다.
- 자신이 아니라 상대편에게 초점을 맞춘다.
- 상대편에게 좀 더 많은 재량권을 준다.
- 배운다.
- 이미 알고 있는 것을 확인한다.
- 자신의 생각을 시험해본다.
- 놀라움과 공격에 대처한다.
- 담소를 나눈다.

질문을 하면 배우게 된다. 우리는 대부분 우리가 알고 있다고 생각하는 것보다 훨씬 덜 알고 있다. 질문을 통해서 여러분은 알지 못했던 것을 알게 되거나, 알고 있었던 것을 다시 확인하게 될지도 모른다. 또한 사람들이 실제로 뭘 염려하고 신경 쓰는지를 배우게 된다. 세상에서 벌어지고 있는 일에 대해 끊임없이 배우는 정신을 키운다.

질문은 여러분이 알고 있거나, 알고 있다고 생각했던 것들을 확실하게 해준다. 추측하는 대신에 질문하라. 여러분이 이미 답을 알고 있을 때도 질문하라. '우리가 어디까지 동의했고, 어디서 동의하지 못했죠? 혹은 제가 충분히 이해할 수 있게 해주시겠어요?' 라고 물어라.

만약 어떤 것이 한 가지 이상의 뜻으로 해석된다면, 그 해석은 여러분이 원하지 않는 쪽일 가능성이 높다. 이럴 때도 질문을 통해 직접적이고 적절하게 대처할 수 있다. 양쪽이 다 실제로 이야기하고 있는 것, 진행되고 있는 것에 대해 잘 모르고 있을 경우 발생할 수 있는 모호함, 비유적인 암시, 억측 등을 피할 수 있기 때문이다. 어떤 상황이나 판단을 불확실한 운에 맡기지 말고 질문을 통해 명확히 이해하고 대처하도록 하라.

'어떻게' 물어보느냐도 상당히 중요하다. 단어, 목소리, 어조 등의 선택 말이다. 예를 들어, 상대편이 한 말에 대해 계속 미심쩍은 부분이 있어 의심하고 있다고 치자. '지금 거짓말하고 계시네요.' 라고 직설적으로 말할 수도 있다. 하지만 말을 조금 바꿔서 '그 사실에 대해서 그것이 진실이라고 알고 있습니까?' 라고 질문하는 방식으로 말할 수도 있다. 첫 번째 방식으로 접근한다면 상대편이 정직하든 그렇지 않든 간에, 방어적인 자세를 취하게 될 것이고, 결국 여러분은 진실에 가까이 가지 못할 것이다. 두 번째 접근법은 상대편이 진실을 말하고 있었다면 현재 상황을 다시 한번 설명할 기회를 줌으로써 자신의 자존심을 지킬 수 있게 해준다. 반대로 그 사람이 거짓말하고 있었다면, 대답하면서 스스로 점점 더 깊은 함정으로 빠져들게 될 것이다. 결과적으로 여러분은 상대편이 진실을 말하고 있는지 거짓을 말하고 있는지를 좀 더 명확히 알 수 있게 된다.

여러분은 질문을 통해서 좀 더 효과적으로 일을 위임하고, 관리하며, 이끌어갈 수 있다. 만약 상대편이 스스로 힘을 쏟아서 해결책을 찾도록 하지 않고 무작정 지시만 내린다면, '내 명령을 따르기만 하라.' 고 강요하고 있는 셈이다. 그런 방식으로는 일이 효과적으로 진행되지 않는다. 대신 그들 스스로 힘을 쏟아서 해결책을 내오도록 유도하라. 이것이 상대편의 자존심을 존중하면서 일을 진행하는 방식이다. 이럴 경우, 그들은 조직적인 브레인스토밍을 통해 일이 실패하지 않도록 노력할 것이다. 여러분은 지도자이기 때문에 이미 답을 알고 있거나, 특정한 해답을 원하고 있을 수도 있다. 그렇다면 일하는 사람들이 여러분이 원하는 해답에 이를 수 있도록 적절히 유도하는 질문을 던져라. 여러분이 던진 현명한 질문들을 기반으로 그들이 옳은 결론을 냈을 때, 여러분과 그들 모두가 승자가 되는 셈이다. 옳은 결론에 이를 수 있도록 '제대로 된' 질문을 하는 것은 여러분의 능력에 달려 있다.

'내가 하라고 했으니 이것을 해라.' 라고 말해야 할 때도 있다. 이럴 경우에도 명령을 내리기 전에 먼저 질문을 활용하도록 해라. 질문을 통한 유도 과정이 있은 뒤라면, 상대편이 여러분의 지시를 좀 더 호의적으로 받아들일 것이며, 좀 더 좋은 결과를 낼 것이다.

질문을 활용하면 어떤 사실에 대한 놀라움이나 상대편의 뜻하지 않은 공격에 좀 더 현명하게 대처할 수 있다. '무슨 말이죠?' 라는 질문은 여러분이 무방비 상태에 빠져 있을 때 언제나 효과적이다. '근거가 뭐죠? 예를 들어 주실래요? 왜 그렇게 생각하시나요?' 이런 질문들은 상대편의 공격에 대해 무작정 방어적인 자세를 취하는 것보다 훨씬 효과적인 대응이다.

질문은 우연히 시작된 가벼운 -혹은 심각한- 대화에도 효과적이다. "전 잡담하는 게 싫어요."라고 말하는 사람들이 종종 있다. 잡담이라고 해서 말도 안 되는 쓸데없는 이야기일 필요는 없다. 좋은 잡담은 좋은 질문을 던지는 것이다. '언제, 무엇을, 어디서, 어떻게, 왜' 라는 질문을 이끄는 키워드들은 언제 어디서나 유효하다. '자신이 대우받기를 원하는 대로 상대편을 대우하라.' 는 황금률을 다시 생각해보고 스스로에게 질문을 해보라. '어떤 질문을 받고, 어떤 이야기를 듣는 것을 좋아하는가?' 라고. 그리고 거기서 시작하라. 스스로 질문을 받고 싶지 않거나, 듣고 싶지 않은 것은 피하라.

마크 건은 콜린 파월 미국 국무장관과의 미팅에서 받은 인상을 다음과 같이 이야기했다. "그는 대화하는 데 특별한 재주를 가지고 있었습니다. 미팅 초반 15분 동안에 그는 거의 말을 하지 않고 질문만 했습니다. 특정 주제에 대해 다섯 가지 다른 방식으로 질문하기도 했죠. 질문할 때 내용을 명확히 정리하면서 물었습니다. '말씀하시는 것을 들으니... 저도 경험이 좀 있는데, A와 B 사이에 비슷한 점이 있을까요?' 하는 식이죠. 그는 자신이 특별한 지위에 있는 사람이기 때문에, 자신의 의견을 밝히기 전에 먼저 질문해야 한다는 것을 알고 있었습니다. 그가 자신의 의견을 너무 일찍 내놓았다면, 상대편은 그의 관점을 공격하려 했을 것이고, 그에 상응하는 자신들만의 견해를 만들어냈을 테니까요. 그는 상대편이 의견을 먼저 내놓도록 하죠. 그는 노련한 토론자입니다."

Mento 질문하는 법

- 단어와 어조를 신중하게 선택하라.
- 체계적으로 질문하라.
- 먼저 정보를 주어 원하는 답을 유도하라.

단어와 어조를 신중하게 선택하라. 무엇을 어떻게 질문할지에 대해 주의 깊게 선택해야 한다. '무슨 뜻이죠?' 라는 질문은 진심으로 호기심 어린 어투일 때 효과적이다. 같은 질문도 위협하는 투로 했을 때는 효과 없는 비난이 되어 버린다. '그게 도대체 무슨 말이야!' 로 들릴 테니까.

"손님, 의자 등받이가 끝까지 올라가 있습니까?" 하고 묻는 비행기 승무원이 "의자 등받이를 끝까지 올리세요. 아시겠습니까, 손님?" 하고 묻는 승무원보다 더 유능하다.

질문할 때, 진솔하고 공손하게 하라. 목소리가 감정적으로 들리게 하거나, 뭔가를 감추고 있는 듯한 표정을 짓지 않도록 하라.

식당에서 앞사람, 혹은 종업원에게 '소금 좀 주세요Please pass me the salt' 라고 말할 때의 어조가 가장 좋다. 여러분이 질문받았을 때 받아들일 수 있는 질문들을 선택하라. 다시 말하거니와 이것이 곧 황금률이다.

즉흥적으로 말하지 마라. 즉흥적인 질문의 폐해를 피하기 위해 미리 질문을 준비해둘 수도 있을 것이다. 하지만 그렇다고 해도 질문할 때 자연스러움과 순발력은 있어야 한다. 그 전에 들었거나 질문받았던 좋은 질문들을 적어라. 그 질문들을 기억 속에 넣어두거나 상대편에게 질문할 종이에 미리 적어두라.

내 글에 대한 의견을 듣기 위해 캠벨 수프의 CEO, 더그 코난트와 이야기한 적이 있었다. 그때 그가 처음 한 말은 "어떻게 도와 드릴까요?"였다. 대화가 끝날 때쯤 내가 '질문이 가지고 있는 긍정적인 효과' 에 대해 언급하자, 그는 자신의 경험을 들려주었다. 오랫동안 그가 따른 선배가 전화받을 때마다 "어떻게 도와 드릴까요?"라고 묻곤 했다는 것이다. 그는 그 선배의 방식이 마음에 들었고, 그 자신도 그 방법을 쓰고 있다고 했다.

아래 질문들을 보고, 대화에 포함시켜서 활용해보도록 하라.

- 지난해 했던 일 중에 가장 자랑할 만한 것은 무엇입니까?
- 올해… 이달… 평생 동안 당신이 한 것 중 가장 큰 성과는 무엇입니까?
- 이달… 평생 동안 당신이 내린 결론 중 가장 현명한 일은 무엇입니까?
- 올해를 마치면서 또는 시작하면서 가장 기뻤던 일은 무엇입니까?
- 지난해… 지금까지 당신에게 가장 큰 영향을 준 사람은 누구입니까?
- 최근에… 평생 동안 겪은 일 중 가장 큰 위험은 무엇입니까?
- 지금까지 받은 칭찬 중 가장 기억에 남는 것은 무엇입니까?
- 스스로 끊임없이 다짐하는 것은 무엇입니까?
- 인생… 일… 자기 자신에 있어서 가장 바꾸고 싶은 것은 무엇입니까?
- 올해 당신을 가장 행복하게 했던 일은 무엇입니까?
- 최근에 다녀온 곳 중에 마음에 드는 곳이 있습니까?
- 당신의 하루를 즐겁게 하기 위해 제가 뭘 해드릴까요?

아래는 피해야 할 질문의 예들이다.

- 최근에 수술을 받은 적 있으십니까?
- 감옥에 갔다 온 적 있으십니까?
- 종교적, 정치적 또는 성적인 성향은 무엇입니까?

체계적으로 질문하라.

질문하기에 앞서 먼저 목적을 생각하라. 뭔가를 배우는 것, 명확히 하는 것, 확인하는 것, 설득하는 것, 위임하는 것, 대결하는 것, 거절하는 것 등등 다양한 목적이 있을 수 있다. 목적이 분명하게 정해졌다면 목적을 이루는 데 필요한 질문들을 골라라. DFW 컨설팅의 사장, 폴 슐로스버그는 "정곡을 찌르는 질문을 던지면, 윗사람이라 해도 당신에게 존경심을 품게 된다."고 말한다.

질문을 미리 생각하고, 체계적으로 정리하고, 사전에 연습하지 않으면 목적을 상실하기 쉽다. 반대로 미리 생각하고 체계적으로 정리해두면 목적한 바를 더 빨리, 더 효과적으로 이룰 수 있다. 일을 할 때 잘 정리된 접근법을 활용함으로써, 상대편의 시간을 절약해주고 존중해주도록 하라. 그러면 그들이 여러분을 더 존중하게 될 것이다. 여러분이 좋은 질문을 하는 사람이라고 알려지면, 상대편은 여러분이 질문했을 때 다른 사람의 질문을 받았을 때보다 더 잘 대답해야 한다고 느끼게 된다.

까다롭거나 복잡한 질문을 하지 마라. 질문은 단순하고, 직접적이고, 분명한 연관이 있으며, 명확한 것이 가장 좋다. '이것을 설명해주시겠어요?' 라고 하면 좋다. '왜, 어떻게, 언제, 무엇을' 이 들어가는 질문도 좋다. 너무 재치 있는 질문을 하려고 하지 마라. 오히려 역효과를 낼 수 있다.

간단한 질문이 좋다고 해서, 지나치게 평범하거나 일상적인 질문을 하라는 뜻은 아니다. '어떻게 지내세요? 뭐하십니까? 어디서 왔습니까?' 같은 일상적인 질문을 할 때일수록, 좀 더 흥미를 돋우는 말솜씨가 필요하다. '좋아 보이시네요. 어떻게 지내십니까?', '주변에서 자주 봤는데... 무슨 일을 하고 계십니까?', '전 콜로라도에서 왔습니다. 당신은 어디서 오셨습니까?' 하는 식으로.

질문해야 할 내용이 한 가지라 하더라도, 내용 없이 말뿐인 대답을 피하기 위해서 약간씩 다른 방법으로 세 번에 걸쳐서 질문하라. 예를 들어 처음에는 '당신의 리더십 스타일을 어떻게 표현하십니까?' 라고 물을 수 있을 것이다. 상대편이 대답하도록 두어라. 그리고 '당신의 스타일이 매우 효과적이라는 예를 들어주시겠어요?' 라고 물어라. 대답을 들어라. 다음에는 '당신의 스타일을 바꾸고 개선하기 위해 노력하고 있는 분야는 무엇입니까?' 라고 물어라. 제대로 된 대답을 듣기 위해서는, 같은 주제에 대해 한 번 이상 질문해야 한다. 왜냐하면 사람들은 게을러서 한번에 완전히 설명하지 못하는 경향이 있고, 또 상대편에 대해 회의적이어서 처음부터 모든 것을 오픈하지 않는 경향이 있기 때문이다. 또한 처음부터 완전하고 정확한 대답을 하기에는 준비가 안 돼 있는 경우가 많을 것이다. 물론 이와 같은 여러 번의 질문이 질문이라기보다는 대화처럼 보이게 해야 한다.

경험에 따르면, 5분마다 5개 정도의 질문을 해야 한다. 사업, 음식 또는 여행 등을 주제로 '누가, 언제, 무엇을, 왜, 어떻게' 라고 묻다 보면 5가지 질문이 금세 채워질 것이다. 작은 질문에서 시작해서 큰 질문으로 옮아가는 것이 질문을 체계화하는 좋은 방법이다.

목표를 늘 명심하는 것도 체계적으로 질문할 수 있는 좋은 방법이다. 메이킹더넘버스닷컴MakingtheNumbers.com의 설립자, 잭 폴비는 회사의 판매원에게 대화의 진행 상황을 보면서 상대편을 체크할 수 있는 질문을 해야 한다고 권한다. "거기에 동의하세요?", "다음 단계로 이렇게 해도 될까요?", "만약 그렇다면, 우리가 그것을 할 수 있을까요?" 하는 식으로 말이다.

이야기하고자 하는 내용이 무엇이든 질문을 함께 섞어서 하는 것이 가장 효과적이다. 이를 테스트해보기 위해, 날을 잡아서 해야 할 모든 일을 질문 형식으로 구성해서 말하는 방법을 시도해보라. 생각하고, 말하고, 의견을 개진하는 모든 것을 완전히 질문으로 하라. 단체 게임을 통해 연습할 수도 있다. 이 게임에서는 질문하지 않고 평서문으로 말하면 벌칙을 받는다.

이야기 중심의 대화와 질문 중심의 대화의 결과를 비교해보자. 질문하는 형식으로 대화하면서 보낸 날이 적은 노력을 들이고도 더 많이, 더 효율적으로 원하는 바를 이루었음을 확인할 수 있을 것이다.

많이 질문할수록 더 많이 알게 된다. 많이 알수록 더 많이 이해하게 된다. 많이 이해하게 되면, 더 많은 것에 관심을 가지게 된다. 많이 관심을 가지게 되면, 여러분 자신과 주변에 대해 더 많이 마음을 쓰게 된다.

먼저 정보를 주어 원하는 답을 유도하라.

대화에서 균형을 유지하기 위해서는 질문만 해서는 안 된다. 때로 여러분이 자발적으로 정보를 제공해야 한다. 물론 현명하고 사려 깊게 진행해야 한다. 여러분이 오직 질문만 해서 그 대답을 '가져가기만 하고 아무 것도 주지 않는다' 면 사람들은 더 이상 대답하지 않을 것이다.

사람들은 질문에 답할 때 심문받는 느낌이나, 곤란해진다는 느낌을 받기 싫어한다. 그러므로 질문할 때 스스로 솔직해져야 한다. 양쪽 모두에게 일방통행이 아니라 상호 교감이 되는 양방향 통행이어야 한다. 적절한 시기에 자발적으로 뭔가를 말해주는가 그렇지 않은가에 따라 대답하는 사람의 말투가 달라진다. 여러분이 주는 만큼 얻을 수 있을 것이다.

상대편에게 질문할 때, 여러분이 먼저 자신의 정보를 주어라. 질문받기를 기다리지 않고 자발적으로 주는 정보는 여러분의 자신감을 보여준다. 또한 여러분이 상대편에게서 인정받기를 바라고, 또 상대편을 포용해줄 것임을 나타낸다. 비밀을 털어놓으면 더욱 더 그런 느낌이 강해질 것이다.

겁이 많은 사람은 정보를 감추지만, 자신감 있는 사람은 그렇지 않다. TRRG의 부사장, 마이클 핏젠리는 "나는 상대편에게 작은 것을 주고, 늘 더 큰 것을 얻는다."고 말했다.

질문에 대답하는 법

여러분이 자발적으로, 질문을 던지듯이 그렇게 기꺼이 질문에 답해주어라. 대답을 망설이면, 사람들은 비협조적이거나, 답을 모르고 있거나, 자신이 하는 일을 모르고 있거나, 또는 자신감이 결여돼 있다고 생각한다. 심지어 대답하지 않았다는 이유로 오만하고 젠 체한다는 느낌을 줄 수도 있다.

어휘와 말투를 신중하게 선택해 명쾌하게 답할 수 있도록 하라. 먼저 질문이 무엇인지 잘 들어라. 대답할 때는 '소금 좀 주세요 Please pass me the salt' 하는 평정한 억양을 유지하고, 뭔가를 감추고 있다는 느낌을 주지 마라. 얼굴 표정을 편안히 하라. -이에 대해

서는 4장에서 좀 더 자세히 다룰 것이다-

간단명료하고 진솔하게 대답하고, 특히 듣는 사람에 맞게 대답하기 위해서 최대한 주의를 기울여라. '가장 멋진 말보다는, 정확한 말을 전한다.' 는 〈USA 투데이〉지의 슬로건처럼 하라. 질문을 체계적으로 정리한 것처럼 대답도 체계적으로 정리하라. 가급적이면 완전한 문장을 쓰고, 늘 문장을 끝맺어라. 한꺼번에 여러 가지를 말하려고 하지 말고 한 번에 한 가지씩만 전달하라.

중요하고 복잡한 질문을 받더라도 대답을 쉽고 간명하게 할 수 있도록 평소에 연습하라. 특정 질문을 놓고 답해야 하는 것, 답할 수 있는 것, 답하고 싶은 것에 대해 생각해보라. 이것을 머릿속에서 되풀이하라. 중요도에 따라서 다르겠지만, 어떤 것은 녹음기에 녹음해두어라. 만약 녹음기가 없다면, 다시 들을 수 있도록 음성메일에 저장해두는 것도 한 방법이다. 재생시켜 들으면서 상대편에게 어떻게 들릴지, 상대편이 어떻게 반응할지에 대해서 생각해보라. 원하는 반응을 얻기 위해서 단어나 어조를 바꿀 필요가 있다고 판단되면 과감히 바꿔라.

같은 상황이라도 어떤 단어를 쓰느냐에 따라 상대편의 반응이 달라진다. 이 또한 연습해보는 것이 좋다. 비행기 조종사들이 승객들을 대하는 방식을 따라라. 그들은 여행자들의 불안을 최소화하는 단어를 선택하는 법을 별도로 교육받는다. '변경된 출발시간 혹은 변경된 도착시간은 어떠어떠하다' 는 말이 '지연된 출발시간 혹은 지연된 도착시간' 이라는 표현보다 낫다.

상황을 구체적으로 묘사하는 단어를 쓰는 것도 좋은 방법이다 예를 들어 "우리는 공동작업을 잘합니다." 보다는 "우리는 '조화롭게' 공동작업을 합니다."라는 말이 더 구체적이고 설득력이 있다.

만약 질문에 대한 답을 모른다면, 모른다고 말하고 찾아봐라. 여러 가지를 말하다보면 그중 하나는 걸리겠지 하는 생각으로, 횡설수설하면서 상대편을 속이거나 기만하지 마라. 대답할 말이 정리되지 않았거나, 지나치게 긴장되어 답이 생각나지 않을 때도 마찬가지다. 답을 모르는 데도 아는 척 노력하지 마라. '잘 모르겠습니다. 알아보도록 하겠습니다.' 가 훨씬 더 좋은 대답이다.

'예', '아니오' 는 거의 모든 질문에 완벽하게 맞을 수 있는 답변이다. 사람들은 짧은 질문에 너무 장황한 대답을 하는 것도 별로 좋아하지 않는다.

어떤 경우에는 '대답하지 않겠습니다.' 라는 말이 답변이 될 수도 있다. 질문한 사람이 꼬치꼬치 캐기 좋아하는 부류의 사람이라면 더더구나 그렇다. 모든 질문에 다 답할 필요는 없다. 사람들이 여러분의 모든 질문에 답변해주지 않는 것과 마찬가지다. 물론 이런 식의 대답이 대화의 흐름을 끊어놓을 수는 있다.

비슷한 예로 "그 질문은 그냥 넘어갈 작정입니다."라는 대답도 때로는 유효하다. 이렇게 말하는 것이 '무응답' 으로 일관하는 정치가보다는 더 정직하다.

같은 질문을 계속해서 받는다면, 여러분이 제대로 대답하지 못했기 때문이다. 대답하고서 대답이 옳은지 확인하기 위해 질문하라. '이것이 당신이 물은 것인가요? 또는 대답이 됐나요?' 라고. 질문을 받고 대답을 할 때도 일방적인 인터뷰가 아니라 '대화' 를 하라.

상대편이 던지는 세세한 질문에 주의를 기울여라. 상대편의 이야기를 듣고 그들의 관심사와 우선순위를 알아야 할 필요가 있다. 그래야만 어떤 대답을 해야 할지, 이어서 어떤 질문을 던져야 할지 결정할 수 있으니까.

때로 '제가 제대로 설명을 못하지 않았나 싶은 것이 있는데....' 라는 말로 간과하고 넘어간, 대답하지 않은 질문들로 돌아가라. 이런 태도를 통해 여러분이 질문을 잘 듣고 기억하는 사람이며, 또한 책임감 있게 대답하고자 한다는 것을 상대편에게 보여줄 수 있다.

부탁하라

질문할 필요가 있는 것과 마찬가지로, 상대편에게 부탁할 필요가 있다. 보통, 상대편에게 호의를 베풀면 그 사람이 감사하고 존경하게 될 것이라고 생각하고 있을 것이다. 하지만 이것은 썩 옳은 생각만은 아니다. 물론 호의를 받은 상대편이 여러분에게 감사하고 여러분을 존경하게 될 수도 있다. 하지만 한편으로 그들은 여러분에게 빚지고 있다는 생각을 할 수도 있고, 그 생각 때문에 여러분을 원망할 수도 있다.

그러므로 호의를 베풀기에 앞서 상대편에게 부탁하라. 뭔가를 얻기 위해서 부탁한다기보다는 오히려 상대편에게 여러분을 도울 수 있는 기회를 주기 위해 부탁하는 것이다. 그렇게 함으로써 상대편이 여러분에게 빚졌다는 기분에서 해방될 수 있다. 사람들은 그런 해방감을 좋아할 것이고, 자신이 존중받고 있다고 느낄 것이다.

PAC의 CEO, 존 크렙스는 부탁한다는 것의 의미를 다음과 같이 설명한다. "부탁한다는 것은 상대편에게 감사를 표할 수 있는 좋은 방법이다. 또한 상대편을 편안하게 해주는 방법이기도 하다. 그래서 나는 일부러 부탁하곤 한다."

여러분이 먼저 호의를 베풀면, 상대편은 여러분에게 빚졌다는 느낌을 갖게 된다. '준다' 는 것은 곧 '속박한다' 는 뜻이다. 사람들은 '빚지는 것' 을 좋아하지 않는다. 남이 해주는 것을 받기보다는, 부탁을 받아서 뭔가 해주었을 때 사람들은 더 많은 권한을 가지게 된다.

누군가 여러분에게 호의를 베푼다면 여러분은 그 사람에게 빚지게 되는 것이고, 아마도 그 빚을 또 다른 호의를 베풀어 갚게 될 것이다. 여러분이 상대편에게 호의를 베풀었을 때도 마찬가지다. 상대편과의 관계에서 균형을 유지하는 것이 중요하다. 무조건 주거나 무조건 받기만 하는 관계는 좋지 않다. 효과적인 관계 유지를 위해 어느 정도 공평한 주고받음과 상호협력이 필요하다.

먼저 공평한 거래를 시작하지 않고 마냥 기다리기만 한다면, 끝없이 주기만 하는 것으로 끝나 버릴 가능성이 크다. 이럴 경우 상대편은 여러분을 존중하는 게 아니라 이용할 것이다. 지나칠 정도로 호의를 베풀기만 하는 사람에게 딱 맞는 용어가 있다. '관대한 바보' 라는 말이다. 내가 이 책에서 반복해서 강조하고 있는 것을 명심하라. 아무리 좋은 것이라도 지나치면 나쁜 법이다.

하지만 그렇다고 해서 상대편에게 호의를 베푸는 것을 중단하지는 마라. 단지, 부탁하지 않고 오로지 베풀기만 하는 것을 그만두라는 것이다.

“저는 결코 다른 사람에게 빚지면서 살고 싶지 않습니다.”라고 말하는 한 CEO가 있었다. 여러분이 상대편에게 ‘빚지고 싶지’ 않은 것과 마찬가지로, 상대편도 마찬가지다. 여러분이 부탁하면 상대편이 들어주고, 그에 상응해서 여러분이 다시 그에게 호의를 베푼다. 그렇게 되면 아무도 누군가에게 빚지지 않고, 관계가 온전하게 유지된다.

이 책에서 내가 말하는 ‘부탁하라’는 뜻은 뭔가를 해달라고 요청하는 것이라기보다는 상대편에게 여러분을 도울 수 있는 기회를 주는 성격이 강하다. 이를 통해서 상대편과의 사이에 공정한 거래를 시작하는 것이다. 인간관계는 부탁하고, 그 부탁을 들어줌으로써 더욱 친밀하게 발전할 수 있다.

“저는 매일매일 일부러 사람들에게 뭔가를 부탁합니다. 이것이 그들에게 존중받고 있다는 느낌을 준다는 것을 알기 때문이죠. 매일 그렇게 하기로 결정하기 전에 할까 말까를 고민하면서, 한 고객에게 비밀을 털어놓아도 되는지를 물었습니다. 그는 의견을 나눌 수 있는 기회를 준다면 고맙겠다며, 기꺼이 나의 컨설턴트가 되어 주겠다고 했습니다. 그 전에는 늘 남에게 폐를 끼치면 안 된다는 생각에, 어떻게 하면 부탁을 안 할 수 있을지를 고민하는 데 많은 시간을 보내곤 했습니다. 하지만 부탁하는 것이 가지는 효과를 알게 됐으므로, 이제는 더 이상 그런 불필요한 수고를 하지 않습니다.” 변호사 친구가 해준 말이다.

누군가와 유대 관계를 맺기 위해 부탁한다는 생각은 새로운 발상이 아니다. 벤 프랭클린은 “누군가를 친구로 만들고 싶으면, 그에게 뭔가를 부탁하라.”고 말했다. 그리스 철학자 플루타크는 이미 A.D. 100년경에 “사람들은 자신에게 호의를 베풀어준 사람보다는 자신이 뭔가를 해준 사람을 더 좋아한다." 고 말한 바 있다.

처음으로 부탁할 때는 다음과 같이 하라.

- 상대편이 스스로가 도움이 되는 존재임을 인정하고 그렇게 느끼도록 하라.
- 결과적으로 양쪽 모두에게 이익이 되도록 하라.
- 상대편이 할 수 있는 것만 부탁하라.

마치 그 사람이 혼자서는 할 수 없을 거라고 생각하면서 호의를 베풀었을 때, 사실은 그 사람의 자존심에 상처를 줄 수 있다. 상대편을 위해서 먼저 뭔가를 해준다고 해서, 그 사람이 여러분을 따르는 것은 아니다. 오히려 먼저 부탁하는 것이 더 효과적일 때가 많다.

어떤 사람은 상대편이 빚지고 있다는 느낌을 갖게 하려고 일부러 호의를 베풀기도 한다. 내가 아는 한 중역은 이것을 '나만의 청구서 뭉치를 만드는 것' 이라고 표현했다. 많은 경우, 호의를 베푸는 것은 상대편을 돕기 위해서라기보다는 자신의 힘을 과시하기 위한 것이다. 거꾸로 생각하면, 상대편의 호의가 여러분에게 올가미가 될 수도 있다. 호의를 베푼 사람이 여러분에게 그에 상응하는 대가를 지불하라고 언제 '청구서' 를 들이밀지 모르기 때문이다.

먼저 호의를 베풀었는데도, 상대편이 그에 상응하는 호의를 베풀지 않는다 해도 분개하지 마라. 다음 사항을 기억하라.

- 호의를 베푼 것은 당신의 선택이다.

- 빚진 사람도 없고, 손해 본 사람도 없다.
- 상대편이 뭔가 하기를 희망하면서 더 많이 해주는 방법을 선택할 수도 있다.
- 더 이상 호의를 베풀지 않는 쪽을 선택할 수도 있다.
- 상대편에게 부탁할 수 있다.

"나는 부탁하는 것보다 내가 베푸는 것이 더 많으므로, 어떤 도움이 필요할 때 도움을 요청하는 데 망설이지 않습니다. 일을 해나가는 데 다른 뾰족한 방법이 없으면, 부탁을 하죠. 하지만 때로는 일을 하기 위해서가 아니라, 다른 목적으로 부탁하기도 합니다. 특정 사람을 내가 하는 일에 참여시키기 위해서 '부탁'이라는 수단을 활용하기도 합니다. 그 사람이 나와 같은 목표 의식과 주인 의식, 헌신성을 가지고 임하도록 하기 위해서죠." 아마존Amazon의 전자상거래 부문 부사장, 진 포프의 말이다.

상대편이 여러분의 호의를 알아채지 못하거나, 그것이 호의라고 생각하지 못하는 때도 있다. 또 상대편이 여러분의 호의를 좋아하지 않거나, 원하지 않거나, 의식적으로나 무의식적으로 무시하는 경우도 있을 수 있다.

"상대편에게 정기적으로 도움을 청하라. 부탁을 통해서 상대편과 당신의 관계는 측정할 수 없을 정도로 발전된다. 재치 있고, 매력적인 사람이 되라. 부탁하되 폐를 끼쳐서는 안 되므로, 당신의 부탁이 너무 지나치지는 않은지를 늘 살펴라. 상대편에게 부탁한다는 것은 스스로도 그 대가로 상대편에게 호의를 베풀 수 있다는 가능성과 의지를 보여주는 행위다. 먼저 나서서 기꺼이 도울 것임을 보여주라. 주고 또 주고, 더 줘라. 돈처럼 물질적인 것을 줘야 한다는 뜻은 아니다. 단지 작은 정성으로 도와주고, 스스로 아낌없이 주는 즐거움을 누릴 수도 있다. 기꺼이, 진실하게, 빨리 호의를 베풀어라. 부탁받았을 때 도와줄 수 없는 처지에 있다면, 도와줄 다른 사람을 찾아보겠다고 말하라. 약속을 해놓고 지키지 못하는 상황은 절대로 만들지 마라." 아스란 그룹The Aslan Group의 CEO, 테드 라이트의 말이다.

질문하는 것도 작은 부탁이다. 질문을 통해 여러분은 정보나 협조, 어떤 사실에 대한 확인 등을 부탁하는 셈이다. 사람들은 그런 것들을 부탁받을 때 자신들이 존중받고 있다고 느낀다. 이를 통해 여러분은 그들의 자존심을 추어주고 있는 것이다. '해주실 수 있을까요?' 라는 단순한 한 마디면, '물론이죠. 가능합니다.' 라는 대답을 들을 수 있을 것이다. 물론 부탁하는 것이 상대편이 하던 일을 방해하거나 상대편을 속이거나 무례하게 구는 것이어서는 안 된다. 물론 스스로 해야 할 일을 회피하기 위한 수단이어서도 안 된다.

누군가에게 도움을 베풀면, 대부분의 사람들은 보답을 통해 관계의 균형을 유지하고 싶어 한다. 그러나 어떤 사람들은 보답해야 한다는 의무감을 전혀 느끼지 않는다. 심지어 자신들이 보답해줄 의무가 없다고 명확히 밝히기도 한다. 보답하고자 하든 그렇지 않든 그것은 당사자들의 선택이다. 따라서 상대편이 서로 협력하면서 함께 일하려는 의지가 있는지를 먼저 알아보도록 하라. 잘 파악할수록, 상대편을 어떻게 대해야 할지 현명하게 선택할 수 있기 때문이다.

상대편의 거절에 분개해서는 안 된다는 사실을 다시 한번 명심하라.

여러분이 먼저 호의를 베풀었다 하더라도, 상대편이 여러분에게 빚지고 있는 것은 아니다. 왜냐하면 상대편을 위해 호의를 베푸는 것은 여러분의 선택이기 때문이다. 한 중역은 호의를 베풀 때의 마음가짐을 다음과 같이 설명했다. "나는 일방적으로 많이 주어서 관계의 균형이 한쪽으로 심하게 쏠린다 싶을 때까지, 꽤 오랫동안 호의를 베풉니다. 상대편이 보답한다면 좋은 일이죠. 상대편이 호의에 답례하지 않으면, 더 이상 호의를 베풀지 않으면 됩니다. 호의에 답하지 않는다는 것은 나의 호의를 깨닫지 못하고 있다는 증거이기 때문이죠."

한 마케팅 매니저는 부탁을 통해 관계가 돈독해진다고 강조한다. "사실 부탁하는 것이 내 체질에 잘 맞지는 않습니다. 하지만 그렇게 했을 때 관계가 더 돈독해지죠. 사람들은 상대편을 위해 뭔가 해주고 싶어 하고, 나는 그것을 받아들이는 겁니다."

Mento 부탁하는 법

- 말하라 : '부탁 좀 들어주시겠습니까?' 라고.
- 부탁은 간단하고 명확하게 하라.
- 고마움을 표시하라.

말하라 : '부탁 좀 들어주시겠습니까?' 라고.

그 다음엔 '제가 신세를 졌습니다. 어떻게 도와드릴까요?' 라는 말을 하게 될 것이다. 부탁할 때는 다음 몇 가지 사항에 주의해야 한다. 반드시 해야 할 필요가 있는 일을 부탁하라. 상대편이 할 수 있는 일을 선택하라. 불가능하고 될 성 싶지 않은 일을 부탁한다면, 상대편에게 좌절감만 주게 된다. 부탁할 때 너무 난처해서 어쩔 줄 모르는 말투나 몸가짐, 또는 간청하는 듯한 태도는 피하라. 식당에서 앞 사람에게 '소금 좀 주세요Please pass me the salt' 라고 말하는 정도의 어조가 가장 효과적이다.

부탁할 때 상대편에게 호들갑스럽게 찬사를 늘어놓지 마라. 상대편이 경계심을 갖게 될 것이다. 마치 칭찬에 대한 대가를 바라는 것처럼 보이기 때문이다. '부탁 좀 해도 될까요?' 로 시작해서 '감사합니다.' 로 끝맺는 정도가 적당하다. 물론 일이 끝난 뒤에 그 사람에게 다시 고맙다고 표현하라. 가능하다면 다른 누군가에게 그 사람이 베푼 친절에 대해 이야기하라. 이렇게 하면 감사가 배가 된다.

지나치리만큼 신중하게 이것저것 계산하지 말고 솔직해져라. 여러분이 부탁하고 싶은 내용과 시간을 정확히 말하라. 마감 시간이 다가오면, 약속을 상기시켜 주어야 한다. 상대편이 망각 때문에, 여러분은 물론 자기 자신까지 실망시키지 않도록 말이다. EDS 비즈니스 프로세스 매니지먼트EDS Business Process Management의 사장, 제롬 데이비스의 말은 약속을 상기시키는 것이 얼마나 중요한지를 깨닫게 해준다. "2년 전에 만난 사람이 지난주에 제게 전화를 해서 '마지막으로 용기를 내서 선생님께 부탁했던 일을 알려드립니다.' 라고 말하더군요. 나는 그의 전화를 받자마자 부탁을 들어주었습니다. 그 사람이 너무 빠른 해결에 허망해할 정도였죠. 아마 그가 더 일찍 전화를 했더라면, 더 빨리 일을 처리해줄 수 있었을 겁니다."

조지타운 대학의 바바라 헤이머는 부탁하면서 동시에 호의를 베풀 수 있는 좋은 예로 자신이 쓴 편지를 보여주었다. -공교롭게도, 그 편지에 언급된 책이 내 책이었는데, 바바라 헤이머가 인용하고 싶다고 했던 책이었다. 바바라 헤이머는 이를 통해서 나에게도 부탁했던 셈이다. 물론 나는 괜찮다고 했다- 먼저 바바라 헤이머의 편지를 살펴보도록 하자.

제인에게

즐겁게 잘 지내고 계시리라 생각합니다. 저도 이곳 조지타운에서 계속 일하면서 잘 지내고 있습니다.

제가 좋아하는 친구의 이력서를 동봉합니다. 그녀의 이름은 샐리 스미스입니다. 현재 직장을 구하고 있죠. 대화를 나누다가, 그녀가 귀 협회에 관심이 있다고 하더군요. 그래서 "그래요? 내가 그곳에서 일하는 제인 도우를 알고 있어요."라고 말했죠.

제가 할 수 있는 일은 직장을 구하고 있는 샐리의 이력서를 보내는 것입니다. 저는 여성들 사이의 네트워크가 중요하다고 생각하고 있습니다. 저도 바로 그 네트워크를 통해 지금의 일자리를 얻었으니까요. 매니저나 임원진, 혹은 팀장급 중에, 샐리가 인터뷰할 수 있는 사람을 소개시켜 주신다면, 무척 감사하겠습니다.

몇 년 전에 〈CEO답게 생각하는 법How to Think Like a CEO〉이라는 책에서 "두려움이 없기 때문이 아니라, 위험을 감수하려는 겁니다."라는 내용을 읽은 적이 있습니다. 다른 사람을 도와주려면 늘 위험이 따릅니다. 그러나 가끔 위험을 무릅쓰지 않는다면, 뭘 얻을 수 있겠습니까? 현재 귀 협회에 샐리를 위한 자리가 없을지도 모릅니다. 하지만 마침 자리가 있어서 샐리가 일하게 된다면 결코 당신을 실망시키지 않을 겁니다. 일을 무척 잘하는 멋진 친구니까요.
이 글을 읽어주셔서 감사합니다. 샐리가 좋은 소식을 받을 수 있기를 바랍니다.

성심을 담아서, 바바라 헤이머

내용에서 드러나듯이 바바라는 매우 직접적인 방식으로 부탁하고 있다. 이 부탁을 받는 제인 도우는 자신이 중요하고 힘 있는 사람이라는 느낌을 받았을 것이다. 제인은 이 편지에 은연중에 암시된 '다른 사람을 도울 수 있는 자신의 영향력'을 발휘하기 위해 노력했고, 그 결과 샐리 스미스는 일자리를 얻을 수 있었다. 그 이후에 세 사람의 관계는 어떻게 발전될까? 만약 제인이 나중에 바바라에게 도움을 청할 일이 생긴다면, 그녀는 편안한 마음으로 부탁할 수 있을 것이다. 샐리 스미스는 이 편지로 인해 일자리를 얻은 사람이다. 따라서 샐리는 바바라와 제인 두 사람 모두의 호의에 보답하고 싶어 할 것이다. 작은 호의에서 긍정적인 파생물들이 계속 생겨나는 것을 볼 수 있다.

부탁은 간단하고 명확하게 하라.

"정말로 당신의 도움이 필요합니다… 당신 의견을 듣고 싶은데요… 저에게 좀 문제가 있는데요… 해주시면 너무나 감사할 텐데요… 마리에게 ○○○랑 약속을 잡아달라고 부탁해 주시겠어요?… ○○○에 대해서 제가 누구랑 이야기하면 좋을지 추천해 주시겠어요?"

부탁할 때 '무엇이, 언제, 어떻게, 왜' 필요한지를 명확히 이야기하라. 그래야 부탁을 들어주는 사람이 편하고, 시간과 노력도 절약된다. 부탁할 때 늘 희망적으로 생각하라. 물론 지나치게 자신만만해 할 필요는 없지만.

한 CEO가 나에게 한 저자를 소개시켜 달라고 부탁한 적이 있다. 그런데 공교롭게도 같은 시각에 그 저자가 나에게 바로 그 CEO를 소개시켜 달라고 부탁했다.

두 사람은 원하는 시간을 이야기했고, 나는 두 사람의 비서에게 전화해서 상사가 좋아하는 레스토랑을 알려달라고 부탁했다. 두 사람이 모두 좋아하는 한 곳이 나오자 비서들에게 두 사람의 저녁 식사 약속을 잡아달라고 부탁했다. 그들은 결국 함께 일하게 됐다.

물론 둘 다 내가 해준 일에 대한 고마움을 잊지 않고 있다. 아이러니한 것은 그들이 나에게 부탁함으로써 내게 호의를 베풀었고, 그 때문에 내가 그들에게 호의를 베풀 수 있었다는 사실이다.

도를 넘지 않도록 하라. 부탁해도 될 것과 너무 지나친 것을 구별할 줄 알아야 한다. 상대편이 부탁받은 일을 결국 하지 못하거나, 들어주지 못한다고 낙담하거나, 그 때문에 그 사람이 무능하게 보인다면 지나친 부탁이다. 부탁한 일이 여러분이 하기 싫은 일이고, 상대편도 하고 싶어하지 않을 것이라고 생각된다면 그 또한 지나친 부탁이다. 할 수는 있지만 너무 많은 노력을 요하는 일도 마찬가지다. 이럴 경우 여러분이 전에 큰 호의를 베풀었다 해도, 상대편은 화가 날 것이다.

경력과 관련된 조언을 구하는 것은 사람들이 좋아하는 부탁이다. 선배나 역할 모델이 되는 사람에게 일과 경력, 회사에 대해서 물어보는 것이다. 그것이야말로 최상의 부탁이다. 부탁하는 사람의 입장에서는 자신이 상대편의 경험을 중요하게 생각하고 있다는 것을 보여줄 수 있다. 부탁받는 입장에서 보더라도 조언하는 것은 그리 힘들이지 않고 해줄 수 있는 일이다. 결과적으로 부탁받는 사람은 자신이 중요한 존재라는 느낌을 받아서 좋고, 부탁하는 사람은 귀중한 정보를 얻을 수 있을 뿐 아니라 훗날 감사하는 마음으로 보답할 수 있는 기회도 얻는다. 물론 조언을 해줄 때 잘 듣는 것은 기본이다.

상대편을 이용하지는 말되, 물어보는 데 주저하지도 마라. 만약 여러분의 요구가 합당하지 않다면, 그들 스스로 판단해서 거절할 것이기 때문이다.

고마움을 표시하라.

호의를 베풀어준 것에 대해 감사하되 이 또한 도를 넘지 않도록 하라. 한 사람이 베풀어준 호의를 다른 사람에게 말하는 것도 감사를 표시하는 방법이다.

호의를 베푼 사람은 아마도 즉시 답례해주기를 바라지는 않을 것이다. 하지만 즉시 뭔가를 해주어야 한다. 그래야 상대편과 여러분의 마음속에서 관계의 균형이 유지되기 때문이다. 바로 답례하는 좋은 방법을 예로 들어보자. 호의를 베풀어준 사람이 관심을 가지고 있는 회사 또는 경쟁자에 대한 기사들을 스크랩해서 보내주어라. 책이나 회사에서 나온 샘플 제품을 우편으로 보내주는 것도 좋다.

하이드릭앤스트러글스Heidric&Struggles의 파트너, 마이클 니셋은 "비즈니스 관계에서 가장 선호하는 자질은 '감사하는 태도'다."라고 강조한다. "호의에 대해 혼자서 감사만 할 것이 아니라 감사하고 있다는 사실을 보여줘야 합니다. '부탁 좀 드려도 될까요?... 정말 감사할 텐데요.' 같은 질문으로 부탁하고 나중에 '감사합니다.' 라고 말해주는 것이 좋습니다."

부탁받았을 때 성실하게 빨리 들어줘라. 여러분에게 부탁해준 것을 기쁘게 생각하고, 망설이거나 미심쩍게 생각하지 마라. 늘 수용하는 자세를 가져라.

할 수 있는 것이라면 부탁받은 것을 해주어라. 부탁받은 것을 다 해줄 수 없다면, 여러분이 할 수 있는 것까지 최선을 다해 해주어라. 부탁 내용이 올바른지, 기꺼이 하고 싶은 마음이 있는지, 할 수 있는 능력이 되는지를 평가하라. 평가 결과 여러분이 하는 것이 현명하지 않다면, 다른 대안을 제시하라.

부탁한 사람이 원하는 일을 성공적으로 빨리 할 수 있도록, 그 일을 도와줄 수 있는 연고자를 찾아주는 것도 좋은 방법이다. 내 친구가 딸들과 함께 뉴욕 거리를 걷다가 브리트니 스피어스를 만난 적이 있다. 딸들은 스피어스와 함께 사진을 찍고 싶다고 부탁했다. 스피어스의 보디가드가 앞으로 나서면서 "사진은 안 됩니다. 하지만 주소를 가르쳐주시면, 스피어스 씨의 사인을 보내드리겠습니다."라고 말했다. 스피어스는 사진을 찍어주지 못하는 대신 다른 대안을 제시한 것이다.

"전 부탁을 받으면 기쁘게 생각하고 열에 아홉은 해주고 싶습니다. 하지만 열에 한 번쯤은 너무 심한 요구여서, 부탁 때문에 관계가 좋아지기는커녕 장벽이 생기기도 하죠." 한 기술자의 말이다.

PAC의 CEO, 존 그렙스는 부탁을 들어주는 것에 좀 더 관대하다.

"상대편의 부탁을 들어주기 위해, 제가 하던 일을 잠시 멈추어야 할 때도 있습니다. 가끔 이용당하기도 하죠. 하지만 그렇다고 해도 문제될 건 없다고 생각합니다. 제가 가진 지적 능력을 썼을 뿐이고, 이 능력이 고갈되는 것도 아니니까요."

호의를 베푼 후에 '내가 당신에게 하나를 해줬으니, 당신은 이제 나한테 빚이 있다.'는 식으로 말하지 마라. 무언의 암시를 통해 빚진 느낌을 갖게 하지도 마라. 상대편이 원한다면 답례할 수 있는 기회를 만들어줘라. 하지만 원하지 않는다면 내버려두어라.

"제 대학 시절 룸메이트의 행동이 기억나네요. 나에게 '이것 좀 먹을래?' 라고 하면서 캔디를 주곤 했죠. 캔디를 먹어 주는 것이 오히려 그에게 영광이 된다는 말투와 태도였습니다. 저도 '얻어먹는다'는 느낌은 전혀 들지 않았죠." TV쇼 진행자 밥 베르코비쯔의 이야기다. "ABC사의 직원으로 중국에 있었을 때를 기억합니다. 저를 집으로 초대해 식사를 대접하겠다는 한 중국 사람을 만났죠. 그의 아내는 한 번도 만난 적이 없어서, 가는 길에 그의 아내를 위해 꽃을 사서 가져가고 싶다고 했더니, '중국에서는 집에 와서 식사해준 대가로 손님에게 선물을 줍니다. 왜냐하면 저희 집에 오시는 영광을 주었으니까요.' 라고 말하더군요."

'호의를 베푸는 것'이 갖는 다양한 측면을 이해하는 데는 약간의 생각이 필요한 것은 사실이다. 하지만 중요한 것은 스스로 호의를 베풀고 생각해보는 것이다. 그리고 계속해서 시도하는 것이다.

Chapter 4

자신감을 가지고 똑바로 서서 미소 지어라

결코 고개를 숙이지 말고 높이 쳐들어라. 눈을 똑바로 뜨고 세상을 바라보라.

– 헬렌 켈러

여러분이 대중 앞에 섰을 때, 사람들은 늘 여러분을 관찰하고 있다. 이것이 바로 '공중의 눈public eye'이라는 것이다. 사람들이 늘 주목하는 것이 부담스러워서, 주목하지 않았으면 하고 바랄지도 모른다. 하지만 사람들은 늘 여러분을 주목하고 있다. 대중 앞에서는 들통나기 쉬운 '속임수'를 쓸 수도 없고, 그 자리에서 행동을 번복할 수도 없다. 여러분의 어떻게 행동하느냐에 따라 사람들의 평가가 달라진다. 누군가가 자신을 응시한다는 것은 어느 정도는 신경 쓰이는 일이다. 하지만 노래 가사에도 있듯이 "먹고 살려면, 좋은 쇼를 보여주어야 한다."

'사람들이 나를 어떻게 생각하는지에 대해 신경 쓰지 않는다.'고 말하지 마라. 이것은 스스로를 속이는 말이다. 여러분은 이미 신경을 쓰고 있다. 그렇지 않다면 집에서 생활할 때나 직장에 나갈 때 굳이 옷을 입을 필요도 없을 것이다. 물론 지나치게 신경을 써서, 오히려 신용을 떨어뜨리는 행위를 해서도 곤란하다. 하지만 사람들 앞에 섰을 때, 스스로가 보여주고 싶은 모습을 보여줄 수 있을 정도로는 신경을 써야 한다.

직장에서 '인사 평가'를 받는 것은 1년에 한 번씩이라고 생각하고 있지 않은가? 결코 그렇지 않다. 여러분은 매일매일 관찰되고 있기 때문이다. 회사 구내식당, 주차장, 복도, 업무적인 혹은 사교적인 모임에서 받는 평가는 비공식적이고 말로 표현되지 않는 것들이지만, 언제 어느 곳에서나 끊임없이 일어나고 있다. 이런 과정을 통해 '높은 잠재력을 가진 사람'들이 가려진다. 마찬가지로 이 과정에서 어떤 사람들은 '발전 가능성이 없는 사람'으로 분류되기도 한다.

언젠가 회의가 시작된 뒤에, 등록 데스크에 남아 있는 이름표를 유심히 보는 사장을 봤다. 사장은 등록 담당 직원에게 "참석자 모두가 이름표를 가지고 들어갔느냐?"고 물었다. 직원이 "그렇다."고 대답했다. 사장이 회의실로 들어간 뒤, 그 직원이 나에게 귀띔했다. "여기 이름표가 남아 있는 이 사람들은 내년에는 우리 회사와 함께 일하지 못할 겁니다. 지금까지는 관계를 가지고 일을 해왔다고 해도요." 심지어 그 자리에 없을 때조차 끊임없이 관찰당하고 있는 것이다.

한 중역은 회의 때 직원들이 말하는 내용과 태도를 메모해뒀다가, 나중에 개인적으로 불러서 관찰한 내용을 말해준다고 한다. 여러분이 관찰당하는 것을 좋아하든 그렇지 않든 관찰은 계속되고 있다. 따라서 상대편이 여러분에 대해 알아주었으면 하는 모습을 보여주기 위해 최선을 다 해야 한다. 무방비 상태로 아무 것도 하지 않은 채 잘못된 오해를 받는 것보다는 말이다. 상대편이 알아주었으면 하는 면을 보여주기 위해 노력하는 것은 쉽지 않은 일이다. 더구나 이 노력은 평생 계속되어야 하는 것이기도 하다. 록 그룹 피시Phish의 창단 멤버인 트레이 아나스타시오는 "록 스타가 되기 위해서는 음악적인 재능 이외에 훨씬 많은 것들이 필요합니다. 때로 대중 앞에서 피에로처럼 굴어야 하고, 시상식장에 나가서 쇼맨십을 보여주기도 해야 하죠."

사람들이 늘 관찰당하고 있다는 사실을 뚜렷이 의식하고 있지는 않다. 대부분의 시간에는 그런 의식적인 깨달음 없이 일에 매진한다. 그러나 확실하게 깨닫고 있어야 하는 때도 있다. 미국의 9.11테러 후에 부시 대통령의 대국민 연설식장에 청중으로 앉아 있었던 힐러리 클린턴의 경우가 그렇다. 당시 연설 장면은 텔레비전으로 생중계되고 있었다. 도미니크 듄은 〈허영의 시장Vanity Fair〉에서 당시의 힐러리 클린턴에 대해 다음과 같이 표현했다.

"나는 오랫동안 힐러리 클린턴을 지지해온 사람이다... 그러나 지난 9월 20일 부시 대통령이 의회와 국민들에게 장엄한 내용의 연설을 하는 동안 힐러리가 보여준 형편없는 매너 때문에 생각이 바뀌었다. 무엇이 문제였던가? 힐러리 클린턴은 온통 얼굴을 찡그린 채, 한마디로 우거지상을 하고 있었다. 더구나 몹시 흥분한 듯한 모습이었고 그 모습이 상스러워 보이기까지 했다. 카메라가 두 번째로 힐러리의 얼굴을 비추었을 때 나는 전 퍼스트레이디로서 너무도 어울리지 않는 모습이라고 생각했다. 8년 동안 미국의 퍼스트레이디로서 대중의 관심을 받았던 사람이 분위기에 완전히 넘어가서 정신을 못 차리고 있는 모습을 보이다니 말이다."

물론 여러분 중 대부분은 힐러리처럼 전 국민의 시선을 받아야 할 일은 결코 없을 것이다. 그러나 여러분이 속한 작은 사회에서도 마찬가지로 관찰당하고 있다. 끊임없이 관찰당하고 있다는 사실 때문에 괴로워하거나 피해 의식을 가질 필요는 없다. 모든 사람이 마찬가지이기 때문이다. 이것이 소위 '인간 관찰' 이다. 테드 라이트는 오스트레일리아에 있는 리젠트The Regent 호텔의 상무이사다. 시드니를 방문하는 거물급 인사들 대부분이 리젠트 호텔에 투숙한다. 리젠트 호텔에 투숙한 사람들을 일부만 열거해보도록 하자. 루치아노 파바로티, 마가렛 대처, 주안 카를로스 왕, 탐 브로커, 도널드 트럼프, 로버트 레드포드, 바바라 월터스, 랄프 로렌 등이 이 호텔에 투숙했던 사람들이다. 상무이사로 있는 라이트 자신도 여왕으로부터 기사 작위를 받을 정도의 인물이었다. -기사 작위 수여는 네브래스카 주립 대학 졸업과 관련이 깊다- 라이트는 이 거물급 인사들을 손님으로 맞으면서 경험한 것을 다음과 같이 말한다. "수행 카리스마를 가진 사람들은 방에 걸어 들어올 때부터 보통사람들과는 달라 보인다. 일반적으로 그들은 단정한 복장을 하고 있으며, 침착하고 자신에 차 있으며, 자기 통제력이 뛰어나다. 이런 거물급들은 상대편과 시선 맞추는 능력도 탁월한데, 반짝이는 눈빛으로 방에 있는 모든 사람들과 눈을 마주치면서 움직인다. 이들은 상냥하고 친절하며, 예의 바르며, 상대편에 대해 깊은 관심을 보인다. 특정 인물에게 다가가서 질문하고 질문받을 때면 마치 질문받는 상대편이 그 방 안에 있는 유일한 사람처럼 느끼게 한다. 그리고 짧지만 정확한 억양으로 대답한다. 물론 나중에 만나더라도 상대편의 이름을 기억한다. 이런 방식으로 그들은 깊은 신뢰감을 주고, 상대편 또한 그렇게 하도록 유도한다. 물론 우리 호텔을 찾은 거물급들 모두가 수행 카리스마를 가지고 그렇게 행동하는 것은 아니다. 엄청난 부와 성공을 이루었음에도 불구하고, 카리스마를 전혀 보여주지 못하는 사람들도 있다."

수행 카리스마는 어느 정도의 연출을 필요로 한다. 내 책 〈CEO답게 생각하는 법How to Think Like a CEO〉에서 최고의 지위에 오르기 위해 필요한 21가지 특징을 이야기한 바 있는데, 그중 하나가 바로 '약간의 연기력' 이었다. 연기를 한다고 해서 교활하게 음모를 꾸미고 행동하라는 뜻은 아니다. 당신이라는 존재가 상대편에게 미치는 영향을 의식하고, 그에 따르는 책임감을 생각하면서 행동하라는 것이다.

이런 연기가 중요하지 않다고 말하는 사람이 있다면, 그는 자기 자신은 물론 다른 사람들까지 속이고 있는 것이다. 여러분을 포함해서 모든 사람은 늘 '연기를 하고 있다.' 물론 좋은 연기를 보여줄 때도 있고 서툰 연기를 보여줄 때도 있다, 또한 충분히 준비된 경우도 있고, 준비를 제대로 못한 경우도 있다.

한 배우 친구는 "우리 모두는 똑같은 대본을 받아. 연기력과 대본을 대하는 태도에 따라서 그에 맞는 역할을 갖게 되는 거지."라고 말했다. 일을 할 때도 마찬가지다. 우리 모두는 거의 똑같은 대본을 받는다. 그 대본은 많은 문제점과 기회 또는 잃어버린 기회들, 정치, 힘의 논리 등등을 포함하고 있다. 이처럼 많은 문제들을 가지고 있는 대본을 받아 연기를 할 때 자신감을 가지고 똑바로 서서 미소를 짓는 일은 매우 중요하다. 이에 따라 성공과 실패가 나뉠 테니까.

단 5분의 탁월한 연기가 5개월, 심지어는 5년 동안의 힘든 노동과 맞먹는 가치를 가질 수 있다. 반대로 단 5분 동안의 잘못된 태도로 인한 부정적인 결과에서 벗어나기 위해 5개월 또는 5년의 시간이 소요될 수도 있다. 올림픽 기간 동안, 아이스 스케이트 실황 해설자로 활약했던 해설자는 "경기 진행 5분 동안에 일어나는 한 번의 작은 실수가 4년 동안의 훈련을 무의미하게 만든다."고 지적한다. 그렇다고 지금까지 잘못한 시간들을 생각하면서 절망하지는 마라. 왜냐하면 사람들은 좋은 지도자를 너무나 갈망하고 있어서, 결과적으로 여러분이 좋은 지도자가 된다면 과거의 많은 실수들을 용서할 것이기 때문이다.

한 중역은 회의 시간에 자신의 스타일을 의도적으로 연출한다. "엄지와 집게손가락 사이에 펜을 놓고 빙빙 돌리면서 만지작거립니다. 이런 행동은 무척 침착하다는 인상을 줍니다. 또 이 때문에 회의에서 전혀 말을 하지 않아도 사람들은 저를 조용하지만 비판적인 존재로 의식합니다. 뭔가 말할 것이 있을 때는 마치 화가 난 것처럼 펜 돌리기를 멈춥니다. 그러면 웅성웅성하던 잡음이 멈추고 사람들이 저를 주목하죠." 이 말을 한 사람이 선택한 연기 기법을 권장하지도 그렇다고 비난하지도 않겠다. 하지만 그 사람이 자신이 원하는 효과가 무엇인가를 생각하고, 그 효과를 발생시키기 위해 자신만의 스타일을 창조했다는 사실은 본받아야 한다. 그는 매우 능동적으로 자신의 5분을 계획한 사람이다.

지금부터 1년 -2년 혹은 10년- 후에 여러분이 어떻게 보이고 싶은지 생각해보라. 그 모습이 뚜렷하다면 그 목표를 이루기 위해 지금 무엇을 해야 할지 더 쉽게 알 수 있다. 플레이보이Playboy의 회장 휴 헤프너는 1960년대에 '미스터 플레이보이'라는 개념을 만들어냈을 때 스스로 그런 모습이 되어 보기로 마음먹고 실천했던 인물이다.

휴 헤프너를 다룬 〈롤링 스톤Rolling Stone〉지의 기사를 들여다보자. "헤프너는 자신이 플레이보이가 아님을 알고 있었다. 그는 옷을 잘 입는 것도 아니었고, 사교적이지도 않았으며, 남다른 인생을 살고 있지도 않았으니까. 따라서 구상하고 있는 사업을 제대로 하기 위해서는 변화가 필요했고, 그는 변화를 선택했다. 1959년 12월 휴 헤프너는 -애벌레가 알을 깨고 나오는 변태와 같은- 대변화를 시작했다. 그는 제일 먼저 은행 대출을 받아 시카고 골드 코스트 해안에 있는 붉은 벽돌로 된 대저택을 샀다. 다음에 그는 백만 달러를 들여서 집을 개조했다. 실내 풀장과 극장은 물론, 최고로 압권이었던 '물속 바underwater bar'를 만들었다. 이 바에서 손님들은 애인이 나체로 수영하는 것을 바라보면서 음료를 마실 수 있었다. 그는 메르세데스 벤츠 오픈카와 메르세데스 리무진을 사서 저택 앞에 세워두었다. 리무진에는 토끼 머리 모양인 플레이보이 로고를 새긴 오렌지색 깃발 두 개를 꽂았다. 그는 자기 자신의 이미지 변신을 위해서 붉은 벨벳으로 된 평상복을 샀다. 수공예 파이프 담배를 피울 때 입고 있으면 특히 세련돼 보일 것으로 생각했기 때문이다."

물론 헤프너를 모델로 삼고 따라 하라는 것은 아니다. 그러나 헤프너가 취했던 방법은 충분히 고려할 만한 가치가 있다. 자신의 미래를 위해 꼼꼼하게 계산하고 철저하게 자신을 연마하고 의식적으로 행동하는 모습 말이다. 여러분은 마치 연극에나 등장할 법한 '가공된 인물'의 모습이라고 비판할지도 모른다. 하지만 그렇지 않다. 정치가나 저명인사들은 물론 CEO들조차도 '원하는 유형의 사람'처럼 보이기 위해 스스로를 꾸민다. 미국 대통령의 취임식 과정에는 거수경례를 하는 순서가 있다. 클린턴 대통령의 경우, 군대를 다녀오지 않았기 때문에 경례를 하는 방법을 몰랐다. 그렇지만 그는 취임의 상징적 표현을 완성하기 위해, 경례하는 법을 익혔고 능숙하게 해냈다.

외면적인 스타일, 즉 의상, 머리, 몸동작, 태도 등을 선택할 때 모범으로 삼을 수 있는 것들은 많다. 그러나 여러분이 이런 부분에서 어떤 것을 선택하는지와 상관없이 가장 중요한 것은 '자신감을 가지고 똑바로 서서 미소 짓는 것' 이다.

의상과 수행 카리스마

옷이 사람을 결정하지는 않지만 옷으로 인해 차이가 나는 것은 분명하다. 솔직하게 말하면, 옷은 사람의 외적인 모습에서 가장 중요하지 않은 부분이다. 하지만 외적인 모습을 이루는 구성 요소임에는 틀림없다. 더구나 옷은 여러분이 원하는 방향대로 뭔가 조치를 취하기가 상대적으로 쉬운 부분이기도 하다. 제스처나 말투 같은 것보다 말이다.

사람들은 면접이 있는 날 특별히 멋진 옷을 입는다. 면접을 잘하기 위해서는 일단 외모적으로 일을 잘할 것처럼 보여야 하고, 그런 인상을 주는 데 옷이 영향을 미치기 때문이다. 삶의 다른 모든 영역과 마찬가지로 비즈니스도 상당 부분 직관에 영향을 받는다. 리더가 되기 전이라도 의상과 품행이 리더처럼 보인다면 사람들은 여러분을 상대편보다 먼저 리더가 될 수 있는 사람으로 인식할 것이다.

일상 업무에서 캐주얼한 복장이 허용된다고 해서 처신할 때도 캐주얼함이 용인되는 것은 아니다.

"지도자는 사람들에게 신뢰를 주어야 하는데, 신뢰는 얼굴 표정, 걸음걸이, 의상에서 드러난다. 따라서 훌륭한 지도자들은 복장이 갖는 의미를 잘 이해하고 활용한다. 물론 모든 지도자들이 옷을 잘 입는다고 말할 수는 없다. 하지만 그들이 어느 곳에서 –행사든 포럼이든– 어떤 옷을 입고 있든지 무척 자연스럽고 잘 맞는 것처럼 보인다는 점에서는 공통적이다. 그들 중에는 키가 큰 사람도 있을 것이고, 작은 사람도 있을 것이다. 날씬한 사람도 있고, 뚱뚱한 사람도 있다. 그럼에도 불구하고 그들의 의상과 스타일은 그들이 상대편에 전달하려는 '그 무엇'과 조화를 이루는 경우가 대부분이다. 처칠, 조지 패튼, 콘돌리자 라이스, 존 에프 케네디, 피델 카스트로, 더글러스 맥아더, 사담 후세인, 아라파트, 빌 클린턴을 보라. 이들 지도자들은 어딘지 모르게 책임감이 있어 보인다. 만약 여러분이 '무엇을 입을 것인가' 같은 작은 일에 신경을 쓴다면, 다른 크고 작은 일에는 더 신경을 쓸 것이다. 보통 지도자들은 눈길을 끈다. 간디조차도 자신만의 옷 입는 방식으로 사람들의 관심을 끌었다." 아스란 그룹The Aslan Group의 CEO, 테드 라이트의 말이다.

어떤 의상을 입고 고를 것인지를 좀 더 구체적으로 살펴보자.

• 주로 입는 색상을 선택하라. 검은색, 황갈색, 회색, 갈색 등 자신이 주로 입는 색상을 선택하는 것이 좋다. 그리고 모든 옷과 액세서리를, 선택한 색상에서 가장 좋은 품질과 스타일 –최신 유행을 의미하는 것은 아니다– 로 구입하라. 주로 입는 색상이 있으면 쉽게 옷을 고를 수 있다.

의상에서 일관성이 있으면, 행동에도 일관성이 있어 보인다. 한 가지 색상이 주는 단조로움을 넥타이, 셔츠, 액세서리, 스카프 등을 통해 적절히 커버할 수 있다.

• 옛것은 과감히 바꿔라. 새로운 비즈니스 경향을 파악하고 선택

하듯이 -무리가 되지 않는 선에서- 유행하는 패션을 채택하라. 예를 들어, 넥타이나 양복 깃이 좁은 것이 유행이라면, 괜히 넓은 것을 고집하지 말고 좁은 것을 선택하라. 유행의 첨단을 걸을 필요는 없지만 뒤처진 사람처럼 보일 필요도 없지 않은가? 어떤 CEO는 새 신발을 사면 바로 헌 신발을 버린다. 셔츠, 재킷, 바지 등도 마찬가지다. 옷장에 새로운 것이 더해질 때마다 옛것을 버리는 것이다.

• 몸에 맞는 옷을 입어라. 옷이 맞지 않는다면 맞도록 조절하라. 살을 찌우거나 빼는 식으로 몸매를 관리하는 것이 새 옷을 사는 것보다는 싸게 먹힐 것이다. 이처럼 몸에 옷을 맞혀주는 것은 외모 관리에서 필수사항이다. 여러분 생각에 '사람들이 이렇게 입었으면' 하는 그런 방식으로 옷을 입어야 한다. 아랫사람들은 특히나 리더의 복장을 모방하는 경향이 있기 때문이다.

• 특별한 행사에 참석할 때는 미리 어떤 옷을 입어야 하는지 알아보라. 행사에 어울리는 스타일을 알아내고, 거기에 맞춰서 의상을 선택하라. 특별한 행사이므로 화려한 정장을 입을 수도 있고, 한편으로 화려한 정장을 입음으로써 별것 아니었던 행사가 특별해지기도 한다. 동료들과 함께 점심 식사를 하는 자리라 하더라도 어떤 복장을 하느냐는 여전히 중요하다.

• 캐주얼한 복장이 회사에서 일반적이라 하더라도 만약의 상황에 대비해 정장을 준비해둬라. 완벽한 정장을 한쪽에 준비해두고, 필요할 때 비서나 다른 사람에게 알려 어느 곳에라도 가져올 수 있게 하라.

• 옷에 관한 마지막 당부 : 무엇을 입느냐가 아니라 어떻게 입느냐가 더 중요하다. 자신감을 가지고 똑바로 서 있으면 어떤 스타일의 옷이라도 더 좋아 보인다. 왜냐하면 그렇게 있을 때 옷이 몸에 더 멋지게 걸려 있을 테니까.

지금까지 나는 의상에 신경 쓸 것을 강조했다. 하지만 그렇다고 상대편의 의상에 대해 비판적이 되어서는 안 된다. 캐주얼한 옷을 입은 사람보다 정장을 입은 사람을 막연히 더 좋아하고, 그런 사람에게 집중하는 우를 범하지 마라. 양쪽을 동등하게 대우해주어야 한다. 더구나 여러분이 하고자 하는 일에서 누가 더 큰 영향력을 가지고 있는지 알지 못한 상황에서라면 더욱 그렇다.

자신감을 가지고 똑바로 서 있어라

사람들은 여러분의 능력을 행동이나 말보다는 겉모습을 보고 판단하게 된다. 따라서 메시지를 전달할 때, 스스로가 의도하는 바대로 전달되도록 신경을 써야 한다. 리더들에게 기대하는 신체 행동의 패턴이 있는데, 거기에는 자세, 의상, 행동, 전반적인 외모 등이 포함된다.

전 미 국무장관 매들린 올브라이트 대사는 웰레스리 대학 학위 수여식 연설에서 냉전의 역사, UN의 평화유지, 핵무기, 아이티의 민주주의 회복, 여성의 보편적 지위 등 심도 있는 주제에 대해 이야기했다.

그리고 다음과 같은 말로 그녀의 연설을 마쳤다. "축하합니다. 행운을 빕니다. 무엇보다 항상 똑바른 자세로 서 있어야 한다는 걸 기억하세요."

왜 올브라이트 대사는 그렇게나 중요한 연설을 별로 중요하지 않은 것 같은 자세에 대한 조언으로 끝마쳤을까?

자신감을 가지고 똑바로 서 있는 것은 사람들에게 윤리적이고, 용감하며, 깨어 있고, 긴장되어 있으며, 생기 있다는 인상을 주고, 진취적인 비전을 가지게 한다. 좋은 자세는 자신감, 생명력, 활력을 보여준다. 반대로 구부정한 자세는 두려움, 불안, 통제력의 부재, 훈련 부족, 실패자, 소심함, 부끄러움, 죄의식 같은 것을 보여준다. 자신감을 가지고 똑바로 서 있는 것은 '내가 인정받기를 바랍니다.' 라고 말하는, 바로 그 태도를 보여주는 것이다.

외면으로 드러나는 행동이 내면과 일치해야 한다. 하지만 만약 그렇지 않다 해도 사람들은 그렇다고 생각한다. 사람들은 보이는 대로 여러분을 '읽고' 결론을 내린다.

활기찬 걸음걸이로 회의실에 들어가서, 웃으면서 '자, 시작합시다.' 라고 씩씩하게 말하라. 그러면 다른 사람들도 여러분을 쳐다보면서 활기찬 목소리로 '예. 그럽시다.' 라고 대답할 것이다. 회의실에 들어가 처음 몇 마디를 할 때 어떻게 말하느냐가 회의실 안의 모든 사람에게 영향을 미친다. 똑바른 자세로 씩씩하게 들어가 활기차게 말하는 여러분의 모습이, 그 회의에서 뭔가 중요한 발언을 하려고 했던 사람에게 용기를 줄 수도 있다. 그렇다면 얼마나 좋은 일인가? 위대한 '연주자' 가 되고 싶다면 위대한 연주자처럼 걷고, 보이고, 행동해야 한다.

반대로 발을 질질 끌며 걸어 들어와, 몸을 잔뜩 웅크리고 맥없이 '시작합시다.' 라고 말한다면 어떻게 될까? 회의실 안의 사람들은 '그러죠. 시작합시다. 당신을 바꾸는 것부터!' 라고 생각할지도 모른다.

특정 공간에서 그 분위기를 주도하느냐 못하느냐는 겉으로 드러나는 태도를 어떻게 하느냐에 달려 있다.

사람들은 겉으로 드러나는 태도를 보고 상대편을 판단한다. 겉으로 드러나는 모습을 가지고 인물을 묘사하는 많은 관용 표현에서도 확인된다. 이런 표현들 중에 일부를 살펴보기로 하자 : '눈을 쳐다볼 수 없다(똑바로 볼 수 없다)... 조개처럼 입을 다물다(침묵하다)... 꼭 죄인 입(말수가 적은)... 경지에 이르다(상황을 파악하고 훌륭히 행동하다)... 냉철한 머리를 가진(분별 있는)... 독수리 눈(날카로운 눈, 날카로운 관찰력)... 눈을 크게 뜬(놀란)... 자신의 두 발로 서다(자립하다)... 혀가 짧은(말문이 막힌, 말을 못하는)... 우호적인 악수(환대, 따뜻한 환영)... 손을 부들부들 떠는(죄책감의 표현, 절망적인)... 두리번거리는 눈(불안한)... 어깨를 펴다(당당하게 행동하다)... 재빨리 벗어나다(기운을 차리다, 회복하다)... 등을 두드리다(칭찬하다)... 무릎이 약한(연약한, 우유부단한)... 등뼈(강한 의지)...' 물론 똑바로 서라(자신감을 가져라)도 포함된다.

주식회사 이사인 바바라 프랭클린은 〈뉴스위크〉지에서 "이사들은 보통사람들보다 의자에 좀 더 반듯하게 앉는다. 더 많은 경계의 눈초리가 있기 때문이다."라고 지적했다. 지위가 높을수록 더 많은 관심을 받게 되므로 좋은 자세와 태도가 요구된다는 것을 알 수 있다.

앞을 볼 수 없었던 헬렌 켈러의 다음과 같은 이야기는 더 흥미롭고도 역설적이다. "결코 고개를 숙이지 말고 높이 쳐들어라. 눈을 똑바로 뜨고 세상을 바라보라."

Mento 자신감 있게 똑바로 서 있는 법

- 자신이 가진 것에 만족하고 그것을 최대한 활용하라.
- 자세를 바로하고, 배에 힘을 주고, 호흡을 가다듬어라.
- 이 순간부터는 건강하고 균형 잡힌 자세로 살겠다고 다짐하라.

자신이 가진 것에 만족하고 그것을 최대한 활용하라.

수행 카리스마는 외모에 따라 결정되는 것이 아니다. 오히려 여러분이 사물을 어떻게 바라보는가, 상대편에게 여러분이 어떻게 보이는가와 관련이 있다.

키나 신체적인 외형과 상관없이, 여러분이 가진 것에 만족하면서 이를 최대한 활용해야 한다.

"좋은 자세로 걷고 똑바로 서서 미소를 지을 때와 그렇지 않을 때 상대편이 나를 대하는 태도는 놀라울 정도로 다르다. 말하는 내용도 중요하지만 어떻게 말하는가, 즉 말하는 태도와 방식도 중요하다는 것이다." BEA 시스템스의 부사장이자 총지배인인 체트 카푸어의 말이다.

운이 좋아서 유전적으로 좋은 형질을 타고 태어나거나, 남보다 더 좋은 보살핌과 가정교육을 받거나, 많은 돈을 들여 성형수술을 하는 것 이외에, 자신감 있게 보이기 위해서 할 수 있는 최선의 방법은 태도를 바르게 유지하고 '나는 능력 있고 –이 자리에– 적합한 사람이다.' 라고 스스로에게 되뇌는 것이다. 그런 태도와 생각을 가지고 있다면 여러분은 매력적으로 보일 것이다. 자신감을 가지고 똑바로 서서 미소 짓고 있다면, 실패자들에게서 흔히 나타나는 구부정한 자세, 잔뜩 움츠린 어깨 따위의 부정적인 모습은 절대로 보이지 않을 것이다. 물론 나이가 들수록 이런 자세를 유지하기가 어려워지는 것이 사실이다. 하지만 다음과 같은 말을 되새겨보자. "나이가 들수록 유행을 따라가기는 점점 힘들어집니다. 하지만 나이가 들어서도 좋은 자세를 유지할 수는 있습니다. 전 좋은 자세를 유지하려고 운동을 합니다. 상대편에게 좋은 모습으로 보이고 싶을 뿐 아니라 때로 상대편을 압도하기 위해 똑바른 자세로 서 있어야 하기 때문이죠."

〈사이칼러지 투데이Psychology Today〉지에 따르면, 보통사람들 6명 중에 1명이 키가 더 컸으면 하고 생각한다고 한다. 그 소망을 이루고 싶다면 좋은 자세로 똑바로 서 있어라. 똑바로 서 있으면 구부정한 자세일 때보다 키가 더 커 보이기 때문이다.

사회는 일반적으로 키 큰 사람들을 우대한다. 여러분이 좋은 자세를 가지고 있으면서 키도 크다면, 확신과 자신감은 물론 활기가 넘치고 잘 교육받은 사람이라는 인상을 줄 수 있다. 또한 제 나이보다 젊어 보이면서도 위엄 있고 즐겁게 사는 사람처럼 보일 것이다. 만약 좋은 자세를 가지고 있지만 키가 작다면 어떨까? 이 경우에도 결과는 마찬가지다. 확신과 자신감, 활기가 넘치는 사람, 나이보다 젊어 보이면서도 필요한 위엄을 갖춘 사람으로 보일 것이다. 하지만 키가 크든 작든 자세를 구부정하게 하고 있다면, 겁 많고 패배적이며 소심하고 수줍어하는 사람, 왠지 모르게 죄의식이 있고, 늘 걱정에 빠져 있으며, 자기 통제력이 부족한 부정적인 사람으로 보일 것이다.

축구 해설가에게서 다음과 같은 말을 들은 적이 있다. "선수들의 자세와 몸동작을 보면 그날의 스코어를 알 수 있죠." 물론 이 말은 승자와 패자 모두에게 해당되는 말이다.

치안 전문가들은 군중 속에서 어깨를 웅크리고 서 있는 사람들을 조심하라고 말한다. 그런 사람이 초조한 모습을 보일 때는 더욱 조심하라고 경고한다. 왜냐하면 뭔가 숨기는 것이 있는 위험한 사람들이기 때문이다. 뭔가를 감추고 있는 사람들은 구부린 자세를 취하게 된다는 것이다.

구부정한 자세는 원활한 숨쉬기를 힘들게 하고, 혈액 순환을 감소시켜서 결과적으로 이산화탄소가 폐에 오래 머물게 한다. 당연히 외형뿐 아니라 건강에도 좋지 않다. 그러므로 유전적으로 타고난 키와 상관없이 자신감을 가지고 똑바로 서 있도록 하라.

수행 카리스마를 가진 사람들은 자신의 키보다 더 커 보인다는 사실도 흥미롭다. 사람들에게 추앙받는 사람들은 실제보다 더 커 보인다. 정치가나 저명인사들을 만난 뒤에 "그 사람이 더 큰 줄 알았는데 생각보다 작네."라고 느끼는 사람들이 많은 것도 이 때문이다. 왁스Wax 박물관의 마담투소Madame Tussaud 관에는 유명인사들의 실물 크기 밀랍인형들이 진열돼 있다. 이 작품들을 보고 사람들은 한결같이 "생각보다 너무 작아서 놀랐다."고 말한다. 이들이 평소에 실제보다 더 커 보였기 때문이다.

키라는 것은 무척 상대적이다. 한 은행 중역의 키는 198센티미터다. 그는 자기보다 키가 훨씬 큰 NBA 선수들 옆에 서 보기 전까지는 자신의 키가 상대편에게 어떻게 보일지에 대해 전혀 알지 못했다고 한다. NBA 선수들 앞에서 자신이 무척 작아 보인다는 것을 느끼면서 자신 또한 상대편에게 그런 느낌을 줄 수 있음을 깨달은 것이다.

만약 키가 아주 큰 사람이라면 더더구나 좋은 자세를 취해야 할 필요가 있다. 키가 크기 때문에 좋든 싫든 눈에 잘 띄고, 더 많은 사람들의 관심을 끌게 되기 때문이다.

"면접 때 중요한 것은 활기차게 보이는 것입니다. 좋은 자세로 적절한 제스처를 써서 이야기하고 상대편의 말을 잘 듣는 사람에게서는 어떤 에너지 같은 것이 발산됩니다. 그 에너지가 바로 그 사람을 활기차게 보이게 하죠." 단순한 외모보다 자세와 활력이 중요하다는 전문 헤드헌터의 말이다.

한 중역은 자기 밑에서 일하는 사람에 대해 다음과 같이 말했다. "그가 어떤 모임에 참석한다 해도, 사람들은 그 사람이 거기 있는지조차 잘 모를 겁니다. 전혀 눈에 띄지 않으니까요. 그는 너무 조용하고, 거의 웃지 않고, 누구에게도 움직임을 보이지 않으며, 잔뜩 움츠린 채 작은 목소리로 이야기합니다. 참 안타까운 일이죠. 왜냐하면 그는 너무나 똑똑하고, 놀라운 통찰력을 갖고 있고, 늘 멋진 아이디어가 넘치는 그럼 사람이거든요. 그런데도 사람들은 그를 전혀 알아보지 못하니까요."

키, 몸무게, 헤어스타일, 나이, 외모에 상관없이 '똑바로 서서' 생활함으로써 여러분이 가진 장점들이 최대한 돋보이도록 하라.

자세를 바로하고, 배에 힘을 주고, 호흡을 가다듬어라.

앉아 있든 서 있든, 좋은 자세를 위해서 1) 가슴을 쫙 펴고 상체를 꼿꼿이 편다, 2) 어깨를 살짝 뒤로 젖히고 팔은 수직으로 내린다, 3) 배에 힘을 준다, 4) 호흡을 가다듬는다, 5) 그 자세를 유지하면서 계속해서 호흡한다.

이그제커티브 피지컬 테라피Executive Physical Therapy의 사장, 캐롤라인 크리거는 말한다. "어깨를 꽉 조여서 자세를 바로잡는 운동을 하면서 특히, 등 근육을 함께 강화시키기 위해 노력하라."고 말한다. 토크쇼의 여왕 오프라 윈프리는 "가슴을 하늘을 향해 꽉 펴고, 태양을 보면서 인사하라."고 말한다.

올바른 자세를 만드는 또 다른 방법은 등을 벽에 붙이고 서는 것이다. 머리, 어깨, 엉덩이, 발뒤꿈치를 최대한 벽에 붙이고 선다. 그러고는 그 자세로 벽에서 떨어져 나와서, 그대로 유지하는 것이다.

머리를 마치 헬륨이 가득 찬 빵빵한 풍선처럼 꼿꼿이 유지하라. 움직일 때도 어느 정도의 긴장감을 가지고 있어야 편안하고 자신감 있으며 유능해 보인다. 물론 그 긴장감이 경직된 모습으로 보일 정도라면 곤란하다. 머리 뒤에 선이 있다고 상상하라. 턱 높이를 일정하게 유지하라. 마치 턱 끝이 목 선을 연장한 선반 위에 올려져 있는 것처럼.

서 있을 때 좋은 자세를 유지하기 위해서는, 무릎을 살짝 굽힌 채로 일직선을 유지해야 한다. 두 발 사이는 살짝 떨어져 있어야 한다. 그런 자세로 팔을 자연스럽게 내려 서 있으면, 등 아래쪽으로 집중되는 스트레스를 최소화할 수 있어서 오래도록 자세를 유지할 수 있다. 물론 그런 자세는 자신감 있고 편안한 인상을 준다.

긴장이 너무 심해지지 않도록 적절히 숨을 쉬어라. 묵은 공기를 폐에서 몰아내라. 좋은 자세로 몸을 이완하고, 바깥의 신선한 공기가 몸속으로 들어오도록 하라. 가급적이면 코로 숨을 쉬어서 공기가 코를 통해서 들어오는 게 좋다. 반복하라. 넷을 세는 동안 숨을 내쉬고, 다음 넷을 세는 동안 숨을 들이쉬어라. 내쉬고, 들이쉬고, -멈췄다 숨쉬는 동작을 반복하라. 넷을 세는 동안 들이쉬고, 넷을 세는 동안 내쉰다- 이렇게 숨쉬는 과정을 통해서 올바른 자세를 유지시켜 주는 근육을 강화하는 것이다.

똑바로 서 있으면 호흡 기능도 좋아진다. 몸의 에너지를 증가시키고, 혈액 순환을 좋게 하기 때문이다. 혈액 순환이 좋아지면 심장이 튼튼해지며, 신선하지 않은 이산화탄소를 폐에서 내보내어 신선한 공기로 대체하며, 소화 기능을 촉진시키며, 두뇌에 공급되는 산소량이 증가한다. 이 모든 작용들은 스트레스 지수를 낮추는 데도 중요하다. "똑바로 서 있는 것은 신체적 정신적 건강을 위해 우리가 할 수 있는 가장 중요한 일 중에 하나다." 듀크 대학병원에서 여성운동의학 프로그램을 맡고 있는 알리슨 토스의 말이다.

지금 당장 '자세를 바로하고, 배에 힘을 주고, 호흡을 가다듬어라' 는 말을 스스로에게 수없이 반복해야 한다. 그래야만 좋은 자세를 유지할 수 있기 때문이다. 시간이 지나면 조금 덜 반복해도 될 것이다. 매일 꾸준히 계속하면 기울어지고 구부정한 자세로 되돌아갈 가능성이 점점 줄어들 것이다. 평소에 스스로에게 반복적으로 주입시키는 것이 중요하다. 왜냐하면 그렇게 해야만 정말로 필요한 시점에 좋은 자세를 유지할 수 있기 때문이다. 그렇게 끊임없이 연습하지 않고서 청중이 오지 않은 시간에 미리 무대 위를 걸어보면서 연습하는 CEO처럼 제대로 할 수 있겠는가? 그는 경고한다. "미리 충분히 준비하지 않은 채, 갑자기 청중을 보면 제대로 된 자세를 취하기 어렵다. 배는 안으로 쑥 들어가고, 어깨는 뒤로 처진다. '이런! 이런! 시작이군.' 하는 생각을 하면서 말이다."

이 순간부터는 건강하고 균형 잡힌 자세로 살겠다고 다짐하라.

좋은 태도를 가진 모든 사람이 이렇게 함으로써 효과를 봤다는 말을 믿어야 한다. 좋은 태도를 완벽하게, 자연스럽게 가지고 있는 사람은 없다. 좋은 태도는 끊임없는 훈련과 습관에서 나온다. 몸에 밴 나쁜 자세를 버리는 데 몇 주 혹은 몇 달이 걸릴 수도 있다는 사실을 인정하라. 사실 이런 나쁜 태도는 여러분의 어깨 위에, 세상의 무게만큼이나 무거운 짐을 지우면서 수년 동안 배어 있었다. 지금 이 순간부터 남은 생애 내내 좋은 습관을 유지하기 위해 꾸준히 노력해야 한다.

오랫동안 계속되어 온 긴장과 스트레스로 여러분의 어깨는 이미 구부정해 있을 것이다. 외관상으로 여러분은 구부정한 어깨, 늘어진 가슴, 앞으로 튀어나온 머리, 비뚤어진 골반을 갖고 있으며, 이 모든 것 때문에 근육이 불균형하게 발달해 있을 것이다. 내면으로는 잘못된 자세 때문에 긴장과 신체적인 스트레스를 받고 있을 것이다. 잘못된 자세는 척추를 꽉 누르고, 내부 기관들을 압착하며, 폐활량을 떨어뜨리고, 혈관수축을 야기하기 때문이다. 이 모든 것들이 만성적인 등, 목, 머리의 통증으로 발전한다. 더구나 굽은 자세는 스스로 의기소침한 기분을 느끼게 한다.

필요하다면 하루에도 백 번 아니 천 번이라도 자세를 고쳐라. 자세를 끊임없이 바로잡아야 한다는 사실을 잊지 않도록 연상 장치 같은 것을 고안하라. 예를 들어, 소음을 들을 때마다 자세를 바로잡는 것이다. 자동차 경적 소리, 기차 소리, 컴퓨터 신호음, 옆 사람의 기침 소리, 전화벨 소리 등등 이런 소리가 나면 자세를 바로 잡기로 하고 지켜가는 것이다. 노래 한 곡이 끝날 때까지 자세를 유지해보자. 혹은 출퇴근 시간 내

내 자세를 유지해보자.

좋은 자세로 걷기 위해서, 발을 11자 모양으로 반듯하게 해야 한다. 해변을 걸을 때 자신의 발자국 모양을 살펴보자. 발끝이 똑바로 앞을 향해야 하며, 거위 발자국처럼 옆으로 벌어져서는 안 된다.

팔은 자유롭게 앞뒤로 가볍게 흔들고, 손가락은 살짝 구부리고 있어라. 뚜렷한 목적 없이 흐느적대며 꾸물거리는 모습으로 걸을 수도 있고, 분명한 목적을 가지고 똑바로 걸어갈 수도 있다. 목적지가 있으며, 어떻게 거기에 가야 할지를 분명히 알고 있음을 보여주면서 걸어라. 일본의 게이샤들은 "모래톱 위에 잔물결을 일으키는 파도처럼 걸어라."고 교육받는다. 물론 여러분이 이렇게까지 해야 하는 것은 아니니 걱정하지 마라. 모래에서 발을 11자로 반듯이 해서 걸으면, 그것으로 충분하다.

집무실, 레스토랑, 또는 파티장에 들어설 때 잠시 멈춰서라. 숨을 가다듬고 자세를 바로잡을 잠깐의 시간을 가진 뒤 들어가라.

팔짱을 끼지 않고 팔을 옆에 자유롭게 놓아두면, 이야기할 때 그 팔을 움직이거나 적절한 제스처를 취할 수 있다. 팔짱을 끼면 스스로가 닫혀 있는 것처럼 보인다. 손을 주머니에 넣고 있으면 초조한 것처럼 보인다. 뒷짐을 지고 있으면 군인처럼 경직돼 보인다. 내가 하는 말을 듣고 그중에서 여러분이 얻고자 하는 효과를 선택한 뒤, 그에 걸맞은 행동을 취하도록 하라. 군인처럼 경직된 모습을 보여주고자 한다면 뒷짐을 질 수도 있는 일이다.

앉아서 일하는 사람들은 다른 포즈로 일하는 사람들보다 돈을 더 많이 받는다. 오랫동안 앉아 있어야 하기 때문이다. 앉아 있을 때도 늘 자세를 바르게 하라. 마치 지하철에서 빈자리를 잡았을 때처럼 그렇게 앉아 있지 마라. 바람에 맞서고 있는 동물처럼 잔뜩 웅크린 채 앉아 있지 마라.

의젓하게 똑바로 앉기 위해서 의자에 다가간 다음, 멈추어서 다리 뒤쪽에 의자가 닿게 하라. 그 자세로 의자 끝에 똑바로 앉아서 좋은 자세가 될 때까지 몸을 낮춰라. 안정감 있고 편안하게 앉기를 바란다면 부드럽게 몸을 움직여 의자 깊숙이 앉아라. 안정감 있고 편안하게 앉기를 원하지 않는다면 '의자 끝에' 머물러 있어도 좋다. 각자가 원하는 효과에 맞춰서 선택해라.

여성들은 무릎이나 발목에서 다리를 꼬고 앉아야 한다. 발목을 비틀거나, 신발 뒤꿈치가 보이게 하거나, 신발이 발끝에서 대롱대롱 흔들리게 하지 마라. 뭔가 초조하고 자기 통제를 못하는 사람처럼 보인다. 발목 부분에서 다리를 꼬고 앉은 자세일 때, 몸이 왼쪽을 향하고 있다면 왼쪽 다리가 앞으로 나와 있어야 균형 잡힌 것처럼 보인다. 만약 무릎 부분에서 다리를 꼬고 앉은 자세에서 몸이 왼쪽을 향하고 있다면 오른쪽 다리가 위로 올라와 있어야 한다. 이때 발끝은 왼쪽을 가리키도록 하라. 그래야 균형 잡힌 것처럼 보이기 때문이다.

남자든 여자든, 팔은 양쪽이 서로 다른 위치에 비대칭으로 있을 때 편안하고 자신감 있으며 유능해 보인다. 한 팔은 팔걸이에, 한 팔은 무릎 위에 놓는 식으로 말이다. 손을 꼭 쥐고 있거나 손을 반듯하게 놓아두는 것은 피하라. 초조해하는 것처럼 보인다. 또한 양손이 자유롭게 떨어져 있어야 필요한 제스처를 취하기가 편하다.

경직되거나 두려워하는 사람처럼 보이지 않으려면 말하거나 앉아 있거나 서 있을 때 적절한 제스처를 취해야 한다. 제스처는 텔레비전에 나오는 것처럼 인공적으로 꾸며낸 부자연스런 행동이 아니다. 이미 1806년에, '웅변에서의 제스처'에 대해 쓴 책이 있었다. 여기에는 한 손 혹은 양손을 써서 할 수 있는 56가지 제스처가 설명되어 있다. 책에는 "손을 곧게 하거나 굽히거나, 빠르게 혹은 느리게 움직여 겸손함, 비웃음, 양보, 숭고함, 편안함, 자신감 등의 여러 가지 감정을 표현할 수 있다."고 나와 있다.

〈뉴욕타임스〉지에 따르면, 요즘 널리 쓰이는 제스처는 '턱을 아래로 집어넣고 눈썹을 치켜 올림으로써' 특정 사람을 지목하는 모습이라고 한다. 예전에는 이런 모습으로 사람을 가리키는 제스처는 무례하다고 생각되어 왔고, 피고인이나 부끄럼을 많이 타는 사람을 가리키는 데만 제한적으로 쓰였다. 하지만 제스처는 시간과 문화에 따라 변화한다. 누군가를 지목하는 행위가 '당신이 내가 찾던 바로 그 사람이다.' 또는 '당신이 맞다.' 라는 긍정적인 의미를 내포하게 된 것이다.

제스처는 말과 행동을 효과적으로 결합시켜 준다. 팔꿈치나 손목이 아니라 어깨부터 팔, 손에 이르는 몸 전체를 움직여라. 조화롭게 제스처를 활용하는 것이 좋다. 제스처를 취할 때 지루하거나 신경질적이거나 늘 같아 보이지 않도록 신경을 써라. 또 손과 팔이 경련을 일으키는 것처럼 보이지 않도록 주의하라.

머리를 수평으로 유지하라. 머리가 한쪽으로 기울어져 있으면, 칭찬해주기를 바라거나 의구심을 갖고 있는 것처럼 보인다. 머리를 앞으로 내밀고 있으면, 소심하고 연약한 사람처럼 보인다. 머리를 뒤로 젖히고 있으면 건방지게 보인다. 수평으로 곧게 유지하라. 그러면 '상식 있고 분별 있는 사업가'처럼 보일 수 있다.

머리를 반복적으로 끄덕이는 버릇도 삼가라. 머리를 상하로 반복적으로 움직이는 모습은 초조해 보인다. 또한 뭔가를 부탁하는 것 같기도 하고 걱정하는 것처럼 보이기도 한다. 동의의 표시가 필요하다면 과감하게 한 번 끄덕여주거나, 말로 동의를 표시하라. '알겠습니다' 또는 '좋아요' 하는 식으로.

제스처는 상대편에게도 영향을 미친다. 한 중역의 말을 들어보자. "이야기할 때 고개를 많이 끄덕이는 친구가 있는데, 그 습관을 나도 모르게 배우게 됩니다. 어느 날은 제가 그 친구를 만나고 집에 들어가자 아내가 '당신 오늘 잭 만나고 왔죠. 맞죠?' 라고 말하더군요. 저도 모르게 그 친구가 하던 행동을 따라 하고 있었던 거죠."

만약 여러분 주변에 좋은 자세와 제스처를 가진 사람이 있다면, 여러분은 좋은 자세와 버릇을 모방하게 될 가능성이 높다. 하지만 여러분보다도 덜 깨어 있고, 덜 훈련받은 사람들 주변에 있을 수도 있다. 그렇다면 그 사람들을 위해서 뿐 아니라 여러분 자신을 위해서 좋은 본보기가 될 사람을 찾아야 한다.

모든 상황을 잘 마무리한 다음 자리를 뜰 때는 사람들과 악수를 한 뒤 잠시 멈춰라. 절대로 서두르지 마라. 서두르는 모습은 떠나고 싶어 안달 난 사람처럼 보일 테니까. 시간을 가져라. 앉아 있다가 나가기 위해서 일어섰다면 의자를 제자리에 가지런히 놓아라. 자리에 남아 있는 상대편에 대한 존경을 보여줘라. 우아한 몸동작과 단호한 걸음걸이로 문으로 걸어가라. 나가기 전에 몸을 돌려서 고개를 끄덕여 작별인사를 하라. 그리고 잠시 멈췄다가 나가라. 들어왔을 때처럼 문을 잘 닫아라.

내가 말하는 행동에 대한 조언들을 읽을 때, 1) 이것은 별로 중요하지 않아. 2) 나는 이미 잘하고 있어. 3) 나중에 할 거야 하는 식의 생각을 하지 마라. 지금 당장 그것을 실천하라. 물론 여러분 중에 일부는 충분히 잘하고 있을 수도 있다. 하지만 좀 더 완벽하면 좋지 않겠는가?

악수

미해군 특전단Navy Seals에 관한 몇 권의 책을 쓴 리처드 마라신코는 악수를 할 때 양손을 다 쓴다. 오른손으로 악수를 하면서 왼손으로는 상대편이 그를 만나서 긴장했는지 안 했는지를 알기 위해 맥박을 재고, 그에 맞춰서 행동한다.

뉴욕에 있는 유명한 레스토랑의 여주인은 고객 유형에 따라 인사 방식을 달리 한다. 처음 오는 고객에게는 머리를 끄덕여 인사하고, 드문드문 오는 고객과는 악수를 한다. 단골 고객에게는 볼에 가벼운 키스를 한다. 그리고 자신이 좋아하는 몇몇 사람이 오면 일어서서 키스하면서 껴안는다.

〈타임〉지에 실린 뉴기니의 파푸아에 사는 부족에 대한 기사는 더 흥미롭다. 거기서는 남자들이 악수 대신 서로의 성기를 부드럽게 쥐면서 인사를 한다.

비언어연구센터The Center for Nonverbal Studies의 연구 결과에 따르면, 중요한 계약 날인을 하는 최종 과정은 바로 신체적인 접촉이다. 악수를 하거나 서로 포옹하는 행동 말이다. 컴팩Compaq의 마이클 카펠라스와 휴렛팩커드Hewlett-Packard의 칼리 피오리나가

합병서에 사인할 때, 바로 이런 모습을 볼 수 있었다. 또 텔레비전이나 영화 속 스포츠 경기 장면에서 마지막에 선수들끼리 손을 꼭 쥐는 모습을 볼 수 있다.

전통적인 악수를 잘하고 싶다면 어떻게 하는 게 좋을지 이야기해 보자.

먼저 상대편에게 다가가는 자세부터 시작하자. 손을 내밀기 전에 너무 가까워지지 않도록 잠시 멈춰서 기다려라. 잠시 멈춰서는 동작을 통해 상대편이 이 악수를 특별하게 느끼도록 할 수 있다.

악수할 때는 상대편의 손바닥을 꽉 잡아라. 여성들은 특히 상대편에게 손가락만 잡히지 않도록 각별히 주의해야 한다. 손바닥 대 손바닥으로 악수를 하면, 악수가 힘없이 끝나 버리거나 손가락이 눌려서 아프게 되는 사태를 피할 수 있다.

일반적인 시간보다 조금 더 오래 손을 잡고 있어라. 세 번 정도 맞잡은 손을 흔든 다음 손을 거두어들여라.

상대편과의 거리를 체크하라. 거리가 적절하지 않으면 상대편에게 불쾌감을 주게 되므로 상황에 따라 잘 맞춰주어야 한다.

상대편의 손목이나 팔꿈치, 어깨 위에 왼손을 올려놓거나 상대편을 껴안을 수도 있다. 이때는 골반, 즉 엉덩이 부분을 만지지 마라.

악수할 때 손이 땀에 젖어 있거나, 거리가 너무 멀리 떨어져 있거나, 반대로 너무 가까이 있는 것은 좋지 않다. 또 손을 너무 늦게 놓거나 반대로 너무 빨리 놓아 버리거나, 너무 높이 혹은 낮게 잡고 있거나, 지나치게 많이 흔들거나 적게 흔드는 것도 좋지 않다.

양손으로 하는 악수, 포옹, 등을 툭툭 치거나 쓰다듬는 행위, 키스하면서 볼을 쓰다듬는 행위, 손을 잡고 흔드는 행위, 꼭 껴안는 행위 등도 활용 가능하다. 목적이 무엇인가, 어떤 장소에 있는가에 맞춰서 적절히 선택해서 활용하도록 하라.
만약 상대편이 껴안거나 손에 키스하는 것을 피하고 싶다면 손이나 팔을 멀리 두어라. 그래도 상대편이 껴안거나 손에 키스하려고 시도할지 모른다. 이럴 경우 어색하고 딱딱하게 악수를 한다면 아무래도 상대편이 그런 시도를 하지 않을 가능성이 높아진다. 물론 원하지 않는 신체적인 접촉을 피하는 동안에도 여전히 상대편의 자존심을 지켜주고, 거절당했다고 느끼지 않도록 배려해야 한다.
때로 상대편과 악수를 하면서도 굳이 좋은 유대 관계를 맺고 싶지는 않을 때도 있다. 그럴 경우에는 반대되는 행동을 선택하면 된다. 짧게 악수하고 퉁명스럽게 대하거나 눈을 마주치지 않거나 등 다양한 방법이 있을 수 있다. 어느 것을 택하느냐는 여러분의 목적에 달려 있다.

미소 지어라

리더에게 기대되는 신체적인 행동 패턴 중에서 가장 눈에 띄는 것은 얼굴 표정이다. 말을 하기 전에 보통 사람들은 상대편의 얼굴 표정을 살핀다. 얼굴은 신체의 어느 부위보다 그 사람에 대해 많은 것을 알려준다. 어깨, 머리, 허리, 몸통, 다리... 도대체 어느 부위가 말을 할 수 있는가? 오로지 얼굴만이 입을 통해서 말을 할 수 있다. 얼굴 이외에 여러 가지 정보를 제공할 수 있는 신체 부위는 손이 유일하다.

회사에서의 승진 여부도 얼굴 표정에 따라 많은 영향을 받는다. 얼굴 표정은 사람들이 여러분을 좋아하고 믿어야 할지, 나중까지 기억하게 될지 등등의 요소를 결정하기 위해 맨 먼저 보게 되는 지점이다. 유쾌한 전문가 같은 표정을 짓고 있으면, 상대편은 여러분을 사려 깊은 사람으로 느낄 것이며 상대편과 더 빨리 가까워질 수 있을 것이다. 또한 상대편이 여러분을 더 신뢰할 수 있을 것이다.

"나는 낯선 사람을 대하듯이 사람들을 만나지 않는다. 늘 웃으면서 상대편과 눈을 마주치고 힘차게 악수를 한다. 이렇게 함으로써 내가 그들과 가까워지기를 바라며, 그들을 알고 싶어 한다는 메시지를 전하는 것이다." EDS 비즈니스 프로세스 매니지먼트EDS Business Process Management의 사장, 제롬 데이비스의 말이다. 데이비스의 적극적인 태도는 인색하고 심술궂은 어떤 사람이 "상대편이 가장 원하는 것이 웃음이라고 하므로 나는 하루하루를 웃음으로 시작해서 웃음으로 끝낸다."고 말한 것과는 정반대된다.

여러분이 어떤 상호작용을 하든지, 얼굴 표정은 영향을 미치며 따라서 얼굴 표정은 여러분의 외모 중에 가장 중요한 부분이다.

사람들은 말보다는 얼굴에 나타난 표정으로 여러분을 판단한다. 신뢰, 자신감, 믿음직함, 정직성, 지성, 창조성, 사교성 등 모든 것을 말이다. -사진 한 장이 수천 마디 말만큼의 가치를 가지고 있듯이, 여러분의 외모도 마찬가지다- 어떤 얼굴 표정을 띠고 있느냐에 따라 여러분은 상대편이 함께 일하고 싶어 하는 사람이 될 수도 있고, 그 반대의 사람이 될 수도 있다. 상대편이 함께 일하고 싶어 하는 사람은 침착하고 유쾌하며 재미있고 자기 확신이 있는 사람이다. 이 모든 것이 어떤 얼굴 표정을 띠느냐에 따라 결정된다. 물론 얼굴 표정에 따라 적대감을 없애고, 여러분 주변으로 사람들을 모이게 할 수도 있고 그 반대의 현상을 불러올 수도 있다. 이 모두가 여러분의 선택에 달려 있다. 즉, 얼굴에 있는 작은 근육을 조금 활용하기만 하면 되는 것이다. 마치 클린트 이스트우드가 바로 그 근육을 움직여 멋진 연기를 해내는 것처럼 말이다.

사람들에게 즐거운 표정이 자연스러운 상태가 되어야 하는 데도 실상은 그렇지 않다. 밖으로 나가서 15분 정도 걸으면서 사람들의 얼굴 표정을 살펴보라. 많은 사람이 무서운 표정을 짓고 있다. 70% 이상이 화났거나, 슬프거나, 두려워하거나, 초조해하거나, 심각하거나, 허탈한 표정을 짓고 있을 것이다. 또 다른 20%는 영원히 계속될 것 같은 기분 나쁜 표정을 짓고 있다. 마치 평생에 즐거웠던 순간이 한 번도 없었으며, 계속해서 그렇게 암울하게 살기를 원하는 사람처럼. 누군가 여러분을 향해 웃어주고, 행복한 모습을 보인다면 오히려 이상할 정도다. 사람들이 웃음을 짓는 경우는 고속도로 진입로에서 앞으로 끼어드는 차를 끼어들지 못하게 막아냈을 때 정도이다. 우리가 생각하는 것보다 사람들은 훨씬 덜 웃는다.

11년 된 친구인 트사이아 에드몬드는 웃음의 효과를 강조한다. "여러분이 상대편을 향해 웃었을 때 상대편이 그 답으로 웃어주고, 그 웃음을 통해 여러분이 좋은 에너지를 얻는 순환이 이어진다."

샌프란시스코에서 휠체어에 앉아 구걸하는 한 남자를 봤다. 그의 한 쪽 다리는 무릎 아래에서, 나머지 하나는 무릎 위에서 절단되어 있었다.

그는 'Hi. Smile' 이라고 쓴 표지판을 들고 지나가는 사람들에게 환하게 미소 짓고 있었다. 물론 그를 보고 웃고 싶지 않은 사람도 있을 것이다. 하지만 그는 여전히 미소 짓고 있었다.

만약에 여러분이 록 스타라면, 웃으라는 충고를 마냥 따를 수만은 없을 것이다. 록 스타가 너무 자주 웃으면 실없어 보일 수 있고, 이것이 록 스타라는 이미지에 어울리지 않는 것도 사실이다. 하지만 그 이외의 사람들은 이 글을 읽고 실천해야 한다.

나는 지위가 높은 사람들일수록 덜 웃는다는 조사 결과와 지위가 높은 사람들일수록 더 많이 웃는다는 조사 결과, 즉 상반된 조사 결과를 본 적이 있다. 물론 특정 사실을 입증하기 위해서 조사가 왜곡됐을 수도 있다. 하지만 중요한 것은 조사 결과를 보고 여러분이 더욱 더 각성하여, 좀 더 좋은 방향을 선택할 수 있을 때 조사 결과가 가치를 가진다는 사실이다. 여러분의 웃음은 현재 지위와 상관없이 실질적인 유쾌함 -살아 있다는 것에 대한- 을 표현하는 것이어야 한다.

유쾌한 표정은 정신적인 태도에서 나온다. 그리고 그 태도는 정직성, 자신감, 열린 마인드, 그리고 수행 카리스마에서 나온다. 유쾌한 표정은 상냥한 웃음, 능글맞은 웃음, 이를 드러내고 히죽 웃는 웃음, 동의를 구하는 듯한 웃음, 희색이 만연한 웃음과는 다르다.

물론 삶의 모든 측면이 즐거울 수는 없다. 살아가면서 만나는 모든 사람과 친구가 될 수는 없을 것이고, 분명 우호적이지 않은 사람들이 있을 것이다. 삶에서 부딪히게 되는 시련과 싸움에서 항상 이길 수도 없다. 여러분을 둘러싼 환경이 항상 만족스러운 것도 아닐 것이다. 하지만 여러 가지 이유로 상황이 여의치 않을 때라도, 웃음은 이런 좋지 않은 상황들을 감춰준다. 진심으로 마음속에서 우러나서 웃지는 못할지라도 너무 바쁘거나 부주의해서 미소 짓는 것을 잊어서는 안 된다.

대부분의 사람들은 뭔가 기쁜 일이 생겼을 때 웃는다. 하지만 중요한 것은 기쁘지 않을 때도 웃음을 짓는 것이다. 물론 사람이 늘 웃고 싶은 기분일 수는 없다. 하지만 웃고 싶은 기분이 아닐 때라도 어쨌든 늘 웃고 있어야 한다. 경찰 앞에서 증명사진을 찍어야 하는 그 정도의 상황이 아니라면 항상 웃어라.

물론 상대편의 웃음을 수상쩍게 보는 사람도 늘 있게 마련이다. 그런 사람들은 자신들이 모르는 무엇인가를 상대편이 알고 있지 않을까 두려워하기 때문이다. 한편으로 그들의 염려는 사실이기도 하다. 상대편은 모르는, 늘 웃을 수 있는 비결을 알고 있는 셈이니까.

어떻게 웃어야 할지, 웃는 법 자체를 잘 모르겠다고 말하는 사람들이 의외로 많다. "웃는 법을 잘 모르겠어요. 웃을 때 제가 어떻게 보이는지를 몰라서 웃어야 할지 말아야 할지 망설여집니다. 제 스스로 자꾸 이것을 의식하게 됩니다."라고. 여기에 그 대답이 있다.

Mento 미소 짓는 법

- 턱의 긴장을 풀고, 입을 약간 벌리고, 양쪽 입가를 올려라.
- 시선을 고정하고 눈빛을 잘 활용하라.
- 항상 웃는 표정을 유지하라.

턱의 긴장을 풀고, 입을 약간 벌리고, 양쪽 입가를 올려라.

성인에게 웃는 법을 가르치고 설명한다는 것이 불필요한 일로 보일

지도 모른다. 하지만 사람들은 웃는 법을 배울 필요가 있다.

턱의 긴장을 풀면 발에서 시작해서 몸 전체의 긴장이 서서히 풀린다. 또한 턱을 이완시키고 있으면 웃어야 한다는 사실을 강하게 인식하지 못할 때도, 얼굴이 전체적으로 웃고 있다는 인상을 줄 수 있다. 턱을 이완시키고, 입을 약간 벌린 상태로 계속 유지하기 위해 특정 단어를 연상하는 것도 좋다. '치즈Cheese', '치즈 위즈Cheese Whiz', '수플레souffle', –이 단어는 줄리아 차일드가 얼굴에 웃음을 짓기 위해 떠올린다고 했던 말이다– '블루 치즈Blue Cheese' –트사이아는 이 말을 연상하면서 웃음을 짓는다고 말했었다– 등.

턱의 긴장을 풀었다면 이제 여러분의 입 가장자리를 가볍게 들어 올려보자. 입가를 올리면 볼 근육도 따라서 올라가게 된다. 볼 근육이 올라가면 얼굴이 좀 더 둥글게 보이고 부드럽게 보인다. 또한 피부를 생기 있어 보이게 하는 혈액 흐름이 증가된다. 즉, 얼굴이 발그레하게 보이는 것이다.

물론 사람들이 원하는 것은 딱딱하지 않게 이완된 얼굴이지, 마냥 늘어진 얼굴은 아니다. 턱의 긴장을 푼다고 해서 새가 부리를 벌린 것처럼 입을 헤벌리고 있으라는 것은 아니다.

정치가들이 텔레비전 토론을 시작하기 전에, 또는 오스카상에 지명된 사람이 연단으로 오르는 붉은 양탄자를 밟기 전에, 경직되지 않은 표정을 짓기 위해 노력한다. 얼굴이 긴장되고 경직돼 있으면 우울하거나 무표정하고 근엄하다는 오해를 살 수 있기 때문이다.

굳게 다문 어색한 입술선 대신에, 약간 벌어진 입술은 항상 얼굴에 약간의 미소가 떠돈다는 인상을 준다. 그렇다고 해서 일에 집중하지 못하는 것처럼 보이거나 힘없이 늘어진 모습으로 보이는 것은 아니다.

턱이 딱딱한 콘크리트처럼 경직돼서 얼굴이 우거지상이 되게 하지 마라. 또는 미간을 찌푸려서 이마에 주름살을 만들지 마라. –어느 코미디언은 이를 가리켜, '이마에 팬 깊은 골짜기' 라고 표현했다– 이빨을 꽉 무는 습관이 있다면 고쳐라. 이마에 깊이 팬 주름, 뚱하고 시무룩한 표정, 사무적인 딱딱함을 가지고 행동하는 것은 결코 지혜롭지 않다. 뭔가를 두려워하고 걱정하며 스트레스를 받는 것처럼 보일 테니까.

사람의 얼굴에는 44개의 근육이 있고, 이를 활용해 7,000가지의 서로 다른 표정을 만들어낼 수 있다고 한다. 웃음을 짓기 위해서는 최소한 3개의 주요 얼굴 근육 조직을 움직여야 한다. 이를 통해 얼굴의 혈액 순환이 원활해지고, 건강한 홍조를 띠게 된다. 웃음은 또한 얼굴 근육에 활력을 주며, 몸의 항체 생성력을 높일 뿐 아니라 항바이러스 세포인 T세포 –면역 활동에서 중요한 역할을 담당하는 림프구– 를 활성화시킨다. 웃음은 또 몸에 긍정적인 생리 변화를 가져온다. 기분을 좋게 해주는 엔돌핀을 증가시키고, 코티솔 –부신피질에서 생기는 스테로이드 호르몬의 일종– 을 감소시킨다. 코티솔은 스트레스를 받았을 때 증가하는 호르몬이다.

한 연구조사 결과에 따르면, 거짓으로 웃을 때나 진심으로 웃을 때나 웃음이 신체에 미치는 효과는 똑같다고 한다. 신체가 억지웃음과 진짜 웃음의 차이를 구별하지 못하기 때문이다. –이 연구 분야를 '정신신경면역학' 이라고 부르는데, 이것은 감정과 면역 반응 사이의 전달 체계 및 상호관계를 다루는 학문이다–

웃음은 유산소 운동을 했을 때처럼 얼굴 근육에 활기를 준다. 포복절

도할 정도로 많이 웃는다면 병도 더 빨리 치유될 것이다. 왜냐하면 앞서 설명한 것처럼 웃음은 우리 몸 안의 항체 생성을 증가시키고, 항바이러스 세포인 T세포를 활성화시킴으로써 면역 체계를 높이기 때문이다.

같은 연구 자료를 보면, "대학 졸업앨범에서 가장 환하게 웃은 여성이 이후 30년 동안 다른 사람보다 행복하게 살고, 행복한 결혼을 했으며, 개인적인 실패나 좌절이 적었다."고 나와 있다.

아이들은 하루 평균 72번 웃는다. 그러나 사람들은 성장하고 교육받고 사회화되면서 웃음을 점점 억제한다. 당연히 이 책에서 말하는 다른 요소들처럼 웃음도 지나치게 적거나 많으면 좋지 않다.

웃음은 사람을 즐겁게 할 뿐 아니라 듣기 좋은 소리를 내게 한다. 웃음을 통해 후두와 식도 등 호흡기관이 열리기 때문에 말할 때 좀 더 풍부하면서도 낮은 톤의 목소리를 낼 수 있는 것이다. 입을 열면 목소리의 공명이 깊어진다. 콧노래를 불러보라. 턱을 잔뜩 긴장한 채로는 잘 안 될 것이다.

풍부하고 신뢰감이 가며 편안하게 들리는 목소리로 이야기하면 듣는 사람이 더 신중하게 받아들이며, 같은 이야기에도 좀 더 긍정적인 반응을 보인다.

감정의 기복이 있더라도 늘 같은 톤의 목소리를 유지해야 한다. 과민함, 성급함, 분노, 피로 등에 의해서 여러분의 개인적인 감정이 노출되는 것은 바람직하지 않다. 개인적인 감정을 노출하면 상대편이 여러분을 원하는 것과는 다르게 바라보기 때문이다. 내가 여러분께 추천하는 것은 식당에서 옆 사람 혹은 옆 테이블의 사람에게 '소금 좀 주세요pass the salt' 라고 할 때의 바로 그 어투이다. 이는 억양을 일정하게 유지하기 위해 기억해야 할 일종의 기호라고 생각해도 좋다. 물론 '소금 좀 주세요' 라고 말할 때 상대편이 그 말을 알아듣기 위해 신경을 써야 할 만큼 작은 목소리로 말해서는 안 되며, 단어 하나에 지나치게 강세를 둬서도 안 된다. 감춰진 감정이나 의제가 전혀 없는, 고르고 평탄하며 선명한 톤이어야 한다. 그런 톤이라면 어떤 상황에서 사용해도 무방하다.

'소금 좀 주세요' 라는 어투로 말을 하면 편안하고 확신에 차 있고 능력 있는 것처럼 들리게 하면서 말하는 속도, 음량, 음색을 일정하게 유지할 수 있다. 물론 여러분이 조급함이나 상대편을 불쾌하게 하는 역겨움 없이 자기 자신을 충분히 컨트롤하면서 말한다면, 상대편은 이야기를 잘 들어줄 것이다.

비행기 조종사들은 비행 도중 기체가 흔들릴 때, 신중하면서도 꾸밈없는 목소리로 사실을 잘 알리도록 교육받는다. 그들은 "비행기가 조금 흔들릴 것입니다."라고 '소금 좀 주세요' 하는 바로 그 톤으로 말한다. 만약 조종사가 "비행기가 조금 흔들릴 것입니다."라고 '흔들린다' 는 말에 강세를 두어 말한다면, 승객들 기분이 어떨지 상상해보라. 승객들의 마음이 몇 배로 불안해질 것이다.

지나치게 낮은 목소리는 언성을 높여 고함치는 것과 마찬가지로, 강압적인 느낌을 줄 수 있다. 혹은 수줍어하거나 초조함을 반영하기도 한다. 감정과 상관없이 일정하고 침착하며 잘 들리는 억양을 유지하라.

상대편이 소리를 듣기 위해 긴장해야 할 만큼 낮은 목소리로 이야기하지 마라. 상대편이 말을 쉽게 알아듣고 이해할 수 있게 하라. 한 컴퓨터 회사의 사장은 자기 회사 부사장을 다음과 같이 묘사했다. "그 사람과 한번 통화하려면, '좀 더 크게 말해달라' 는 이야기를 세 번쯤 해야 합니다." 그런데 바로 그 부사장에게 그 이유를 물어보자, "제 권위를 전달하기 위해서 목소리를 낮게 깔아서 말합니다."라고 설명했다. 하지만 이 경우 권위가 전달되는 것이 아니라, 갖가지 오해만 낳는 결과가 될 뿐이다.

현대 사회에서는 서로 다른 국적과 언어를 가진 사람들을 포함 다양한 문화, 인종, 신앙을 가진 사람들과 함께 일해야 한다. 그러므로 더더구나 상대편이 여러분의 말을 제대로 이해할 수 있도록 말하는 것이 중요하다. 오해하지 않도록 말이다.

때로 사람들은 공포나 좌절, 분노, 무지 때문에 고함을 지르기도 한다. 상대편이 언성을 높이고 있다 하더라도 여러분은 그에 휩쓸려서는 안 된다. '소금 좀 주세요' 라고 할 때의 평온한 억양을 계속 유지하라. 상대편의 감정 표현에 굴복해서 똑같이 할 필요는 없다. 두렵거나 좌절감을 느끼거나 화가 난다 하더라도 상대편에게 무례하게 굴거나 소리를 질러서는 안 된다.

늘 웃으면서 말을 하라. 에리카 도슨은 베리존Verizon에서 전화번호 안내 일을 맡고 있다. 도슨은 자신의 업무 비결을 '웃는 것' 이라고 말한다. "말할 때 저는 늘 웃습니다. 심지어 '죄송합니다. 전화 연결이 끊겼습니다.' 라고 할 때마저도 늘 웃죠."

시선을 고정하고 눈빛을 잘 활용하라.

일종의 눈웃음을 지어라. 눈빛으로 의사를 전달하라. 눈은 웃지 않으면서 입으로만 웃고 있거나, 웃으면서 눈을 마주치지 않으면 어딘가 비어 있다는 느낌을 준다. 눈빛은 실제로 입을 열어 말을 하기 전에 웃음으로 말을 시작할 수 있게 해주는 좋은 도구이다.

대화할 때 시선을 활용하고, 상대편의 눈을 들여다보면 성실하고 진실해 보인다. 눈빛에 대한 이야기가 나오면, 나는 항상 한 CEO가 상대편에 대해 약간의 두려움을 느끼면서 한 말이 떠오른다. "여러 회사의 CEO들이 모여서 회의를 하는 시간이었습니다. 그 사람은 자신의 생각을 정리해서 말할 때마다 정면으로 저와 눈을 마주치고, 잠시 동안 저를 응시했습니다. 다른 CEO들보다 저를 더 많이 보는 것 같았죠." 이것이 바로 눈빛이 가지는 위력이다.

눈빛을 잘 활용하면 감정적인 부분뿐 아니라 실제로 신체적인 부분에도 영향을 미친다. 첫째로, 눈빛을 통해 미소 짓는 것은 사람을 끌어당기는 눈부신 매력이다. 둘째, 눈으로 아주 살짝만 웃어도 눈이 촉촉하게 젖게 되어, 눈빛이 광채를 띄게 된다. 이는 마치 하품을 했을 때 나타나는 물리적인 반응과 같다.

누군가에게 반하거나 매료되었을 때 눈빛을 상상해보라. 서로 반한 두 사람 사이에는 매우 다른 느낌의 반짝임이 있다.

눈을 마주치는 가장 좋은 방법은 상대편의 눈을 똑바로 쳐다보면서 말하는 것이다. 긴장되고 초조한 상황일수록, 똑바로 눈을 마주치는 것이 중요하다. 상대편을 똑바로 쳐다보는 데는 용기가 필요하지만 그렇게 했을 때 상대편에게 믿음과 성실함을 줄 수 있다.

말할 때, 눈을 들여다보는 것처럼 보이기 위해서 상대편의 코와 입을 바라보아도 된다. 눈을 바라보는 것이 익숙지 않아서 부담스럽다면 이런 방법을 택하는 것도 한 방편이 될 수 있다. 이렇게 하면 상대편에게는 눈을 들여다보는 것과 같은 기분을 느끼게 하면서, 여러분은 상대편의 눈을 똑바로 들여다볼 때 느끼는 부담을 덜 수 있다. 물론 이렇게 하면 눈빛이 교활하다거나 믿을 수 없다는 인상도 주지 않는다. 친구와 함께 있을 때 이 방법을 시도해보자. 10초 동안 상대편의 입을 들여다보면서 이야기하고 다시 10초 동안 눈을 들여다보면서 이야기한 뒤 어디를 들여다보고 있는지를 물어보라. 상대편이 말할 때 입을 들여다보는 것은 상대편의 입 모양을 읽어서 말을 훨씬 더 잘 이해하게 된다는 장점도 있다. 또한 말하고 있는 상대편이 제대로 눈을 마주치지 못하고 눈빛을 불안하게 굴리고 있다 하더라도 여러분은 자신의 눈빛을 안정적으로 유지할 수 있다. 눈을 정면으로 바라보고 있을 때는 상대편 눈빛이 불안해지면 바라보고 있는 사람도 같이 불안해지게 마련이기 때문이다.

상대편을 바라볼 때 얼굴 전체가 상대편을 향해야 한다. 얼굴 전체를 돌려서 똑바로 상대편을 쳐다보지 않고서 눈으로만 쳐다본다면, 마치 상대편의 눈을 똑바로 쳐다보지 못하는 비열한 사람처럼 보인다. 천장을 올려보거나 바닥을 내려보는 것은 최대한 지양하라. 상대편의 어깨 너머를 수평으로 쳐다보는 것이 좋다. 머리를 반듯하게 하고, 그 상태로 몇 초 동안 멈춘 다음에 말을 시작하라.

이리저리 방향을 잡지 못하고 방황하는 눈은 상대편에게는 마음의 방황으로 보인다. 차분하고 안정적인 시선은 마음이 차분하고 안정적이라는 느낌을 준다. 차 헤드라이트 불빛 앞에서 눈 부셔 하는 사슴처럼 힘없고 가늘게 뜬 눈은, 상대편에게 부정적인 시각을 갖게 만든다.

한 회사 사장은 자신의 옛 동료에 대해 나에게 다음과 같이 말해주었다. "회의 시간에 이야기할 때 그의 시선은 이 사람에서 저 사람으로 불안하게 옮아가곤 했습니다. 자기가 말한 것에 대해서 동의와 재확인을 갈구하면서 말이죠." 나중에 이 중역은 회사 자금 횡령으로 고소되었다. 도둑이나 범죄자들의 시선이 불안하게 이 사람 저 사람 사이를 이동한다는 사실은 기억해둘 만하다. 이런 부류의 사람은 상대편이 자신들을 정확히 기억하기를 바라지 않기 때문이다. 하지만 여러분은 그렇지 않다. 상대편이 여러분을 마음속에 새기고 기억하기를 원하는 것이다. 그렇다면 그들과 다르게 행동해야 한다.

자신이 지나갈 때 복도에서 마주치는 모든 직원들에게 시선을 피하라고 지시했다는 할리우드 거물급 인사에 대한 이야기를 들었다. 이런 명령은 불안감에서 기인하는 무의미한 실력 과시일 뿐이다. 그런 사람을 위해서 일하는 것도 불행한 일이지만 더더구나 그런 사람이 되지는 말아야 할 것이다.

상대편이 여러분을 어떻게 대하느냐에 상관없이 편안한 웃음을 보여주면서 시선을 마주쳐야 한다.

항상 웃는 표정을 유지하라.

좀 더 나은 외모를 위해 성형수술을 하려고 마음먹은 사람이 있다면 다음과 같이 충고하고 싶다. 성형수술 대신 얼굴 표정을 좋게 하는 데 집중한다면 성형수술에 따르는 많은 시간과 돈을 절약하고 고통을 줄일 수 있을 것이다. 나이에 상관없이 관대한 웃음과 안정적인 시선은 사람을 끌어당기는 가장 큰 매력이 된다. 이런 매력을 가지고 있다면 최소한 값비싼 화장을 하는 비용과 시간을 절약할 수 있다.

국립과학재단The National Science Foundation의 연구 결과에 따르면, 여성이 남성보다 더 잘 웃는다고 한다. 남성이든 여성이든 상관없이 웃음은 즉각적인 효과를 발휘하는 주름 제거 성형수술과 같다. 그만큼 젊어 보이기 때문이다. 웃음은 또한 인간이 늙은 뒤에도, 얼굴에서 여전히 좋아 보이는 유일한 것이기도 하다. 아무리 늙은 사람이라도 웃는 모습은 아름답다.

얼굴 표정에 대한 논의는 여성들에게나 어울리는 것이라는 잘못된 생각을 버려라. 전혀 그렇지 않다. 성에 상관없이 최고의 리더들은 자신들이 어떤 기분일 때라도 활기차게 깨어 있고, 민첩하며, 생기 있는 표정을 유지하는 법을 안다.

이 책을 읽고 있는 자신의 얼굴 표정에 대해 생각해보라. 아마도 상사가 새로운 프로젝트를 설명할 때의 표정과는 분명 다를 것이다. 하지만 두 가지 표정이 같아야 바람직하다. 독서할 때, 텔레비전을 볼 때, 운전할 때 등등 매 순간순간 '치즈' 하고 웃으며 사진을 찍을 때처럼 편안하게 웃는 법을 연습하라. 웃음이 꼭 필요한 시점이 아닐 때 충분하게 연습해둔다면, 웃음이 꼭 필요한 긴장되는 순간에 나쁜 버릇을 감출 수 있다. 항상 얼굴에 웃음을 띠고 있어야 한다. 만약 그렇지 않고 웃었다가 경직됐다가 하는 식으로 얼굴 표정이 자주 바뀐다면, 믿음이 안 가고 불성실하며 순수하지 못한 사람으로 보일 것이다.

이제 웃는 능력을 발전시키는 법을 알았으므로 그것을 활용하라.

웃으면서 이야기하고 또 상대편의 이야기를 들어야 한다. 만약 웃으면서 상대편의 이야기를 듣지 않으면, 그 이야기를 재미없다고 생각하는 것처럼 보일 것이다.

웃기 위해서는 제일 먼저 치아를 드러내야 한다. 설령 치아가 지저분해서 좀 우스워 보일 것 같더라도 웃어라. 만약 웃을 때 치아가 지저분한 것이 문제가 된다면, 이를 해결해줄 온갖 물품들이 있지 않은가? 강력한 표백 효과를 가진 약품들, 미백 연고, 칫솔 등등.

마주치는 모든 사람에게 웃으면서 인사해라. 만약 상대편이 먼저 인사했다면 그 인사에 웃으면서 답해줘라. 내 친구 트사이아 에드몬드가 말한 것처럼 웃으면서 다니면 상대편도 여러분에게 웃어줄 가능성이 높다. 상대편에게 되돌려 받고 싶은 바로 그것을 주는 것이 저력이다.

상대편을 보면서 계속 웃으면 결국 상대편과 웃음을 주고받을 수 있을 것이다. 만약 여러분이 찡그린다면 상대편도 찡그린 표정으로 되돌려줄 것이다. 결국 찡그린 표정을 서로 교환하는 악순환이 계속되는 셈이다.

사람들은 자주 자신의 표정을 잊어버린다고 이야기한다. "제 생각에 너무 몰두한 나머지 제가 어떤 표정을 짓고 있는지를 깨닫지 못합니다. 울상을 짓고 있거나 잔뜩 찡그리고 있다는 사실을 자꾸 잊어버리는 겁니다." 다음과 같이 말하는 사람들도 많다. "만나는 모든 사람들한테 웃어줄 만한 에너지가 없어요. 더구나 저는 제가 만나는 사람들 중 대부분을 다시는 만나지 않을 것이기 때문에, 그들에게 웃어주는 것이 그렇게 중요하다는 생각이 들지 않습니다." 그런 생각과 행동을 바꿔라.

정말로 생기 있는 웃음이 필요한 시점은 바로 병원에 있을 때다. 물론 웃고 싶은 기분이 들지 않을 거라는 건 알고 있다. 하지만 조금만 노력한다면 훨씬 더 좋은 대우를 받을 수 있다. 왜냐고? 간호사들은 온통 우울한 사람들 사이에서 또 한 명의 기분이 언짢은 사람을 만나고 싶지 않기 때문에, 웃고 있는 여러분에게 즉각적으로 반응해줄 것이기 때문이다. 의료진 역시 좀 더 많이 들를 것이다. 문병객들도 여러분이 나날이 좋아지고 있는 것처럼 보이므로 즐거울 것이다. 물론 결과적으로 여러분은 더 빨리 회복될 것이다.

웃음은 원하는 대로 제어할 수 있지만, 얼굴이 붉어지는 현상은 제어하기가 어렵다. 하지만 모든 사람들이 그런 어려움을 겪는다는 사실을 알면 좀 더 위안이 될 것이다. 레드 마스크 재단Red Mask Foundation이라는 후원 단체가 생겨날 정도니까.

웃음은 얼굴이 붉어지는 현상에도 도움이 된다. 웃음을 지으면 얼굴이 붉어지는 현상이 덜해지거나, 얼굴이 붉어졌다 해도 상대편이 웃음 때문에 잘 눈치 채지 못하기 때문이다. 하지만 웃음이 없다면 이 현상이 더 심해질 것이다.

얼굴이 붉어지는 현상은 엄격히 말하자면 '신경학상의 신호로 얼굴 표면의 혈관이 팽창하여, 얼굴빛이 약간 붉게 되는 것' 일 뿐이다. 그 때문에 얼굴이 굳어지면서 열감이 목, 볼, 귀로 퍼진다. 심할 경우엔 눈빛이 얼어붙고, 말이 빨라지며, 논점을 잃고 횡설수설하는 결과를 초래하기도 한다. 동시에 말초신경 근처 혈관이 수축하여, 손이 차가워지고 끈적이면서 하얗게 되는 현상도 발생한다.

이런 신경학적인 신호는 다음과 같은 여러 가지 경우에 나타난다. 질문을 받았을 때, 일어서서 발표해야 할 때, 상대편이 비방하는 말이나 제스처를 취할 때, 공개적으로 생일축하를 받는다거나 하여 사람들의 관심이 집중될 때 등.

전문가들은 카페인을 줄이고, 호흡을 컨트롤하는 기술이나 화장을 활용해서 얼굴이 붉어지는 현상을 최소화할 수 있다고 말한다. 우울증 치료제 프로작Prozac, 정신 안정제 발륨Valium 등의 약품을 적절히 활용하는 것도 한 방안이다. 스웨덴에서는 얼굴 붉힘 현상을 줄여주는 ETS endoscopic thoracic sympathectomy라는 특별 수술이 벌어지기도 했다. 이는 척추를 따라 작용하는, 가슴에 있는 특정 신경을 절제하는 수술이다. 그러면 얼굴 붉힘 현상이 없어진다. 이 문제를 해결하기 위해 어떤 노력을 들이는가와 상관없이 나이가 들면 얼굴 붉힘 현상은 점점 덜해진다. 그것도 여러분에게 작은 위로가 될 수는 있을 것이다.

사진

사진은 오래도록 남는 것이다. 게다가 디지털 사진 촬영법과 인터넷을 통해서 단 몇 초면 세계 곳곳으로 전송될 수도 있다. 멋있고 자연스러운 사진은 그저 우연히 찍히는 것이 아니다. 미리 철저하게 생각할 필요가 있다. 즉, 어떤 사진이 효과적일 것인가를 미리 철저하게 준비하는 사람이 돼야 한다. 여러분의 사진이 상대편에게 전달하고자 하는 메시지를 제대로 전달할 수 있도록 하기 위해서 말이다.

자기 책의 홍보 작업을 진행 중이던, 코미디언 조지 카를린을 만난 적이 있다. 사람들이 함께 사진을 찍자고 요청할 때마다 그는 모든 사진에서 상대편을 향해 엄지손가락을 들어올리는 포즈를 취했다. 이것은 사진에 활기를 불어넣을 뿐만 아니라, 상대편의 자존심을 높여주는 효과도 있다. 마치 엄지손가락을 치켜들고 '최고'라고 하는 것처럼 보이기 때문이다.

휴렛팩커드Hewlett-Packard의 칼리 피오리나에 대한 이야기도 있다. “컴팩Compaq과 협상 중일 때, 칼리 피오리나는 사진을 찍고 싶어 하지 않았습니다. 하지만 자신의 의지와 상관없이 사진을 찍어야만 한다는 사실을 깨달았죠. 그녀는 머리를 높이 쳐들고 가벼운 미소를 머금고 사진을 찍었는데, 결과적으로는 보는 사람들에게 좋은 느낌을 주었습니다.” 칼리 피오리나는 무슨 일을 하든 신중함을 강조하는 사람이었다. 그녀의 말을 들어보자. “전 매우 신중한 사람입니다. 그렇다고 해서 제가 절대로 실수하지 않는다는 뜻은 아니죠. 하지만 신중하면 실수는 거의 일어나지 않습니다.”

여러분이 꼭 사진을 찍어야 하는 상황이라면, 이왕이면 그 사진이 여러분이 전달하고자 하는 메시지를 전달할 수 있도록 적극적으로 노력하는 것이 좋다. 행사장의 크기를 보고, 좀 더 좋은 배경과 빛으로 사진이 찍힐 수 있는 곳으로 가라. 빛이 앞에서 비추는 것이 좋다. 그래야 사람이 그늘져 보이지 않는다.

겉옷 단추를 채워라. 좀 더 단정해보일 뿐 아니라 불룩 나온 배를 가려주는 효과도 있다. 카메라 렌즈 정면에 서는 것보다는 약간 측면에서 바라보는 앵글이 좋다. 팔을 허리 안쪽으로 살짝 굽히고 있으면 편안하게 보인다. -마치 음료를 들고 있는 것처럼- 물론 이 포즈가 사진을 찍는 당사자에게는 불편하다 해도.

손에 음료를 들고 있지 마라. 손에 들고 있는 것이 물이라 해도 사진을 보는 사람들에겐 파티 좋아하는 ‘술꾼’으로 보인다. 사람들이 사진을 보고 한번 그렇게 판단하면 좀처럼 바꾸기 어렵고 오래간다. 왜냐하면 인화되어 나와 있는 것이고, 사람들 머릿속에 깊이 박혀 있을 테니까. '사진은 수천 마디 말보다 더 가치가 있다.'는 상투적인 문구를 생각해보라.

가능하면 팔을 뻗어 다른 사람을 만지는 포즈를 취하라. 그러나 자세는 곧게 유지하라. 기울어지거나 다른 사람 혹은 물건에 기대지 마라.

눈을 크게 뜨고, 목을 길게 늘이되 턱은 낮춰라. 머리를 마치 선반 위에 올려놓은듯이 안정되게 두어라. 얼굴은 정면을 바라보고 머리를 수평으로 유지하라.

사진사의 눈을 들여다보라. -멀어서 잘 보이지 않는다 하더라도- 유명한 파파라치인 론 가렐라는 "사진사와 눈을 마주치면 좋은 사진이 나오게 돼 있다."고 강조한다. 편안한 웃음을 짓고, 시선을 고정하라. '치즈' 라고 마음속으로 말해보자.

만약 전문 사진사와 함께 하는, 공식적인 자리라 해도 완성된 사진에서 여러분이 보여주고자 하는 바를 철저히 생각하라. 사진사에게 의지해서 그가 하는 대로 두지 마라. 미리 비즈니스 관련 출판물을 살펴보고, 특히 경영자들이 찍은 사진을 주의 깊게 봐라. 다양한 포즈와 의상, 배경 등이 어떻게 여러분에게 영향을 미칠지 생각해보라. 감명 깊게 본 사진을 찢어서 사진사에게 줘라. 사진사가 여러분의 생각을 이해하는 데 도움이 될 것이다.

Chapter 5

인간적이 되어라, 유머러스해져라, 그리고 스킨십을 가져라

자기 자신을 보고 웃을 수 있는 사람은 축복받은 사람이다.
그러면 항상 즐거울 수 있기 때문이다.

– 팻 스트라이커

만약 여러분이 상대편을 '인간적인 태도로' 대한다면, 상대편도 여러분에게 좀 더 잘 호응해줄 것이다. 인간적으로 대한다는 것은 상대편을 '인간' 이라는 동등한 인격체로 인정하고 관계를 맺고 의사소통하는 것을 의미한다. 이 과정에서 적절한 유머를 구사하고 직접적인 신체 접촉을 하는 것도 효과적이다. 물론 상대편을 존중하고 포용하는 태도를 견지하는 한에서 말이다.

이 책에서 수행 카리스마를 숙달해가는 과정으로 제시한 6단계 중 이 단계를 배제한 채 다른 단계들만을 시도한다면, 여러분의 노력은 아마도 실패로 끝날 것이다. 하지만 다른 측면을 간과하더라도 이 단계를 제대로 행한다면 상당한 효과를 볼 수 있을 것이다. 그만큼 이 단계가 중요하다는 말이다. 물론 지금 이 책을 읽고 있는 여러분은 인생에서 최고의 성공에 이르는 것을 목표로 하므로 당연히 6단계 모두를 완수해야 할 것이다.

"당신의 직함이 당신에게 부여하는 한 가지가 있다. 그것은 바로 당신에게 보고하는 사람들을 돌보아야 하는 책임이다." 이맥 디지털eMAC Digital의 부사장, 마크 건은 '모든 사람을 공정하고 올바르게, 그리고 동등하게 대해야 한다.' 고 강조한다.

인간적임, 유머러스함, 그리고 스킨십을 적절히 구사함으로써 다음과 같은 효과를 얻을 수 있다.

- 직함이나 지위, 역할 때문에 생긴 장벽을 파괴한다.
- 낯설고 어려워서 상대편이 이해하지 못하는 것이 없어지고, 따라서 상대편을 이해시키기 위한 별도의 설명 과정이 필요 없어진다.
- 즉각적인 의사소통을 가능하게 해준다.
- 인간관계에 있어 신뢰의 토대를 형성한다.
- 사람들과 관계를 맺어주고 유대를 증진시킨다.
- 호감을 증대시킨다.
- 빠른 시간 안에 친근감을 조성한다.
- 더 많은 사람들과 보다 빨리 사귀는 데 도움이 된다.
- 어려운 상황을 헤쳐 나가게 한다.

여러분이 비인간적이라는 느낌을 주면, 상대편과의 사이에 장벽이 만들어져 의사소통이 복잡하게 되고 상대편의 호감이 줄어든다. 당연히 의사소통에 불필요한 시간을 들여야 하고, 결과적으로 여러분의 영향력이 제한된다. 심지어 엉터리이고 부정하고 소원한 사람으로 보일지도 모른다.

리츠 칼튼Ritz Carlton 호텔의 고객서비스 교육 교재에는 이런 말이 있다. '따뜻함이 없는 고상함은 오만이다.' 사람들은 마음이 담기지 않은 가식적인 행동에 절대로 속지 않는다. 한 음반회사의 CEO가 인간성을 강조하면서 이렇게 말한 적이 있다. "사람들은 단순한 계급 -어깨에 달린 계급장- 이상을 봅니다. 그 사람의 인간성을 보는 것이지요."

대부분의 사람들은 사업, 특히 규모가 큰 사업이란 거대하고 강력하며 전지전능하고 획일적인 기업문화에서 가능하다고 생각한다. 그러나 사업은 인간관계가 배제된 조직의 개념이라기보다는 사회적, 정치적 조직에서의 인간관계에 단지 돈이 결부된 것일 따름이다.

여러분이 원하는 것을 얻는다는 것은 결국 상대편으로 하여금 그들이 원하는 것을 얻게끔 도와주는 것에 다름 아니다. 그 모든 것은 여러분이 한 개인으로서 다른 한 개인과 관계하는 것에서 시작한다. 인간적인 태도, 영혼, 실수, 희생, 성취, 결점, 그리고 생에 대한 인간적인 감정을 경험하면서 말이다.

이 책에서 내가 줄곧 말해왔던 것처럼, 성공하기 위해서 여러분은 모든 사람에게 여러분이 먼저 다가가야 한다. 상대편이 다가오기를 기다리지 말고. 또한 사람을 대할 때 역할 대 역할이 아니라 인간 대 인간으로서 행동해야 한다.

이 책을 쓰기 위해 대화를 나누었던 사람들 중 다수가 월마트Wal-Mart의 창업주인 샘 월튼을 거론했다. 그는 조직 내에서 가장 똑똑한 사람은 아니었지만 무언의 자신감을 가지고 있었다고 한다. 이야기를 할 때 그는 모든 수준의 사람에게서 신뢰를 얻을 수 있었다. 그는 부둣가에서 부두 노동자들과 같이 박스 하역 작업을 하고, 그들과 함께 앉아 편하게 이야기를 나눌 수도 있는 사람이었다. 〈하버드 비즈니스 리뷰Harvard

Business Riview〉지는 월튼을 이렇게 평가한다. "그의 이런 행동은 그 자신이 우쭐대지 않는 진실한 사람임을 보여주었다. 그에게 있어 밑바닥에서 일하는 영업사원 수천 명은 한 사람의 최고 경영자만큼이나 중요했던 것이다."

회사의 매출이 천억 달러에 이르렀을 때 그는 회의를 소집하고 말했다. "우리는 이제 막 소매업에서 벗어났습니다. 하루에 3천만 명의 사람들이 우리 매장에 들르게 됨으로써 우리는 이제 단순히 물건을 파는 것이 아니라 사람을 다루는 사업에 접어들게 된 것입니다. 매장에 물건을 갖다놓고 정리하는 일은 누구나 할 수 있는 일입니다. 그리 차별성이 없는 일이지요. 결국 어떻게 사람을 다루느냐에 따라 우리 회사가 최고가 되느냐 마느냐가 달려 있는 것입니다."

월튼은 말을 할 때 사소한 인간적인 결점을 드러내곤 했다. 그는 안경이나 펜, 종이 등을 떨어뜨리곤 했다. 그가 너무나 자주 그러는 것을 본 한 비서가 펜, 종이 등을 대신 들어주겠다고 자원했다. 그러자 그는 덜 근엄하게 보이고, 상대편에게 친근감을 주려고 일부러 그러는 것이라고 대답했다. "나는 지금 일하고 있는 중이라네. 이것도 일의 일부라네."

인간적이 되어라

사람들은 모두 똑같다. 모두 비슷한 기반을 가지고 있는 것이다. 그런데도 우리는 너무 쉽게 자신만의 중요성, 목표, 책임, 공포, 감정, 좌절 등에 사로잡혀서 우리와 비슷하거나 혹은 같을지도 모르는 목표, 책임, 공포, 감정, 좌절을 가진 사람들이 지구상에 약 80억 명 가량이나 있다는 사실을 잊어버린다.

내가 이렇게 쓰고 있는 순간 여러분은 아마도 잠시 멈춰서 생각할 것이다. "정말 그렇군, 맞아, 와." 그러고는 곧 여러분 자신의 필요와 요구로 다시 되돌아가 그것에만 관심을 쏟게 될 것이다. 물론 이것 또한 무척 인간적인 행동이다. 하지만 한 번 더 멈춰서 잠시만 더 상대편에 대해 생각해보라. 상대편이란 여러분이 중요하게 여기는 사람, 동료, 배우자, 부모, 부하 직원, 상사, 상사의 상사, 식료품점의 점원, 통행료 징수원, 할머니, 고객, 멍청이 같은 동료 등 그 누구라도 될 수 있다. 그들의 목표, 공포, 좌절이 무엇일지를 생각해보라.

"내가 사람들과 관계를 맺는 방법에는 차이가 없습니다. 사람들을 인간적으로 대하는 방법과 업무상으로 대하는 방법이 똑같습니다. 어떤 속임수로 사람들을 대하는 것이 아니라, 즐거운 마음으로 공정하게 대할 따름이지요." PAC의 CEO, 존 크렙스가 말하는 인간관계에 대한 생각이다.

"저는 상대편이 저와 같은 CEO이거나 일개 작가이거나 가리지 않고 동등하게 대우합니다."라고 말하는 CEO도 있다.

잠시 여러분과 다른 사람들의 공통점에 대해 생각해보도록 하자.

이 세상의 모든 사람들도 여러분처럼 더 나은 삶을 원한다... 고통을 피하고 싶어 한다... 죽음에 대해 생각한다... 늘 바쁘다고 생각하고 자신이 과로하고 있다고 느낀다... 돈을 잃을까 두려워한다... 사치품에 눈길을 준다... 자식들에게 좋은 평가를 받고 싶어 한다... 누군가를 사랑한다... 할인을 좋아한다... 이해받고 싶어 하고 인정받고 싶어 한다...

친구나 동료에게 하듯이 따뜻하게 말해주기를 바란다… 좋은 날들도 있고 나쁜 날들도 있다… 좋은 시간을 보내길 원한다… 공정하게 대접받고 싶어 한다… 싫어도 상대해야 하는 멍청이가 있다… 생일, 기념일 또는 집 주소를 비밀번호로 사용한다… 어디로 가야 할지, 누구를 만나야 할지, 도착해서 무엇을 해야 할지 등의 일상이 있다… 짐을 쌀 때 늘 중요한 것을 빠뜨린다… 자신의 외모에 썩 만족하지 않는다… 자식이 가업을 이을 때 자랑스러워한다… 무지개를 바라본다… 9·11테러에 두려워 떤다… 자녀의 성공을 떠벌인다… 십대인 딸과 데이트하는 녀석들에 대해 생각조차 하고 싶지 않아 한다… 자기 자신은 마음의 문을 꼭 닫고 있으면서도 이해받고 사랑받고 싶어 한다… 자신의 헤어스타일에 만족하지 않는다… 세계 평화를 원한다… 좌절감을 느낀다… 상술에 넘어간다… 흥분을 느낀다… 모든 일이 잘못되고 있다고 생각한다… 가족이 있다… 평화를 원한다… 직장을 잃을까 두려워한다… 스스로가 하찮다는 느낌을 갖는다… 붉은 피를 흘린다… 실수한다… 말수가 없고 때로는 자신감을 모두 잃어버린다… 중요해지고 싶어 한다… 오래오래 행복하게 살고 싶어 한다… 안전하길 원한다… 웃고 싶어 한다… 감사받고 싶어 한다…

위의 것들은 체첸, 쿠바, 위스콘신, 파리, 룩셈부르크, 방콕, 덴버 등 세계 어디의 사람들에게나 다를 것이 없는 사실이다.

콜로라도의 한 고교 축구팀이 시즌 전 시범경기로 뉴욕의 고교 축구팀을 초청했다. 콜로라도 팀의 선수 하나가 뉴욕 팀의 동료 선수에 대해 이렇게 말했다. "걔들은 우리와 아주 비슷해. 하지만 그만큼 다르기도 하지." 그의 말이 맞다.

케니 로저스는 그것을 노래로 표현했다. '사람들은 모두 생에서 세 가지를 원한다. 사랑할 누군가, 해야 할 무언가, 바라는 어떤 것.'

가장 개인적인 것이 가장 일반적인 것이다. '여기 우리 모두를 똑같게 만드는 차이가 있다.' 라는 새로 나온 술 광고 카피처럼 말이다.

이 세상 단 한 사람도 같지 않다는 지문을 제외하고 우리는 매우 비슷하다. 그나마 지문이 유일무이하다는 것은 얼마나 고마운 일인가! 여러분의 외모는 나이, 사고, 질병, 몸무게, 성형수술 등으로 변하지만 지문은 변하지 않는다. 심지어 일란성 쌍둥이도 지문은 다르다.

요점은 살아온 길에 관계없이 우리는 모두 비슷하다는 점이다. 이런 사실을 여러분 자신에게 끊임없이 상기시켜라. 사람을 대할 때 시종일관 인간 대 인간으로 대할 수 있도록 말이다.

인간적인 실수

실수할 때 사람들은 다음과 같이 주장한다. "나는 한낱 인간이지 신이 아니야." 그것은 사실이다. 하지만 카리스마를 가진 경영자가 되고 싶다면, 자신의 실수에 좀 더 빨리 그리고 진솔하고 사려 깊게 대처하라.

여러분이 항상 옳아야 할 필요는 없지만 틀린 것에 대해서는 언제나 책임을 져야 한다.

UCLA 대학 농구팀의 수석코치 존 우든 교수는 "자신의 실수에 대해 다른 사람을 탓하기 시작하면 그때부터 여러분은 실패자가 되는 것이다."라고 말했다.

여러분 스스로의 잘못임을 확실히 하라. 여러분이 한 말 그 자체가 잘못된 것이 아니라 그 말을 받아들이고 해석하는 데 문제가 있었다는 식의 주장을 펴지 마라. 그저 유머일 뿐이었다고 변명하지도 마라. 외부의 원인, 사람, 초자연적인 현상으로 책임을 돌리지 마라.

여러분의 실수 때문에 영향을 받는 사람에게 실수했다고 말하고 사과하라. 상사, 이사회, 배우자, 기타 등등 상대가 누구라도 마찬가지다. 책임을 지고 진지하게 '제가 잘못했습니다. 미안합니다.' 라고 실수를 인정하라.

비즈니스의 세계에서 살아남고자 한다면 여러분은 일이 잘못되고 있을 때 앞으로 나서서 잘못을 인정해야 한다. 특히 똑같은 고객을 계속 상대한다면 말이다. 정면으로 부딪쳐라. 잘못을 합리화하지 마라. 자신의 태도를 인정하라. 실수에 대해 잘 대처한다면 사람들은 오랫동안 여러분에게 충실할 것이다.

'잊어버리는 데 5년 혹은 10년쯤 걸릴 정도로' 중대한 실수가 아니라 하더라도 나쁜 소식은 전부 알려라. 사람들은 사소한 실수는 알리지 않아도 된다고 생각하는 경향이 있다. 알리는 것은 빠르면 빠를수록 좋다. 자신에게 유리한 상황이 될 때까지 기다리지 마라. 신문에 클린턴 대통령의 대미디어 대변이었던 래니 데이비스에 관한 기사가 실린 적이 있다. "데이비스는 재해 대책의 허점을 금요일 밤에 통신사 기자들에게 흘려 그 기사가 토요일 조간신문을 장식하도록 하는 관행을 만들었다. 토요일이 일주일 중, 독자

수가 가장 적은 요일이라고 생각했던 것이다." 하지만 그것은 옳지 않다. 지연시키면 실수를 더 악화시킬 뿐이다. 어떠한 정보라도 허위로 전하여 나중에 더 크게 사과해야 할 일을 만들지 마라. 여러분이 초래한 고통을 인정하라. 여러분이 상대편에게 준 고통보다 상대편의 반응 때문에 여러분이 받은 상처가 더 크다는 듯이 행동하지 마라.

"곤경에서 벗어나려면 유머를 활용하되 정직하게 대처하라. 상황 여하에 따라 자신을 웃음거리로 만들었을 때 상대편은 여러분을 더 편하게 느끼기도 한다. 이런 행동은 더불어 겸손하다는 인상도 줄 수 있다. 만약 유머로는 해결할 수 없는 심각한 상황일 경우에는 최대한 잘못을 인정하고 진심으로 후회하고 있음을 보여주라. 그러면 아주 잘 해결될 것이다." 커넥트유틸리티즈닷컴ConnectUtilities.com의 CEO, 마이클 트루펀트가 실수에 대처하는 방식이다.

실수를 인정한 뒤에는 상대편에게 다시는 그런 일이 일어나지 않을 것임을 설득력 있게 말하라. 무조건 그런 일이 일어나지 않을 것이라는 말보다는 왜 그런지에 대한 이유를 충분히 설명해야 한다. 실수는 한 번만 하라, 똑같은 실수를 두 번 되풀이하지 마라. 또한 다른 사람, 특히 선임자가 했던 실수는 되풀이하지 마라.

실수를 시정하기 위해서 할 수 있는 모든 일을 하라. 후회나 죄책감은 느끼지 마라. 할 수 있는 일을 다하고 나서 잘못이 해결된 것처럼, 마치 그럴 것처럼 행동하라. 더 이상 어떻게 해볼 도리가 없는 일에 대해서는 잊어라. 프로 스케이트 선수가 경기에서 졌을 때 코치들이 "일어서서 다시 날을 갈아라."라고 지도하듯이, 지나간 일은 잊고 새롭게 준비해야 한다.

며칠 후 적당한 때가 되면 전화를 걸거나, 메모를 보내거나 혹은 작더라도 여러분이 진심으로 사과하고 있다는 것을 재차 강조해 줄 선물을 보내라.

만약 착오로 여러분이 남의 실수 때문에 비난받고 있다면 즉시 바로잡아라. 기록을 바로잡고 그릇된 소문에 종지부를 찍어라. 변명을 하거나 사적인 차원으로 받아들이지 말고 구체적인 행동을 취하라.

"자신이 틀렸을 때는 언제나 그것을 인정하라. 반면 자신이 옳았을 때는 침묵하라." 오그덴 내쉬의 말이다.

Mento 인간적인 사람이 되는 법

- 사람들을 그 역할로만 대하지 말고 친근하게 대하려고 노력하라.
- 상대편이 여러분에게 친근하게 대하지 않더라도 상대편을 친근하게 대하라.
- 도를 지나치지 마라.

사람들을 그 역할로만 대하지 말고 친근하게 대하려고 노력하라.

직함, 역할, 권력, 지위 등은 잊어라. 여러분은 상대편과 서로 영향을 주고받는 평범한 인간에 불과하다. 거리를 두어서는 안 된다. 계급, 인종, 신앙, 피부색, 권력에 관계없이 '정신과 영혼, 마음' 으로 접근하라.

"무엇보다 중요한 것은 우리가 인간이라는 사실이다. 우리를 규정하는 것은 인간이라는 상황이다."라고 헬스그레이즈HealthGrades, Inc.의 시장 겸 CEO, 케리 힉스는 강조했다.

사람을 대할 때는 상대편이 자신에게 해주기를 바라는 대로 대하라. 엘리베이터까지 배웅 나와서는 바로 옆에서 엘리베이터를 기다리면서도 말 한마디 없는 소프트웨어회사 CEO처럼 행동하지 마라. 원격 조종되는 갑옷을 입고 기계적으로 움직이는 사람처럼 비인간적으로 행동해서는 안 된다.

잠시만 시간을 가져라. 그리고 함께 이야기를 나누고 있는 사람과 여러분 사이의 공통점에 대해 생각해보라. '저 사람은 절대 입장을 바꿔 생각하는 경우가 없어.' 와 같은 평가를 받고 싶지 않으면 말이다. 어떤 CEO처럼 "내가 저 사람이 되어 보도록 하자."는 태도로 행동하라.

"처음 만났을 때 그가 제일 먼저 한 일은 우리 사이의 연결 고리를 만드는 것이었지요. 그는 빠른 시간 안에 나와 사귀기 위해서 노력했고, 만난 즉시 나를 편하게 만들었습니다." 굴브랜슨 테크놀로지Gulbrandsen Technologies의 CEO, 돈 굴브랜슨은 그 업계의 전설적인 CEO를 만났을 때를 이렇게 회상했다.

역할, 나이, 경험, 관심사에 따라 여러분과 상대편과의 사이에 분명 차이점이 존재한다. 여러분 중에 누군가가 나와 똑같은 지역 출신이라고 해서 우리가 똑같을 수는 없기 때문이다.

하지만 그렇다 해도 차이점보다는 공통점이 더 많다. 상대편에 대한 관심과 궁금증을 가지고 공통점을 찾아보라. 지금 대화를 나누고 있는 사람에 대해서, 비즈니스에 관한 일만이 아니라 더 많은 것을 알아내기 위해 노력하라.

하이드릭앤스트러글스Heidrick & Struggles의 파트너, 마이클 니셋은

"장래에 고객이 될지도 모르는 사람과 나눈 대화 중 반 이상이 자녀들에 관한 것일 때가 있다. 그 이유는 만약 서로의 가치 체계가 일치한다면 같이 일하고 싶어 할 것이기 때문이다. 자녀들에 관한 이야기는 그 사람의 가치관을 확인하기에 좋은 소재이다. 더욱이 이런 대화를 통해 상대편은 경계심을 풀게 되고, 우리는 업무적인 차원에서 한걸음 나아가 사적인 차원으로 이어지는 것이다. 그게 바로 상대편에 대해 내가 편안함을 느끼게 되고 그들이 나를 편하게 대하게 되는 방법이다."라며 사적인 관계의 중요성을 강조했다. 여러 사람과 사회적 가치를 공유할 때 성공의 기회는 여러분에게 더 가까워지는 것이다.

자진해서 자기 자신에 관한 정보를 주고, 상대편에게 자신을 드러내라. 기브 앤드 테이크의 기분 좋은 관계를 유지하기 위해서다. 우선 상대편에 대해 그리고 그들의 관심사, 일, 가족에 대해 질문하는 것에서 시작하라. 공통의 경험을 나눌 때 호감이 증대된다. 상대편이 여러분과의 공통점을 찾아낼 때까지 수동적으로 기다리지 마라. 능동적으로 질문하고 이야기하라. 상대편을 아는 데 도움이 되도록 만들어진 3장에서 예시한 질문들이 효과적일 것이다.

호감 없이는 신뢰가 없다. 호감이 있을 때 신뢰가 있는 것이다. 동료의식을 느끼게 되면 그들은 자신의 일을 접어두고 여러분 편에 서서 함께 일하게 될 것이다.

지휘 계통, 이메일 또는 전화에 의존하는 대신 가능한 한 얼굴을 맞대고 상대편과 대화하라. 얼굴을 마주함으로써 상대편의 눈을 볼 수 있게 되고, 그들의 표정을 읽을 수 있다.

"나는 관계를 사무실 밖으로 옮겨서 사업적인 관계를 개인적인 관계로 바꾸려고 노력한다. 예를 들어, 독일인 고객 한 명이 사업차 가족과 함께 2주간 이곳에 머문 적이 있었다. 나는 그들 가족 모두를 골프 클럽으로 데려가서 독립기념일 야외파티와 불꽃놀이를 즐기게 해주었다. 그것은 정말로 미국적인 축제여서 그들이 이전에도 본 적이 없었고 아마 앞으로도 결코 잊지 못할 것이다. 이제 우리 일에 있어 솔직함이란 완전히 새로운 단계에 이르렀다." 어떤 중역의 실제 경험담이다.

상대편이 여러분에게 친근하게 대하지 않더라도
상대편을 친근하게 대하라.

아직 상대편이 불편하게 느껴지는 시점에라도 일부러 어울리도록 노력하라. 여하튼 궁극적으로 상대편을 인간적으로 대하기 위해서는 먼저 1)불필요하게 시간을 끌지 말고 2)솔직하게 대하는 것에서 시작하라. 상대편이 여러분에 대해 가지는 근본적인 느낌은 첫 번째 만남에서 여러분이 보여주는 인상을 토대로 형성된다.

임원 하나가 나에게 이런 말을 한 적이 있다. "나는 사람을 대할 때 특별한 계산을 하지 않는다. 나는 특별한 계획을 세우지도 않고 어떤 일을 조작하지도 않으며 미리 계산하지도 않는다. 그저 내 자신이 될 뿐이다." 스스로에 충실하기만 하다면 이는 좋은 접근이다. 물론 내가 3장에서 말한 상대편의 자존심을 지켜주면서 일부러 질문하고 부탁하는 등의 일을 잊어버리지만 않는다면 말이다. 그러나 만약 '자신에게 충실해야 한다.'가 인간관계에서 상대편에게 소홀할 구실이 된다면 그것은 옳지 않다.

상대편이 여러분을 인간적으로 대하지 않더라도 여러분은 상대편을 대할 때 인간적인 레벨에서 관계를 맺을 필요가 있다. 중요하거나 혹은 호감이 가는 사람들만이 아니라 모든 사람들을 똑같이 대해야 한다. 조직 내에서 지위가 높든 낮든, 여러분을 인정해주든 그렇지 않든 상관없이 말이다. 다시 말해 여러분의 신념을 시험하고 여러분이 기대하는 대로 반응하지 않는 사람들에게도 늘 인간적으로 대하라.

"가장 인상적이고 기억에 남는 고객은 식사를 같이 하고 있는 동료뿐 아니라 우리 웨이터들에게도 친절한 사람들입니다. 그들은 전에 만났을 때 들었던 이름과 몇 가지 사소한 것들을 기억하고 있습니다. 중요한 고객을 맞이하려고 기다리는 사람들은 흔히 저희 종업원들을 하찮게 대하는 경향이 있습니다. 그런데 그들이 목 빠지게 기다리던 거물급 고객이 들어 와서 우리에게 인사하고 포옹하며 키스하는 경우가 있지요. 그럴 때 조금 전까지 불친절했던 사람들의 반응은 무척 재미있습니다. 자신이 기다리던 중요한 고객이 일개 웨이터들을 존중하는 것을 보고는 놀라서 좀 전의 거만한 태도를 만회하기 위해 비굴한 태도를 취하기 시작하죠." 한 레스토랑 지배인의 이 말은 누구에게나 늘 똑같이 대하는 것의 중요성을 다시 한번 되새기게 한다.

사업적인 거래든 개인적인 관계든 편안하고 개방적인 태도로 관계를 맺고자 노력한다면 상대편은 여러분을 긍정적인 방향으로 기억한다.

도를 지나치지 마라.

인간적이되 지나치게 인간적이지는 마라. 인간적이란 것은 부적절하게 친밀한 관계를 맺는 것을 뜻하지는 않는다. 그것이 사생활을 침해하는 구실이 될 수는 없는 것이다.

신체에 대한 이야기, 내밀한 결혼 생활, 과거사 등에 관한 이야기는 하지 않는 것이 상식이다. 하지만 잘못 말하게 될지도 모른다는 두려움 때문에, 친밀한 관계를 구축하기 위해 할 수 있는 말 또는 해야 할 말을 하지 못하는 우를 범하지는 마라.

인간적이라고 해서 감정을 노골적으로 드러낸다거나 사적으로 일을 처리해도 무방하다는 뜻은 아니다. 상대편의 말이나 행동이 무엇이든 여러분을 거슬리게 하는 것이 있다면 그 말이나 행동의 이유를 알기 전까지는 미리 반응하지 마라. 명쾌해질 때까지 묻고 또 물어라. 그 대답이 마음에 들어야 할 필요는 없다. 하지만 적어도 어떻게 반응해야 할지 결정할 수 있을 만큼 진실에 가깝게 접근해야 한다. 감정적인 추측에 의거해서 행동을 취하는 것은 옳지 않다.

남자들로부터 흔히 듣게 되는 여자 동료에 대한 불만은 '그냥 일'에 불과한 경우에도 사적으로 일을 처리한다는 것이다. 하지만 일이 곧 사적이고 개인적인 것이기도 하다. 일이란 한 인간이 다른 인간과 상호 작용하는 관계인 것이다. 두 사람 모두 자존심을 유지하고 신체적으로 정신적으로 상대편에게 상처주지 않기 위해 노력하면서 상대편에게 인정받기 위해, 그리고 상대편을 포용하기 위해 할 수 있는 바를 다한다면 그것은 훌륭한 사적 교환이다. 사적 교환의 나쁜 양상은 서로를 이용하거나 자유를 침해하고 서로의 경력에 흠집을 내기 위해 행동하는 것이다.

상대편의 미심쩍은 부분을 가능하면 선의로 해석하라. 여러분 자신도 상대편이 그렇게 해주기를 바라듯이 말이다. 상대편이 진실하게 행동하고 있다는 낙관적인 관점으로 상대편의 행동을 포용하라. 상대편이 여러분이 원하는 대로 행하지 않는다고 해서 그들이 여러분을 이용하려는 것은 아니라는 사실을 기억하라. 사실 여러분이 허용하는 범위를 넘어서 여러분을 이용할 수 있는 사람은 드물다. 만약 상대편이 여러분을 이용하려 한다는 실질적인 증거가 있다면 상황을 분명히 하기 위해 숨김없이 질문하라.

아무리 좋은 것이라도 지나치면 나쁘다는 말은 늘 되새길 만한 가치가 있는 말이다. "인간미란 양날의 칼이 될 수 있다. 그것은 사람을 편하게도 만들고 불편하게도 만든다."는 토렌자노 그룹Torrenzano Group의 CEO, 리처드 토렌자노의 말도 그런 맥락이다.

인간적이라는 것은 대인 관계에 있어서 올바를 뿐 아니라 필수적인 것이다. 하지만 온당치 않게 인간적인 것은 좋지 않다.

매사를 사적으로 처리하거나, 개인적인 차원으로 끌어내리지 않고도 충분히 인간적일 수 있다. 상대편을 친근하게 대할 필요는 있지만 모든 사람과 친구가 될 필요는 없다. 인간적인 유대에 대해 과대평가하지도 과소평가하지도 마라.

여러분이 선을 넘으려고 할 때면 내부에서 경고하는 작은 목소리가 있다. 그 목소리에 귀 기울이고 충실히 따르라. 어드벤트Advent의 파트너, 캐틀린 오도넬은 그 선이 어디에 있는지를 잘 알고 있다고 말한다. "나는 사람들이 나를 낯설게 느끼지 않게끔, 그리고 내가 그들을 낯설게 느끼지 않는다는 사실을 알게끔 행동한다. 공통적인 것들에 대해 농담을 하고, 사업하는 사람들이 좀처럼 하지 않는 것들 -예를 들어 해리포터 영화에 대한 것- 에 대해 이야기한다. 그것이면 충분하다."

이름을 기억하는 법

여러분 누구나 상대편이 친근하게 이름을 불러주는 것을 좋아할 것이다. 상대편도 마찬가지다. 사람들은 누군가 자신의 이름을 기억해주었다는 사실을 결코 잊지 않는다.

사람들 이름을 잘 기억하지 못한다고 말하는 사람이, 1991년 테네시 대 플로리다 미식축구 경기 스코어를 기억한다거나, 2년 전 여름에 투스카니에서 마셨던 와인 이름은 잘도 기억하고 있다. 그 사람이 왜 스코어를 잊지 않고 기억할까? 경기를 보는 도중 계속해서 점수를 듣게 된다. 그 후에도 친구들과 함께 경기에 대해 이야기하면서 점수를 반복해서 말한다. 다음 날 조간 신문에서 경기에 관한 기사를 읽고 다시 스코어를 눈으로 보게 된다.

와인의 이름은 어떻게 기억하는가? 테이블 위에 병이 놓여 있을 때 라벨을 읽어보고 코르크 마개의 냄새를 맡아본다. 아마 심지어 코르크 마개를 따로 보관하기도 하고 라벨을 벗겨 스크랩북에 수집해두기도 할 것이다. 나중에 바로 그 와인을 사려고 상점에 가서 점원에게 와인 이름을 다시 한번 반복해서 말한다. 무엇이든 기억하기 위해서 필요한 단계는 듣고 반복하고 읽어보고 사용해보는 것이다.

이름을 기억하기 위해서 무엇보다 중요한 것은 반드시 그 이름을 귀로 들어보아야 한다는 것이다. 어떤 사람들은 이렇게 말한다. "상대편이 이름을 말해주면 듣자마자 한쪽 귀로 들어와서 한쪽 귀로 나간다.” 수백만 가지 일들이 머릿속에 들어온다고 하더라도 상대편의 이름만은 한쪽 귀로 들어오면 그대로 머릿속에 담아두도록 하라.

상대편에게 자기 자신을 소개할 때 일반적으로 여러분은 상대편의 이름은 듣지 않고 자기 자신의 이름만 듣는다. 상대편의 이름을 기억하지 못한다고 해도 놀라운 일은 아니다. 상대편이 이름을 이야기할 때, 만약 그것이 흔한 이름이 아니거든 바로 그 자리에서 확실히 해두어라. ‘성함이 어찌 되시는지 다시 한번 천천히 말씀해 주시겠습니까?’ 또는 처음에 정확하게 들었다면 ‘ㅇㅇㅇ 씨, 맞습니까?’ 라고 확인해두어라. 그 사람과 더 깊이 사귀고 싶다면 이렇게 물어볼 수도 있다. ‘철자는 어떻게 쓰십니까?’ 혹은 ‘어떤 특별한 뜻이 있습니까?’ 만약 이름에 어떤 사연이 있다면 사람들은 말하고 싶어 한다.

어떤 사람들은 특히 자기 이름의 발음에 대해 민감하다. 예를 들어 수잔Susan은 수제인Suzanne으로 불리는 걸 싫어한다. 일레인Elaine은 에일린Eileen으로 불리고 싶어 하지 않는다. 케이시Kathay는 캐시Kathy로 불리기를 원하지 않는다. 로버트Robert라는 이름을 가진 사람이 밥Bob이라는 이름을 좋아하지 않듯이, 마이클Michael도 마이크Mike라는 애칭을 좋아하지 않는다. 상대편의 이름을 올바로 발음해주는 데는 그다지 큰 노력이 필요하지 않으니, 그렇게 해주라. 그 효과는 들인 노력에 비해 훨씬 클 것이다.

만약 명함을 받게 되면 이름을 눈으로 확인하고 입으로 읽어보라. 시각과 청각을 동시에 활용하면 이름을 기억할 확률이 배가된다.

대화 도중에 그 사람에 대해 알게 된 사실이 있다면 명함 뒷면에 적어두라. 그 사람에게 취해야 할 후속 조치 목록이나 성격적인 특징들 말이다.

"내 경험에 의하면 이름을 기억하는 데 가장 좋은 방법은 한 글자 한 글자 눈으로 확인해두는 것이다. 대개 얼굴을 기억하는 데는 아무 문제가 없으므로 얼굴 바로 옆에 이름을 그려넣으려고 노력한다." 이본느 하오가 말하는 그녀만의 이름을 기억하는 방법이다.

어떤 사람을 상대편에게 소개할 때도 반드시 이름을 말하라. 소개받는 사람의 이름을 명확하게 말하면 상대편도 그 이름을 듣고 더 잘 기억할 수 있게 된다.

개를 데리고 공원으로 산책을 나갔을 때, 지나가던 사람이 멈춰 서서 개를 쓰다듬으면 나는 묻지도 않았는데 "이름이 스쿠터랍니다."라고 말해준다. 그러면 그 사람은 어쩔 수 없이 "스쿠터, 착한 개로구나." 또는 "스쿠터, 귀엽기도 하지."라고 말하곤 한다. 그리고 헤어질 때는 대개 "안녕, 스쿠터."라고 말한다. 10주쯤 후에 바로 그 사람을 다시 만나게 되면 "안녕, 스쿠터."라고 인사할 것이다. 개의 이름을 많이 반복해서 불러봤기 때문에 기억하는 것이다.

어떤 사람을 다시 만나게 될 때, 상대편의 이름을 기억하고 있든 기억하지 못하든 상관없이 상대편이 난처해하지 않도록 자신의 이름을 먼저 말하라. 얼굴에 미소를 짓고 손을 내밀어 악수를 청하면서 이렇게 말해도 좋다. "○○○ 씨, 만나서 반갑습니다. 데브라 벤튼입니다." 만약 상대편의 이름이 기억나지 않거든 "안녕하세요, 데브라 벤튼입니다."라고 말하고 악수를 청해라. 아마 상대편도 이름을 말해줄 것이다. 다음번에는 그 이름을 상기할 수 있도록 기억 속에 반드시 새겨두라.

두 사람을 같이 만나게 되는 경우, 그중 한 사람이 다른 사람의 이름을 기억하지 못한다면 "저는 데브라 벤튼이고, 이쪽은 제 친구 ○○○입니다."라고 여러분이 먼저 소개해주는 것도 가능하다. 그리고 잠시 시간을 두고 상대편에게 자신의 이름을 말할 기회를 준다. 결과적으로 두 사람 모두 다 편안해하며 분위기가 더 부드러워진다. 이것이 바로 말 그대로 서로를 존중해주는 것이다!

모임에서 인사할 때 이름표를 달아야 할 경우가 있다면 왼쪽에 달지 말고 오른쪽 어깨에 달아라. 그렇게 해야 악수할 때 보기가 더 쉽다. 상대편이 보고 기억해야 하기 때문이다. 휠체어를 타고 있는 사람을 본 적이 있는데 그 사람은 남들이 읽기 쉽도록 이름표를 모자에 달았다. 최악의 상황은 이름표를 목에 걸어 가슴 부근이나 아니면 더 밑으로 늘어지도록 만드는 것이다. 만약 몸매가 좋은 여성이라면 이름표를 보기 위해서 남자나 여자나 여러분의 가슴을 훑어봐야 한다. 얼마나 끔찍한 일인가!

유머러스해져라

영어에서 'human'과 'humor' 두 단어가 매우 비슷하다는 사실에 주목하라. 철자뿐만이 아니라 그로부터 얻는 장점 또한 비슷하다. 유머란 가장 인간적일 때 나오는 것으로 두 단어는 밀접하게 연관되어 있다. 유머 중에서 단지 15%만이 농담에서 나온다. 나머지는 모두 인간적인 경험에서 나오는 '당신이 어떻게 느끼는지 나도 알고 있다.' 라는 공감에서 기인한다.

여러분이 다소 경박한 행동으로 웃음을 유발하면 여러분 스스로가 행복해지며, 마찬가지로 그로 인해 상대편이 웃게 되면 그들 역시 행복해진다. 낄낄거리고 농담을 하고 있다 해서 여러분의 현명함이나 세상에 대한 이해가 약해지는 것은 결코 아니다. 그 가운데서도 여러분은 여전히 현명할 수 있고 세상에 대한 깊은 이해를 가질 수 있다.

반드시 재미있는 사람일 필요는 없지만 만약 그렇다면 더 좋다. 수많은 사람들이 이런 식으로 말하곤 한다. "나는 유머를 좋아하며, 유머 감각도 있고, 훌륭한 코미디언을 좋아해. 하지만 내 경우에는 사람들과 함께 있을 때는 그렇게 웃기지는 않아. 나는 절대 웃기는 사람은 아니거든, 정말로."

유머러스하다고 해서 꼭 재치 있는 익살이 필요한 것은 아니다. 그것은 기분 좋게 활기를 띠는 것을 의미하고, 우리 모두가 가지고 있으며 또 우리 모두의 삶에 내재되어 있는 모순과 유머를 받아들이고 활용하는 것을 말한다.

한 제조업체의 매장 담당 매니저의 말을 인용해보자. "기술직에서 관리직으로 옮겨 다니면서 나는 회사에서 카리스마가 있는 사람들 중에서도 가장 인상적인 사람들을 보아왔다. 내가 알게 된 바로는 그런 사람들은 모든 일에서 유머를 찾았다. 유머는 충돌을 해소하고 모든 사람들을 고무시켰다. 그래서 나는 나 스스로도 그렇게 하려고 노력하기 시작했다. 아직은 그렇게 썩 훌륭하지는 못하지만 전보다는 많이 나아졌다."
바로 이것이 내가 여러분에게 당부하고 싶은 바이다.

아마도 여러분은 최고의 위치로 올라가는 것과 유머 감각을 유지하는 것이 역함수 관계에 있다고 생각할지도 모른다. 하지만 결코 그렇지 않다. 다니엘 골먼 박사의 연구에 의하면, 최고의 성과를 얻은 재계 지도자들은 평범한 지도자들보다 사람들을 적어도 세 번은 더 웃게 만들었다고 한다. 어린이들이 하루에 300번 내지 400번을 웃는 데 반해 어른은 15번에서 18번 정도 웃는다. 남자들이 여자들보다 더 많이 웃는다. 여자들이 이야기할 때 남자들이 웃는 것보다는, 남자들이 이야기할 때 여자들이 웃는 경우가 더 많다. 말하는 사람이 듣는 사람들보다 더 많이 웃는다. 일대일 회합보다 그룹 미팅일 경우에 웃는 사람이 더 많다. 악한 사람이라도 웃는 것은 좋아한다. 유머는 인간적인 것이다.

슈퍼볼Super Bowl 경기 광고에 대해서 생각해보자. 광고는 대개 유머러스한 방법으로 상품 판매를 촉진시킨다. 시청자들 모두와 관계가 있을 만한 것을 말해주거나 보여주고 거기에 유머러스한 요소를 첨가한다. 광고업자들이 하는 역할이 얼마나 대단한지, 단 30초라는 순간에 전 세계 수천만 명의 사람들을 동시에 웃게 만든다. 굉장하지 않은가?

이 장 서두에서 목록으로 제시한 바 있는 인간적인 것의 장점들은 되풀이해서 강조할 만한 것들이다. 인간적이면 다음과 같은 점에 도움이 된다.

- 직함이나 지위, 역할 때문에 생긴 장벽을 파괴한다.
- 낯설고 어려워서 상대편이 이해하지 못하는 것이 없어지고, 따라서

상대편을 이해시키기 위한 별도의 설명 과정이 필요 없어진다.

- 즉각적인 의사소통을 가능하게 해준다.
- 인간관계에 있어 신뢰의 토대를 형성한다.
- 사람들과 관계를 맺어주고 유대를 증진시킨다.
- 호감을 증대시키고, 빠른 시간 안에 친근감을 조성한다.
- 더 많은 사람들과 보다 빨리 사귀는 데 도움이 된다.
- 어려운 상황을 헤쳐 나가게 한다.

유머는 이 모두를 가능하게 한다. 게다가 다음과 같은 부분에도 도움이 된다.

- 상승 분위기를 가속화한다.
- 지극히 정상적이고 평온한 상태라는 느낌이 드는 분위기를 조성한다.
- 문제가 생겼을 때 정면으로 대처할 수 있게 한다.
- 상대편이 긍정적인 느낌을 가지도록 한다.
- 상대편이 가장 생산적인 일을 할 수 있게 한다.
- 위협을 최소화한다.
- 한 차원 높은 유대를 표현하는 역할을 한다.
- 쾌활한 표정, 침착한 인상을 갖게 한다.
- 화를 풀어주고, 절망과 싸우도록 해주며, 고통을 덜어준다.
- 논쟁 끝에 오는 긴장을 덜어준다.
- 불편한 상황을 잘 극복할 수 있게 한다.

- 적의 또는 여타 불편한 감정들을 완화시켜 준다.
- 관점을 바꿔준다.
- 자신감을 증대시킨다.
- 자기 방어를 위해 상대편을 비판하는 일이 줄어든다.
- 스트레스를 최소화한다.
- 관계를 강화시킨다.

어떤 문제의 해결책을 찾는 데 있어 차선은 그 문제 속에서 유머를 찾는 것이다. "문제점을 보고 웃을 수 있다면, 그 문제를 극복할 수 있다."라는 빌 코스비의 말처럼 말이다.

〈상어와 함께 수영하되 잡아먹히지 않고 살아남는 법Swim With the Sharks〉의 저자이자 CEO이기도 한 하비 맥케이는 "유머야말로 바로 상대편을 설득하고 마음을 움직이는 비결이다. 내가 특별히 좋아하는 이야기는 잠깐 동안 웃음 짓게 만들고 그보다 조금 더 오래 생각하게 만드는 그런 이야기이다."라고 말한다.

사색가들의 인생에는 희극적인 요소가 더 많다. 로빈 윌리엄스는 자신의 코미디가 모든 사람들이 경험하는 그런 일들에 관한 것이라고 말한다. 즉, 인간적인 것이 곧 유머러스한 것이다. 그리고 그것은 결코 사소하거나 하찮은 것이 아니다.

일에 있어서 진지한 것은 좋다. 하지만 자기 자신, 자신이나 상대편의 외모, 직함, 또는 존재 자체를 너무 심각하게 생각하지는 마라. 일에 온 정신을 집중하는 것은 좋지만 지나치게 긴장하지는 마라. "나는 아주 명쾌하고 논리 정연하려고 노력하며 최고가 되려고 노력합니다. 그러고 나서 조금은 유머러스하고 따뜻하고 솔직하게 긴장을 풀려고 하지요. 잠시 시간을 가볍게 보내면서 경직된 순간을 완화시켜 보십시오. '일이 심각하지 않다' 고 착각하라는 말은 아니지만 나로서는 이 방법이 무척 효과적입니다." 커닝햄 파트너스Cunningham Partners, Inc.의 CEO, 제프 커닝햄은 긴장을 완화하기 위해 이처럼 유머를 활용한다.

어떤 사람이 내게 한 말이다. "내가 내 자신에게 끊임없이 상기시키는 것은 '나는 지금 방위사령부에서 일하는 것도 아니고, 날마다 치열한 전투를 해야 하는 상황도 아니므로 무슨 일이든 지나치게 심각하게 받아들일 필요는 없다.' 는 사실이다."

유머의 뉘앙스는 문화권마다 차이가 있다. 그러나 일반적으로 모든 사람은 웃고 싶어 하며 또 웃을 필요가 있다. 더욱이 웃고 싶어 하는 데 나이는 전혀 상관이 없다. 웃는다고 해서 품위가 떨어지는 것은 아니다. -낄낄거리는 웃음은 약간 품위가 떨어질 수 있겠지만- 애써 자제하면서 예의를 차리고 웃는 경우도 있고 온몸으로 박장대소하면서 웃는 경우도 있을 것이다. 그러나 어떤 웃음이든 굳이 별도의 해석을 할 필요는 없다. 웃음을 학술적으로 정의하자면 다음과 같다. "각각 약 1/15초 동안 스타카토처럼 숨을 끊어서 짧게 뱉고 나서 다음에 1/5초 정도의 간격을 두는 것."

신체적으로 보자면, 웃을 때는 에어로빅을 할 때만큼 심장박동이 빨라진다. 어떤 의사들은 100번 웃는 것은 약 10분 동안 에어로빅을 하는 것과 똑같다고 주장한다. 웃음은 면역 체계를 강화하고 가슴, 가로막, 폐 근육의 운동을 유발하여 심장을 자극함으로써 혈액순환을 촉진시킨다. 사람들은 건강할 때 더 많이 웃으며, 더 많이 웃게 되면 더 건강해진다. 어떤 사람은 웃음에 대해 이렇게 말한다. “늙었다고 웃음을 멈춰서는 안 된다. 웃지 않기 때문에 늙는 것이니까. 웃음을 억제하는 것은 좋지 않다. 웃지 않으면 기분이 가라앉고 우울해지기 때문이다.”

일부러 꾸며내서 웃든, 뜻하지 않은 상황에서 자기도 모르게 웃음이 나오든 몸에 이로운 것은 마찬가지다. 지금 당장 하던 일을 멈추고 큰 소리로 웃어 보라. 우스꽝스럽게 보이지나 않을까 하는 걱정은 접어두고 그냥 웃어라. 금세 스트레스가 줄어들고 소화가 잘되며 기분이 좋아질 것이다. 만약 웃음이 나오지 않는다면 그것은 웃으려는 노력을 하지 않아서이거나, 무엇인가에 너무 화가 나거나 놀라서 억지로 웃을 수가 없기 때문일 것이다. 인도 뭄바이Mumbai의 마단 카타리아 박사는 새로운 스타일의 요가를 만들어냈는데, 그 요가의 목적은 기분을 즐겁게 만들어주는 것이었다. 그는 전 세계적으로 웃음 클럽을 퍼뜨렸는데, 유머에 의해 저절로 나오는 웃음은 아니라 하더라도 웃음이라는 신체적인 행위 그 자체가 목적인 클럽이었다. 여러분도 그렇게 할 수 있다. 혼자서라도 지금 당장 그 클럽의 지부를 만들어 의도적으로 웃어보라. 억지로 웃는다 해도 웃음의 효과는 마찬가지니까.

웃음이 가지는 또 한 가지 좋은 점은 여러분이 반드시 유머 감각을 가져야 하는 것은 아니라는 점이다. 그저 상대편의 유머에 대해 반응할 수만 있으면 된다. 웃음은 상대편에게 열린 태도를 보여준다. 진실하게 큰 소리로 웃어라, 그렇게 해야만 하고 또 그것이 여러분에게도 좋은 일이기 때문이다. 어쨌든 웃는다는 것은 건강에 좋은 일이므로 상대편에게도 역시 건강한 순간을 나누어준다고 생각하라.

Mento 유머러스해지는 법

- 유머의 소재를 발굴하도록 노력하라.
- 항상 유머를 구사하라. 그것도 상대편보다 먼저 유머를 구사하라.
- 도를 지나치지 마라.

유머의 소재를 발굴하도록 노력하라.

유머는 인생과 인간관계에서 매우 중요한 역할을 하므로 이를 위해 약간의 노력을 할 필요가 있다. 그러므로 늘 유머를 찾아나서야 하고 유머가 있는 곳으로 가야 한다. 예를 들어, 영화를 보려면 드라마 장르보다는 코믹한 영화를 골라라. 텔레비전을 보더라도 코미디 프로그램을 보라. 어떤 상황에서도 웃음을 감지해내는 날카로운 감각을 가진 사람과 어울려라. 아홉 살짜리 어린이들과 가끔 시간을 보내도록 하라. 신문이나 잡지 등에 나오는 만화를 이것저것 보라. 노랫말에 기지가 번득이는 컨트리나 웨스턴 장르의 음악을 들으라. 가만히 앉아서 행복하고 즐거웠던 때를 회상해보라. 가족이나 친구들이 모인 자리에서 그때를 추억해보라. 그날 있었던 일 중 즐거웠던 일들을 그들과 함께 이야기하라.

조금이라도 더 즐거워지기 위해 할 수 있는 일은 다해라. 일하는 능력에 비해 유머 감각이 떨어지는 한 금융회사 사장은 자신의 문제를 이렇게 해결한다. "나보다 훨씬 재미있는 사람들이 많다. 나는 일에만 집착하는 경향이 있기 때문이다. 그래서 나는 주위에 보다 더 재미있는 사람, 보다 더 다재다능한 사람들을 고용한다. 내가 관리에 능한 것은 사실이지만, 사람들은 상냥한 사람과 함께 일하는 것을 좋아한다. 그래서 나는 그런 사람들을 고용해서 내가 바라는 바를 대신하게 하는 것이다."

미소를 자아낼 만한 순간을 찾아라. 이 책을 쓰기 위해 사람들과 만났을 때도, 늘 대화 도중에 웃음을 자아내는 이야기가 끼어들곤 했다. 때로는 상황을 너무나 적절히 풍자해서 요절복통하게 만들고, 때로는 조용히 미소 짓게 만드는 그런 이야기들이었다. 여기 좋은 유머의 실례들이 있다.

최근에 남자 친구와 헤어진 어떤 여자의 말…

"막 자궁절제 수술을 끝내고 난 후, 다시 출근했더니 이제 더 이상 나올 필요가 없다더군요. 남자 친구 집에 갔더니 재떨이 위에 립스틱이 묻은 담배가 놓여 있지 뭡니까. 그래서 남자 친구를 불러 이렇게 말했지요. '둘 중 하나겠네. 강도를 당했는데 그 강도가 립스틱을 칠하고 들어왔거나, 아니면 우리 사이가 이제 끝이거나.'"

새로 온 상사에 대해 어떤 부장이 한 말…

"그 사람, 사람 얼굴을 잘 구별하지 못하는 난독증 -글을 원활히 읽지 못하는 증세- 환자가 분명합니다. 누군가 다른 사람을 칭찬하려다가도 결국은 자기 자랑으로 끝을 내거든요. 머릿속에서 글자가 뒤죽박죽되듯이, 사람 얼굴이 뒤죽박죽되어 있는 거 아니겠습니까?"

한 CEO가 투자에 대해 한 말…

"투자란, 세탁소에 빨래를 맡겼는데 세탁소 주인이 전화해서 당신이 맡긴 세탁문을 잃어버렸다고 말하는 것과 같습니다. 이번 경우

세탁물을 잃어버린 사람은 바로 당신이군요."

이사회에서 욕을 했다는 이유로 5달러의 벌금을 내야 했던 어떤 CEO가 한 말…

"만약 '지옥에나 떨어져라', '제기랄' 이런 말들이 5달러짜리라면 제기랄, 나는 100달러짜리 말도 알고 있네그려."

사업상의 곤경에 대해 한 중역이 한 말…

"당나귀를 언덕 위로 밀고 올라가는 것과 같습니다. 생각을 해보세요. 앞에서 끌어야 올라가지 뒤에서 민다고 될 일입니까. 상상도 못할 만큼 어려운 일이지요."

이런 말들은 투나잇 쇼Tonight Show와 같은 코미디 프로그램에 소개되기는 힘든 유머지만 얼굴에 미소를 띠게 하고, 심지어 소리 내어 웃게도 만든다. 사람들은 다 같은 인간으로서 이런 말들에 친근감을 느낀다. 마치 '그 자리에 있었거나 그런 일을 경험해보았던 것' 처럼.

특별히 기억할 만하다거나 앞으로 써먹을 만한 유머가 있다면 기록해두어라. 상대편의 말이나 행동 중에서 웃음을 자아내는 것이 있다면 적어두어라. 기억해두었다가 활용하라. 퀘이커 오츠Quaker Oats의 본부장인 팸 롤러에게 들은 이야긴데, 유난히 스트레스를 많이 받은 어느 날 호텔 바에 가서 이렇게 주문했다고 한다. "알코올 성분이 없는 것 중에서 가장 센 술로 주세요." 어느 상황에서도 다시 쓸 수 있는 재미있는 말이고, 누구든 듣는 사람들에게 확실한 느낌을 주는 말이다. 이런 말을 들으면 여러분은 스스로가 스트레스를 많이 받았던 그런 날들을 연상하게 된다. 매력적인 비즈니스 우먼이 거침없는 걸음걸이로 바에 가서는 '가장 센 술'을 달라고 하는 모습을 그려볼 수 있다. 그런데 알코올 성분이 없는 술이라니, 웃기는 것이다. 이 간략한 말로 그녀는 유머를 통해 얻을 수 있는 많은 것들을 얻어낸 것이다. 유머를 찾고 유머가 있는 곳으로 가라, 그리고 유머를 발견하면 그것을 활용하라.

항상 유머를 구사하라.

그것도 상대편보다 먼저 유머를 구사하라. 기다렸다가 나중에 상대편이 유머러스하게 익살을 떨면 그때 끼어들려고 한다면 너무 늦고 어색해지기 쉽다. 가령 회의 도중 분위기가 너무 긴장돼 있다고 하자. 다른 누군가가 다소 가벼운 행동으로 분위기를 누그러뜨려주지 않을까 기다린다면 너무 오래 기다리기만 하는 것이다. 상대편에게 미소를 주고 웃음을 주는 일이 여러분의 일이 아니라고 생각한다면 그것은 잘못된 생각이다. 그보다는 그냥 해보는 것이다. 그저 무슨 말인가를 해봄으로써 모임에 참석한 대다수의 사람들이 흥겹게 느낄 수 있다면 여러분은 분명 상황에 아주 적절하게 대처한 것이다.

친구나 가족들과 이야기를 나눈다든지 하는 긴장이 덜한 상황에서 자신만의 유머를 시도해보라. 그런 다음 직장 동료로 그리고 직장 내에서 정말로 위협적인 사람들에게로 모험의 범위를 넓혀라. 유머의 기술은 실제로 구사해보지 않으면 늘지 않을 것이며, 웃기는 일이 마음에 떠올라 전해준다 해도 바보스럽게 보일 것이다. 평소에 쾌활한 이야기를 하는 경우가 좀처럼 없다면, 아주 중요한 상황에서 모처럼 분위기 쇄신을 위해 노력한다고 해도 어색해 보이기만 할 것이다. 거짓되고 가증스럽게 보일 것이며 지나치게 애쓰는 것으로 비쳐질 것이다. 물론 어색하지 않게 잘 전달해서 그런대로 웃길 수는 있겠지만, 그 역시 너무나 뜻밖의 상황이라 상대편은 평소와 다른 여러분의 모습에 당황해서 어떻게 대처해야 할지를 모를 수도 있다. 더욱이 일관성이란, 이 책을 통하여 내가 지속적으로 주장해 온 바이다. 사람들은 모두 여러분에게서 동일한 행동을 기대한다는 것이다. 상황에 관계없이 말이다.

상대편이 먼저 유머를 구사해 분위기를 좋게 해주기를 기다리지 마라. 주저하지도 마라. 상대편보다 먼저 유머를 시작할 때는 상대편이 인정해주기를 바라고 있다는 것, 그리고 자신이 인간적인 사람이라는 것을 보여주라. 유머를 통해 여러분이 상대편에게 긍정적인 영향을 미치게 된다는 사실을 확인하게 되면, 유머에 대한 여러분 자신의 태도도 더 긍정적으로 바뀐다. 물론 더 많은 유머를 적절히 구사하게 될 것이다. 스스로 재미를 느끼지 못하거나 하고 싶지 않은 때도 가급적 유머를 구사하라. 여러분이 어떻게 느끼느냐에 관한 문제가 아니다. 여러분이 상대편에게 어떤 영향을 미치는가가 중요한 것이다.

듣는 사람, 상황과의 연관성, 타이밍을 고려하여 적절하게 유머를 구사하라. 신뢰감을 증진시키고 개방적인 분위기를 조성하기 위해 회합 전이나 후에, 때맞춰 적절하게 유머를 구사하면 효과적이다. 상대편이 말하고 있는 중간에 엉뚱한 일로 참견한다면 그것은 적절한 타이밍이 아니다.

상황에 민감한 유머도 있다. 어떤 집단이 좋아하는 유머를 다른 집단에서는 받아들이지 못할 수도 있다. 항상 성공할 수만은 없는 것, 그것이 유머의 인간적인 측면이다. 유명한 코미디언 자니 카슨은 4,592번의 독무대를 가졌지만 그 공연들이 모두 재미있었던 것은 아니다.

상황이나 분위기를 고려하지 않고 유머를 구사한다면, 냉소적이고 잔인하거나 어떤 일에 너무 가볍게 대처하는 사람이라는 인상을 줄 수가 있다. 그러므로 유머는 시의적절하게 구사하는 것이 중요하다. 상대편의 관심을 환기시킬 만한 적절한 순간을 골라 유머를 구사하라. 일단 타이밍, 내용, 문맥을 고려하고 난 이후에는 실수에 대해서는 염려할 필요가 없다. 항상 성공할 수만은 없기 때문이다.

자신과 뜻을 같이하는 사람들을 상대하고 있다면 문제없다. 만약 오랫동안 까다롭게 굴어 융통성 없기로 소문난 사람을 상대한다면 여러분의 유머가 잘 통하지 않을 것이다. 그렇다 하더라도 여러분은 유머를 구사해야 한다. 일관성을 유지하는 것이 올바른 일이고, 유머로 기분이 더 좋아지기 때문이다. 더 나아가 운이 좋다면 융통성 없는 사람을 완전히 바꿔놓을 수도 있다. 무엇보다 유머란 기분 좋은 경험이기 때문이다. 더욱이 2장에서 논의한 것처럼 여러분 앞에 있는 사람이 여러분을 시험하고 있는지도 모를 일이다.

머릿속에 유머가 넘친다면 그것들을 일하는 도중에 어떻게 활용할 수 있을지 선택하라. 요점을 보완하고 또 명확히 하기 위해서 짧은 이야기, 예를 들거나 비유를 끼워넣어라. 상대편이 박장대소하지 않는다고 해도 실망하지 마라. 첫째, 그들은 여러분이 서먹한 분위기를 바꿔줄 화제를 아주 효과적으로 꺼냈다거나 막혀 있었던 대화를 풀어냈다는 사실에 놀랄 것이다. 둘째, 어리석게도 그들은 어떤 반응을 보인다는 것이 두려워 짐짓 심각한 표정을 짓거나 심각하게 행동하려고 노력할 수도 있다. 셋째, 질투심 때문에 이미 표정과 태도가 모두 좋은 여러분이 더욱 더 두드러져 보이게 하고 싶지 않을 수도 있다. 넷째, 상대편이 숨을 참고 속으로 웃고 있을지도 모른다. 스스로 자신이 없기 때문에 어떻게 얼마나 반응해야 하는지 모르는 것일 따름이다. 개의치 말고 스스로의 판단을 믿고 그대로 하도록 하라.

미리 충분히 고려했음에도 불구하고 상대편은 여러분의 유머를 잘못 받아들이거나 오해할 수도 있다. 오히려 역효과를 불러일으킬 수도 있다. 그렇게 되면 아마도 여러분은 당황하게 될 것이다. 하지만 너무 당황해할 필요는 없다. 여러분은 그냥 상대편이 받아들여주기를, 미소를 보여주기를 기대하는 태도를 보여주면 된다. 그리고 용기를 가지고 계속 시도하면 된다. 어정쩡하게 멈추면 곱절로 어리석어 보이기 때문에 조금 썰렁하더라도 최선을 다하는 수밖에 없다.

코미디는 이야기의 내용 자체보다도 말하는 모습 또는 표정의 디테일에서 나올 수도 있다. 예를 들면, 눈썹을 올리고 발가락을 세운다거나 어깨를 들썩이는 등의 동작과 더불어 단어, 기지, 역설 등을 적절하게 선택한다든가 하는 것들이다. 신체적, 시각적인 것이라면 지나친 반응이건 미미한 반응이건, 혹은 전혀 무반응이건 어떤 것이라도 효과가 있다. 아주 단순한 방법으로, 그저 진지한 표정을 하고 엉뚱한 말을 하는 것만으로도 효과가 있을 수 있다.

표정이 진지하면서도 편안한 미소를 띠는 것 정도는 누구에게나 가능하다. 만약 여러분의 유머를 상대편이 잘못 알아들었다 하더라도 긍정적인 표정을 계속 유지하면 역효과를 최소화할 수 있다.

말을 하지 않는 것이 최선의 유머일 때도 있다. 때로는 침묵이 정말 재미있는 것일 수 있기 때문이다.

계획 없이 저절로 나오는 유머가 분명 효과적이고 호감 가는 것임은 분명하지만, 깊이 생각한 후에 계획하고 연습한 자연스러움 또한 그러하다. 항상 그때그때의 순발력과 기지에 의존할 수는 없다. 계획이 가지는 한 가지 큰 장점은 실제 여러분의 입에서 나오기 전에 그 말이 어떻게 들릴지 시험해볼 수 있다는 점이다. 스탠드 업 코미디를 연상해보자. 마치 코미디언이 즉석에서 생각해서 자연스럽게 말하는 것처럼 보이지만 결코 그렇지 않다. 얼굴 표정, 손동작, 몸놀림, 단어와 문장 등을 적절히 보충하여 정곡을 찌르기 위해서는 수없이 많은 연습이 필요하다.

프로는 늘 계획을 한다. 데일리 쇼The Daily Show의 존 스튜어트는 10명으로 구성된 팀을 운영하고 있는데, 이들은 조간신문에서 소재거리가 될 만한 것들을 발췌하는 일을 한다. 그들은 AP통신의 비디오까지도 본다. 30분 분량의 대본을 쓰는 데 하루가 걸린다. 제이 르노가 자신의 쇼를 준비하는 데도 하루 종일이 걸린다. 그는 자신이 쇼에서 할 농담을 눈으로 보고 글로 써보고 읽어보고, 대략의 개요를 써본다. 〈뉴요커〉지에는 일주일에 대략 15컷 정도의 만화가 나온다. 이 15컷은 평균 1,000편 가량의 접수된 만화에서 엄선한 것들이다. 일단 접수가 되면, 예심을 담당하는 팀에서 '통과', '불합격', '가능성 있음'의 세 부류로 나누어 50편을 추려낸다. 선정된 작품은 대개 장황하지 않으면서 결과가 예상을 뒤엎는 -허를 찌르는- 것들이다. 그런 다음 이 50편이 기존 출판물과 중복되는지 체크하고 법률적인 검토를 거친 후 그림의 정확도를 살핀다. 이 모든 사전 작업에도 불구하고 모든 사람에게 늘 100% 웃음을 주리라고 기대할 수는 없다. 데이비드 레터맨의 말처럼 "농담이란 모두

어려운 결정의 결과"인 것이다.

"먼저 여러분 자신을 소재로 하고 그 다음에 다른 곳을 겨냥하라. 스스로를 놀림거리로 삼음으로써 다른 사람을 놀릴 권리를 획득해야만 한다."라고 코미디 작가의 대부인 마크 캣츠는 말한다. 빈정거리더라도 호의적으로 하게 되면 내부적으로 친근한 관계라는 사실을 보여줄 수 있지만, 일반적으로 비웃을 때는 상대편이 아니라 자기 자신을 비웃어야 한다. 부시 대통령의 연설 팀은 이와 같은 계획된 자연스러움을 만들어냈다. "내가 말을 망치는 경우는 있지만 진실을 망쳐버린 적은 절대 없다." 그것은 자신을 조롱하고 자신의 존재를 미미하게 만드는 전략으로서 바로 사람들이 좋아하는 것이다. 이런 종류의 유머를 구사할 때는 상대편이 아니라 자기 자신을 희생시켜야 한다. 보헤미안 재단Bohemian Foundation의 이사장, 팻 스트라이커는 "자기 자신을 보고 웃을 수 있는 사람은 축복받은 사람이다. 그러면 항상 즐거울 수 있기 때문이다."라고 말했다.

수행 카리스마를 가지고 발휘하는 사람에게 어울리는 유머가 농담만은 아니라는 사실을 기억해두자. 가끔씩 전에 들었던 농담을 반복해서 말할 수는 있지만 그것은 다소 위험하다. 와이오밍 주의 전 상원의원 알란 심슨과 콜로라도 주지사인 빌 오웬스가 덴버에서 같은 날 연설을 한 적이 있었다. 물론 두 사람 모두 서로가 같은 날 같은 도시에서 연설을 하고 있다는 사실을 알지는 못했지만 말이다. 그들은 둘 다 똑같은 농담으로 연설을 시작했다. 주유소 직원이 한 질문에 관한 이야기였다. "당신, 알란 심슨을 닮았다는 말을 들어본 적 없습니까? -다른 편에서는 알란 심슨 대신 '오웬스 주지사' - 정말 기분 나쁜 소리지요, 그렇지 않습니까.” 지역 신문에 이 두 행사를 취재하는 기사에서 농담이 똑같았다는 소식이 보도되었고, 두 사람 모두 매우 난처한 상황에 빠져버렸다.

“이야기를 잘하는 것도 카리스마적인 지도자들의 특징이다. 카리스마를 가진 지도자들은 이야기를 통해 전체 조직과 조직을 구성하고 있는 개개인에게 자신의 가치를 확인시킨다.” 한 회사의 CEO가 한 말이다.

이야기하는 것은 농담과는 다르다. 이야기는 사실인 반면 농담은 만들어낸 것이다. 이야기는 개개인의 고유한 것이고 실제로 일어난 일이며 전에 들어본 적이 없는 신선한 것이어서 모방 가능성이 더 낮다. 이야기를 하면 사람들은 인간적이고 열정적이며 의미심장한 태도로 듣고 기억하고 또 머릿속에 그려보기도 한다. 이야기는 상상력을 자극하고 유머 감각을 번득이게 하며 인간미를 공유하게 한다.

농담이든 이야기를 하든 ‘좋은 자세’는 도움이 된다. 시선을 집중한 채 상황을 설명하고 어떤 행동을 취했고 어떤 결과가 초래됐는지를 말하라.

복잡한 것을 설명해야만 할 때, 골치 아픈 숫자를 다룰 때, 보다 빨리 보다 효과적으로 목적을 달성할 필요가 있을 때, 분위기를 유쾌하게 만들고 싶을 때, 여러분이 말하는 요지를 사람들이 더 오래 기억하게 하고 싶을 때 이야기가 가장 효과적이다.

이야기할 때 야기되는 사소한 문제가 있다면, 오랫동안 이야기를 윤색하게 되면 전에 어떻게 이야기했는지를 기억하지 못하는 경우가 있다는 점이다. 만약 그 이야기를 나중에 다시 듣게 되었는데 내용이 달라졌다면 상대편은 여러분이 거짓말하고 있다고 생각할 것이다. 그러므로 너무 많이 써먹은 이야기는 제쳐두고 새로운 이야기로 보강하라.

상대편이 유머를 구사하기 전에, 혹은 상대편이 유머를 구사하지 않는 상황에서도 유머를 활용하라. 가장 가까운 사람에게 혹은 낯선 사람에게, 그리고 사업상의 파트너에게도 유머를 활용하라.

도를 지나치지 마라.

유머러스해지라고 해서 얼간이 같은 행동으로 웃음거리가 되라는 것은 아니다. 어릿광대 노릇을 한다거나 코에 빨간 고무공을 단다거나 하는 식의 어처구니없는 그런 행동들 말이다. 그렇다고 진지한 재밋거리와 가벼운 우스개를 적절히 혼합할 수 없다는 말은 아니다. 웃음을 자아내는 데도 차이가 있다. 기발한 웃음이 있을 수 있고, 우둔한 웃음이 있을 수 있다는 말이다.

사람들 누구나 경험하는, 인간적인 조건들을 뒷받침해주는 그런 유머는 괜찮다. 성적으로 노골적이거나, 인종차별적인 것, 윗사람이건 아랫사람이건 상대편에게 가혹하게 느껴지는 그런 유머는 안 된다. 어린이를 놀림감으로 삼거나 죽음 같은 엄숙한 상황을 우스개로 만드는 그런 유머도 마찬가지다. 나는 저속하게 희롱이나 하는 그런 유머를 권장하지는 않는다. 때리고 넘어지면서 법석을 떨거나 기괴한 짓으로 어릿광대 노릇을 하는 그런 '바보 같은 짓' 은 하지 마라. 책상 위에 놓인 재떨이에 '들어오시오' 라고 써 붙인다거나, 사무실 인터폰으로 자기 자신을 호출한다거나 마침표도 찍지 않고 편지를 보내며, 이사회에서 노래를 부른다거나 하는 짓은 삼가라. 이런 농담은 벼랑 끝에 서서 앞으로 발을 내딛는 '자살행위' 와 같다. 자멸을 부를 것이기 때문이다.

유머란 어떤 일을 완전히 다른 시각으로 보는 것이다. 농담 자체가 목적이 되는 농담은 피하라. 농담을 하는 목적은 가능한 한 인간적이고 유머러스하게 분위기를 일신하는 데 있다.

늘 해오던 습관적인 일, 예측 가능한 그런 일에서 상반되는 상황을 연출한다면 대개는 썩 재미있는 상황이 된다. 분위기가 좋지 않고, 난처한 입장에 처해 있다면 더 이상은 말고 그냥 그렇게만 해라. 효과를 볼 수 있을 것이다. 물론 그렇다고 해서 돌출적인 행동 –축구 경기에서 득점 후에 벌이는 골 세레모니처럼– 을 하거나 웃기는 옷을 입거나 우둔한 농담 짓거리 같은 것을 보여줘야 한다는 뜻은 아니다. "만약 네 발로 기면서 말을 한다면 무슨 말을 하든 재미있을 것이다."라는 피 제이 오루크의 말이 옳을지도 모르지만 말이다.

그저 잠시 멈추고 '여기서 웃기는 것은 뭘까?' 라고 생각한 다음, 생각난 바를 말하는 것이다.

유머러스한 것은 인간적인 것이다. 여러분은 여러분이 한 말로 누군가에게 깊은 인상을 주고, 아마 더불어 미소까지 짓게 만들 수도 있을 것이다. 그것이 바로 유머가 가지는 매력이다.

스킨십을 가져라

수행 카리스마에 있어 스킨십이란, 말뜻 그대로이기도 하고 비유적인 뜻이기도 하다. 스킨십이 뜻하는 바는 손을 내밀어 방어막을 해제하고 신체적인 접촉으로 상호간에 가교를 형성하는 것이다. 일에 있어 주도권을 쥐고 싶다면 여러분은 사람들과 적절한 스킨십을 해야만 한다.

그러기 위해서는 용기 있고 노련해야 하며 외설적이지 않은 태도가 필요하다. 스킨십에는 가볍게 치는 것뿐 아니라 포옹이나 가벼운 입맞춤, 등 두드리기 등 인사할 때 쓰는 동작들 중에서 적절하게 골라 쓰는 것도 포함된다. 여러분은 모든 사람과 신체적으로 접촉해야 하며 무엇보다도 두려운 사람부터 먼저 접촉해야 한다.

스킨십을 통해 칭찬, 상대편에 대한 지지나 인정, 위안 등을 표현할 수 있고 심지어 나무라는 뜻까지 전할 수 있다. 스킨십을 효과적으로 잘하면 슬픔에 빠진 사람을 행복하게 만들고, 화가 나 있는 사람의 마음을 가라앉힐 수도 있다. 사람과 사람 사이의 한계와 선을 없앰으로써 -적어도 잠깐 동안은- 위안을 주고 안심시키기 때문이다. 효과적이고 적절한 스킨십은 웃거나 올바른 자세를 취하는 것과 같은 신체적 정신적 효과를 낸다. 즉, 침울했던 기분을 고양시키고 면역 기능을 강화시키며 스트레스를 줄이고, 혈액순환을 원활히 하고 사회적 관계도 개선시킨다.

대부분의 사람들은 내게 이렇게 말한다. "나는 내가 상대편에 대해 느끼는 편안함의 정도에 따라 스킨십을 한다." 하지만 편안함의 정도가 적정해질 때까지 기다릴 수는 없다. 관계가 편안해지도록 하기 위해 여러분이 먼저 스킨십을 시작해야 한다. 기다리기보다는 늘 능동적인 자세를 가져야 한다.

한 이사가 말하는 자신의 테크닉이다. "스킨십을 하려면 적당한 구실이 필요하기 때문에 나는 행사 때면 꼭 사진사를 부른다. 사진사가 오면, 나는 그 기회를 이용해 상대편의 어깨에 손을 얹고 포즈를 취한다."

스위스의 다보스에서 열린 세계경제포럼에서 코카콜라의 CEO, 더그 대프트는 펩시의 CEO, 로저 엔리코와 친근하게 잡담을 나누었다. 대화가 끝날 무렵, 그들은 포옹까지 해서 보는 사람들을 놀라게 했다. 〈포춘〉지의 기자가 그에 대해 물었을 때 대프트는 다음과 같이 말했다. "내가 로저를 만난 건 그때가 처음이었습니다. 이야기를 나누다가 대화가 끝날 즈음 내가 말했지요. '우리 포옹 한번 합시다. 그러면 저 사람들 정말로 할 말이 많아질 겁니다.'" 로저와 여전히 사업상의 경쟁자인 대프트는 "아시다시피, 우리는 사업가이기 이전에 먼저 두 사람의 인간이랍니다."라고 말을 맺었다.

인간관계에서 손을 댄다는 것은, 관계가 단지 전략적인 것일 뿐만 아니라 인간적이기도 하다는 것을 보여준다. 정치인들은 온화한 이미지를 만들기 위해 아기들에게 뽀뽀하는 것 정도는 할 수 있지만 오래 안고 있지는 못한다. 아기가 울음을 터뜨려서 자신이 의도한 정서적인 메시지를 전하기보다는 오히려 역효과를 불러일으킬 수도 있기 때문이다.

스킨십에 관한 어떤 연구 결과이다. "인간은 늘 신체적인 접촉을 할 준비가 되어 있다. 피부는 인간에게 있어 가장 큰 신체기관으로서 면적이 거의 20평방피트이며 몸무게의 약 4분의 1을 차지한다. 촉각은 인간에게 있어 제일 먼저 발달된 감각이며 가장 오랫동안 지속되는 감각이다. 매일 하는 적당한 스킨십은 식이요법이나 운동처럼 건강에 필수적이다."

듀크 대학의 생명정신의학과 교수인 솔 샨버그는 "접촉에 대한 욕구는 포유류에게 있어 선천적으로 타고나는 것이지, 배워서 습득하는 것이 아니다. 그러나 인간은 성장함에 따라 문화적인 코드에 따라 손을 단속하고 그에 따라 신체적인 접촉도 제한하게 된다. 하지만 동작은 사라졌을지 모르겠지만 본능은 아직 사라지지 않았다."라고 말한다.

잭 웰치의 동료 중 한 명은 약 30명 정도의 고객이 참석했던 파리에서의 회합에 대해 이렇게 회상한다. "모임은 아주 우아한 클럽에서 진행되었고 잭은 연설을 한 후 모든 고객들과 골고루 스킨십을 나눴습니다. 그는 한 사람 한 사람 이름을 불렀고 구체적인 문제에 대해 이야기를 나눴으며, 특정한 일에 대해 감사를 전했습니다."

미국인들은 한 시간에 평균 2번 정도 신체적인 접촉을 가진다. 프랑스 사람은 미국인보다 세 배는 더 많이 신체적으로 접촉한다. 푸에르토리코 사람은 시간당 180번 접촉한다. 시그나Cigna Company는 아기들은 더 많이 안아줄수록 더 빨리 자란다는 사실을 알아냈다. 펜실베이니아 대학의 연구 결과에 따르면 식물들은 만져주면 더 빨리 자란다고 한다. 한 과학 잡지는 식물을 만져주면 병해가 줄어들고 충해도 감소해 더 오래 산다고 한다.

물론 부적절한 스킨십도 있다. 부적절한 신체 접촉을 피하려는 과정에서 빚게 되는 최대의 실수는 '스킨십을 아예 하지 않는 것' 이다.

유머와 인간이 잘 어울리는 것처럼 스킨십도 그러하다. 요점은 스킨십을 할 때는 올바른 태도로 알맞은 장소에서 적당한 때에 일관성 있게 해야 한다는 것이다.

Mento 올바른 스킨십 방법

- 태도를 올바르게 하라. 테크닉을 잘 발휘하라.
- 일관성을 가져라.
- 도를 지나치지 마라.

태도를 올바르게 하라. 테크닉을 잘 발휘하라.

가장 강조하고 싶은 것은 방법이나 동기가 잘못되면 그 어떤 스킨십도 좋지 않다는 사실이다.

훌륭한 자세는 올바른 의도에서 시작된다. 상대편과 좀 더 좋은 유대관계를 맺고 상대편을 받아들이고 자존심을 추어주고, 지지나 칭찬 등 긍정적인 메시지를 전달하고자 하는 좋은 의도를 가지고 있어야 한다.

테크닉이 좋다는 것은, 상대편이 불편함을 느끼거나 당황스러움을 느끼지 않도록 하는 것이다. 먼저 자신을 열어라, 그리고 잠깐 멈춰 미소 짓고 숨을 한 번 쉬고 순간을 잘 포착하고는 한 걸음 물러서라.

서 있을 때나 앉아 있을 때나 상대편에게 충분히 다가서라. 그래야 의사소통이 편하게 이루어진다. 상대편을 만질 때는 어깨, 등 윗부분, 팔꿈치 아래와 같은 허리 위쪽 부분을 단단히 붙잡아라.

상대편을 껴안을 때 보통 사람들은 고통, 기쁨, 정열 등의 격렬한 감정을 보여준다. 그렇게 함으로써 말로 표현하기에는 부족한 상호 간의 깊은 이해를 표현한다.

스킨십을 할 때 너무 오래 너무 세게 잡지는 마라. 그리고 손이나 팔을 움직여서 비벼대지 마라. 또한 상대편의 골반, 다리, 가슴, 엉덩이, 배, 특히 임신한 사람의 배 등을 건드려서는 안 된다.

PAC의 CEO, 존 크렙스는 스킨십을 이렇게 활용한다. "나는 팔을 벌려 상대편을 껴안으면서 나머지 세상을 차단시킵니다. 두 사람 외에는 아무도 없는 것입니다. 스킨십이란 두 사람 사이의 유대나 보답을 표현하는 독특한 방식이니까요." 45도 각도로 어깨를 부딪고 껴안게 되면 서로 간에 유대감이 생기고, 상대편에게도 그 유대감이 보인다. 반면 똑같이 껴안더라도 얼굴을 마주보고 껴안게 되면 도전적으로 느껴진다.

물론 누군가를 잘못 만졌다가는 고소를 당할 수도 있다. 하지만 그것은 꼭 스킨십에만 해당되는 것은 아니다. 말이나 표정, 음탕한 생각도 마찬가지다. 어떤 사람들은 성희롱으로 고소당할까 두려워 스킨십을 자제하기도 한다. 상대편에게 말로 표현 못한 끌리는 감정을 전달하는 데 스킨십을 이용할 수 있다는 말은 절대 아니다. 스치거나 비비지는 마라. '충동'에 의해 만져서는 안 된다.

만약 실수로 우연히 의도하지 않았던 장소에서 누군가를 만지게 됐다면 사과하라. 고의가 아닌 실수라며 신경질적으로 부인하지 말고, 진지하게 바로 그 자리에서 잘못을 바로잡아라.

"나는 힘차게 악수한다거나 하는 것은 하지 않습니다. 대신 살짝 껴안습니다. 어깨에 손을 올리는 정도의 적절한 방법을 쓰지요. 그렇게 친하지 않은 사람이라면 손을 내밀어 상대편의 손을 가볍게 잡아줍니다. 인간적인 접근이 보다 효과적이라는 사실을 알기 때문입니다." 워버그 핀커스Warberg Pincus의 파트너, 게일 크로웰이 말하는 스킨십 방법이다.

가장 일반적으로 용인되는 스킨십은 악수이다. 악수는 두 사람이 만날 때 서로 무기가 없다는 사실을 보여주기 위한 행동에서 기원했다. 샌프란시스코의 우드헐 연구소Woodhull Institute에 의하면, 인간은 전통적인 악수에서 시작해 한 단계 더 나아가 편하게 껴안게 되었다고 한다. 껴안는다는 것은 완전히 무방비 상태임을 보여주는 행위라고 할 수도 있다. 하지만 아직 우리 사회에서 껴안는 행위는 그렇게 보편적이지는 않다. 할리우드나 일부 소수 민족 집단을 제외하면, 50대 이상의 사람들은 여전히 포옹을 어렵게 생각한다. 스포츠계나 운동 경기장을 제외하고는 X세대 정도만 공공장소에서 자연스럽게 진한 포옹을 나눈다.

악수 반, 등 두드리기 반으로 이루어진 '찰톤 휴스턴 식' 포옹은 대부분의 남성들이 원하는 스타일이다.

타임워너Time Warner의 전 CEO였던 제랄드 레빈과 AOL의 회장인 스티브 케이스는 포옹함으로써 두 사람 사이의 거래를 숨겼다. 전 부통령 앨 고어는 자신의 후보 지명이 결정된 축하 자리에서 저명한 남자 후원자를 껴안기 위해 마이크를 버렸다. 무엇보다 모든 사람에게 안기는 것을 무척이나 좋아했던 클린턴 전 대통령 같은 사람도 있다.

몇 해 전, 한 CEO가 내게 이런 말을 했다. 그는 만나는 사람마다 항상 껴안으며 심지어 처음 만나는 사람도 껴안는다고 한다. "상대편은 마음을 열고 그걸 즐기기도 하고, 때로는 긴장하기도 합니다. 하지만 절대 잊지는 않죠." 내가 여러분에게 강조하는 것은 적절한 신체적인 접촉을 갖는 것을 비롯해 이 책에서 내가 제안하고 있는 모든 것들을 시도해보라는 것이다. 실제로 시도해보면, 그 CEO가 말한 것처럼 상대편이 긴장을 풀고 그 순간을 즐기며, 여러분과의 만남을 절대 잊지 못한다는 사실을 알게 될 것이다.

맥더미드 프린팅 솔루션즈MacDermid Printing Solutions의 CEO, 스테판 라겐의 스킨십에 대한 경험이다. "전 사실 딱딱하게 악수만 건네는 냉담한 나라인 영국에서 온 사람입니다. 여기서 생활하면서 등을 살짝 두드리는 인사법을 알게 되었고 그에 대한 사람들의 반응도 알게 되었습니다. 그렇게 조금씩 스킨십을 하면서 사람들과의 관계가 점점 더 좋아지게 되었죠. 관계는 상호적인 것이니까요." 자, 바로 이것이 시작이다!

악수가 최근 예기치 않게 진전된 것이 '범프bump'이다. 범프는 흐렌

팩커드와 컴팩의 합병식에서 보인 것처럼 서로 상대편의 주먹을 꼭 쥐고 위로 쳐드는 것이다. 이것은 다른 나라에서는 아직 덜 보편적인 악수 방식이지만 여성 CEO와 남성 CEO가 함께 사진을 찍을 때 적당한 방식이다. 성별이 다르다 보니 포옹은 약간 위험스러울 수가 있고 악수는 카메라에 잡히기에는 너무 딱딱한 포즈이기 때문이다.

그렇다고 범프가 악수를 대체하는 일은 절대로 일어나지 않을 것이다. 사람들이 범프를 나누면서 그런 관계를 토대로 사업을 하는 것을 상상할 수는 없을 것이다, 그렇지 않은가?

볼을 맞댄다거나 진짜 입을 맞추는 것도 때로는 적절한 인사가 될 수 있다. 이때도 태도나 의도와 테크닉이 중요하다. 유럽 사람들에게는 볼을 마주 대는 것이 인사이다. 영국에서는 볼을 대는 데 순서가 있는데 왼쪽 뺨끼리 먼저, 그 다음에 오른쪽 뺨에 한다. 프랑스에서는 왼쪽 뺨에, 그 다음에 오른쪽, 그 다음에 다시 왼쪽이다. 진짜 키스이든 뺨을 마주 대는 것이든, 여러분이 원하지 않는다면 굳이 할 필요는 없다.

악수나 미소, 그리고 상대편의 이름을 기억해주는 행위는 함께 일을 할 때 상대편에게 진심, 신뢰, 에너지, 호의 등을 전달해줄 수 있다.

범프, 악수, 포옹, 어깨 잡기 등 어떤 접촉이든 받을 때는 긴장을 풀고 똑같은 방식으로 답해주든지 아니면 적어도 편한 미소를 지어 주어라. 상대편이 여러분에게 신체적으로 접촉하고자 할 때 그 의도와 태도가 나쁘지 않다면 피하거나 몸을 숙이거나 노려보지 마라. 하지만 부적절하다거나 음탕한 접촉은 한 순간도 참지 마라. 짐작만 하고 넘어가지 마라. 만약 상대편이 접촉하는 의도가 부적절하다고 생각되면 드러내놓고 밝혀라. 그런 다음에 즉석에서 열린 태도로 상대편의 자존심을 존중해주면서 그 문제를 논의하라. 물론 얼굴에는 미소를 띠고 있어야 한다.

만약 여러분이 특정한 행동을 원하지 않는다는 것을 계속 밝혀두었는데도 그런 행동이 계속된다면, 더 확실하게 해두는 것도 괜찮다. "마이크, 나는 우리가 일하는 데 있어 좋은 관계였으면 하지만, 만날 때 볼에 키스는 안 했으면 합니다." 물론 이런 말을 할 때는 미소를 띠고 상대편의 어깨를 잡고 하라. 만약 두 번째로 상대편에게 이런 말을 해야 하는 경우에는, 어깨를 잡을 때 그저 조금만 더 꽉 잡아라.

일관성을 유지하라.

특정 신체 접촉을 하려고 하며, 그 행위가 반드시 필요하다고 판단된다면 무엇보다도 일관성을 가져라. 인종, 종교, 피부색에 관계없이 남녀노소 지위고하를 막론하고, 조직 내부의 사람이건 외부 사람이건 관계없이 스킨십을 하라. 스킨십을 할 때는 자신이 얼마나 편하게 여기고, 좋아하고, 신뢰하며, 끌리는지 등에 따라 차별하지 마라. 그것이 바로 희롱이 시작되는 지점이다. 앞 장에서 제시한 바 있는, 마음을 열고 상대편을 존중하며 질문하고 부탁하는 경우와 마찬가지로 여러분은 모든 사람들을 똑같이 대해야 한다.

재향군인보훈Veterans Administration 병원의 이사인 다이앤 하트만은 스킨십을 매우 중요시했다. "나는 밤마다 내 아들을 안아주며 잘 자라고 키스해줍니다. 아들과 떨어져 있어야 할 때는 그 기간 동안의 포옹과 키스를 해줘서 비축해주지요. 그리고 예기치 않은 상황에 대비해 여분으로도 해줍니다. 그 아이는 이제 열네 살이 되었고 만약 내가 잊고 있을 경우에는 떠나기 전에 상기시켜 준답니다. 나는 그게 좋아요. 그 아이는 까먹는 법이 없거든요."

일관성이란, 예측할 수 있다는 점에서 사람들을 안심시켜 준다. 인관된 스킨십을 통해 예측할 수 있는 것은 상호 존중을 위해 상대편을 포용하고 상대편에게서 열린 태도를 기대하는 것이다.

스킨십을 하기에 가장 좋은 사람은 잘 아는 사람 또는 경험을 공유하는 사람들이다. 만약 친해지고 싶거나 경험을 나누고 싶다면 스킨십부터 시작하는 것도 좋다. 신체적으로 접촉하게 됨으로써 친해지고 경험을 나누는 데 시간도 더 절약된다! 한 CEO와 이에 대해 이야기를 나눈 적이 있었는데, 그는 이렇게 이야기했다. 운동선수들에게서 자주 스킨십을 볼 수 있는데, 이것은 그들이 승부라는 감정적인 경험을 공유하기 때문이라는 것이다. 그의 말이다. "신인 선수가 연습장에 등장한 첫날에는 그다지 많이 껴안지 않습니다. 관계를 진전시키기 위해서는 시간이 필요한 법이지요." 하지만 누군가 환영의 뜻으로 껴안아줬을 때 그 신인 선수는 얼마나 빨리 팀에 소속감을 느끼게 될까? 바로 그 순간부터이다. 여러분은 경기장에서 그리고 여러분의 삶에서 이제 막 공을 굴리기 시작한 것이다.

그리고 스킨십을 할 때는 반드시 가장 무섭고 두려운 사람부터 시작하라. 그들은 다른 사람들도 역시 두려워하는 사람들이다. 그들은 여러분의 용기 있는 접근을 고맙게 여길 것이고 여러분은 나머지 사람들과는 구별되게 긍정적인 방향으로 스스로 자리매김하게 될 것이다. 수행카리스마를 터득하는 6단계 행동 원칙 중, 다른 모든 경우에서와 마찬가지로 여러분과 스킨십을 가진 사람 중 일부는 퇴짜를 놓거나 거부하거나 노골적으로 여러분을 당황하게 만들지도 모른다. 그런 일이 생기면 그 사람들이 오만해서가 아니라 단순하고 무지하기 때문에 그랬을 가능성을 고려해보라. 미심쩍은 점을 선의로 생각해보라. 상대편의 반응에 대해 해명을 요구할 때는 여러분 자신과 상대편 상호 간의 자존심을 유지하도록 하라. 예를 들면 '제가 만졌을 때 왜 그렇게 반응했는지 설명 좀 해주시겠습니까?' 조정하고 이해하고, 필요하면 사과하라. 하지만 스킨십을 멈춰서는 안 된다.

어떤 사람에 대해 오늘 얼마나 스킨십을 했는지 횟수를 세고, 내일은 더 많이, 그리고 그 다음 날은 더 많이 하도록 하라. 일관성을 가져라. 아는 사람이든 모르는 사람이든 똑같이 바람직한 스킨십을 하라. 좋아하는 사람이건 좋아하지 않는 사람이건, 다시 볼 사람이건 다시 보지 않을 사람이건 마찬가지이다. 여러분이 신뢰를 얻을 수 있고 호감을 얻을 수 있도록, 기억에 남고 믿음을 얻고 카리스마를 지닐 수 있도록 스킨십을 하는 데 있어서는 일관성이 있어야 한다.

도를 지나치지 마라.

다른 모든 일에서처럼 좋은 것도 극단으로 치우치면 오히려 나빠진다. '껴안기를 일삼는 대통령' 클린턴은 극단까지 치우친 경우이다. 하지만 '나는 스킨십을 좋아하지 않는다.' 고 주장하는 사람들조차도 대통령이 등을 두드리며 '수고했네.' 라고 말한다면 그다지 개의치 않을 것이다.

바람직한 스킨십이 상사에게 가서 위로하는 말투로 '오늘은 어땠습니까?' 라고 물으며 등을 쓰다듬어 주는 것을 뜻하는 것은 아니다. 상사가 아무리 스트레스를 받고 있다 하더라도 말이다.

어떻든 여러분은 판단을 잘해야 한다. 의심스러울 때는 가서 스킨십을 가져라. 하지만 적절하게 잘해야 한다. 어떤 오해가 있는 것은 아닌지 물어보아라.

스킨십이란 단지 신체적으로 만지는 동작만이 아니라 상대편과의 유대 관계의 문제이다. 독신인 내 친구 하나는 '연애법' 강의를 수강한 적이 있었는데, 강의 내용은 이랬다. 군중을 둘러보고 타깃을 골라라. 타깃이 자신을 볼 수 있도록 위치를 잘 잡아라. 계속해서 눈을 맞추고 난 후 돌아서서 타깃을 마주하라. 그리고 스킨십을 하라!

일하는 도중 자기 자신을 만지는 것은 부적절하게 상대편을 만지는 것만큼이나 나쁘다. 어떤 중역은 자신이 만난 한 여성이 아주 성가신 버릇을 가지고 있더라고 말했다. "머리 모양에는 아무 문제가 없는데도 계속 머리를 매만지더군요." 자기 자신을 만진다는 것은 긴장하고 있는 것처럼 보이고 자의식이 강한 것처럼 보이며, 상대편으로 하여금 만지고 싶은 생각이 들게끔 한다. 옷이나 머리, 장신구 등을 만지는 것을 삼가라. 다시 말하면 성적인 암시를 주지 마라는 것이다.

입이나 코 주변을 만지는 것 역시 삼가라. 세균에 대해 민감한 사람들은 긴장할 것이고 여러분을 피하게 될 것이다.

테크닉이 좋다는 것은 위생 상태가 좋은 것도 포함한다. 손가락을 입이나 코에 댔다가 상대편과 악수하려고 해서는 안 된다. 귀나 코털을 만지작거리다가 손가락을 어깨에 문질러 스윽 닦고는 상대편을 껴안으려 해서도 안 된다. 자기 자신을 만지고 난 후에는 손을 씻은 다음 상대편을 만져라. 들리는 소문에 의하면 한 유명한 CEO는 악수하기 전에 손수건을 나눠주었다고 한다. 앞에서 말했듯이 아무리 좋은 것도 극단으로 치우치면 나쁜 것이 된다.

"세균은 엘리베이터 버튼, 문손잡이, 펜, 컴퓨터의 키보드 등 도처에 있습니다. 나는 셔츠나 재킷 등의 옷자락으로 화장실 문을 열지요. 엘리베이터 버튼은 손가락 끝이 아니라 손가락 마디로 누릅니다. 도처에 세균이 있으며 사람들은 대부분 구역질합니다." 어떤 변호사의 말이다.

어떤 회사 사장이 자기 자신을 너무 많이 만지기에, 호기심에서 나는 계속 쳐다보면서 횟수를 셌다. 3분이 채 안 되는 시간에 그는 얼굴, 코, 귀, 입을 무려 스물여섯 번이나 만졌다. 그를 지켜보고 있던 누군가가 내게 저 사람 시합 중에 사인을 보내는 야구 감독이 아닌지 묻기까지 했다.

Chapter 6

보조를 늦추어라, 침묵하라, 그리고 경청하라

현명한 자는 침묵하며, 재주있는 자는 말을 하고, 어리석은 자는 논쟁을 한다.
– 도교 경전

지금까지 이 책에서 말한 것 중 대부분은 행동에 관한 것이었다. 질문하고 부탁하며 유머를 구사하고 스킨십을 하고 미소를 짓는 것, 모두 먼저 시작해야 할 사람은 여러분이었다. 이 장에서 논의될 보조를 늦추고 침묵하고 귀를 기울이는 것도 행동의 일부분이다. 수행 카리스마는 여러분 자신뿐 아니라 여러분이 상대편에게 미치는 영향에 대한 것임을 기억하라. 또한 여러분의 말과 행동뿐 아니라 그 반대의 것, 즉 '침묵'과 '무위'도 상대편에게 영향을 미칠 수 있다는 점을 기억하라.

1800년대 후반 북미 인디언 수우Oglala Lakota Sioux 족의 추장이었던 루터 스탠딩 베어는 대화 중의 침묵을 중시했다. "대화란 갑자기 서둘러서 시작할 수 있는 것이 아닙니다. 누구도 갑작스런 질문에 즉석에서 대답할 수 없으며, 누구에게도 그런 대답을 강요해서는 안 됩니다. 잠깐 생각할 시간을 주는 것은 대화를 시작하고 진행시키는 데 있어 반드시 필요한 예의입니다. 우리 수우 족 사람들은 침묵을 아주 의미 있게 생각했습니다. 말하는 사람에게 침묵할 여유를 주었고 자신이 말할 때도 침묵의 시간을 가졌는데, 이는 '말하기 전에 생각해야 한다'는 원칙을 중요하게 여긴 데서 비롯된 습관이었습니다."

여러분이 말하고 행동하는 모든 것이 늘 꼭 말해야 하고 꼭 그렇게 해야만 하는 중요한 것들은 아니다. 무슨 말인가 하면, 어떤 것은 꼭 말하지 않아도 될 정도로 사소한 것들이라는 것이다. 그러므로 반드시 말해야 하는 것이 아니라면, 말하지 말고 내버려두어라. 그래야만 여러분이 반드시 해야 할 말을 했을 때, 사람들이 더 귀담아 들을 것이다.

로마 속담에 '아무것도 하지 않는 것의 즐거움'이라는 말이 있다. 그렇다고 아무것도 하지 마라는 것은 아니다. 보조를 늦추고 침묵하고 귀를 기울이는 것은 아무것도 하지 않는 것과는 다르다. 오히려 말을 너무 많이 하고 충분히 들을 줄 모르는 자기 파괴적인 태도를 없애는 것이다.

17세기의 학자, 창 차오는 다음과 같이 말했다. "맛있는 음식을 빨리 먹고, 아름다운 경치를 서둘러 지나쳐버리고, 감정을 피상적으로 이야기하는 것은 신의 뜻에 반하는 것이다."

보조를 늦추어라

보조를 늦춘다는 것이 뜻하는 바는 행동, 움직임, 반응, 걸음, 말을 할 때의 태도를 의식적으로 조절한다는 것이다. 시간을 갖고 어떤 효과를 원하는지 미리 생각해본 뒤 그 효과를 뒷받침해줄 말과 행동을 선택하라. 그런 다음, 말을 전할 때는 몸동작으로 말과 행동의 중요성을 강조하라 자신의 말과 행동이 어떤 영향을 미치게 될지 의식하면서 말하고 행동하면 짧은 시간에 더 많은 것을 할 수 있으며, 적은 노력으로 더 좋은 결과를 얻을 수 있다. 여러분이 느리지만 꾸준하고 변함없는 속도로 일을 해나가면, 더 많은 주목을 받을 수 있을 것이다. 잠시 쉬면서 시험해볼 시간을 갖는다면 일의 진행은 훨씬 더 빨라질 것이다.

"서두르면 자신을 망칩니다. 일을 비정상적일 만큼 빠른 속도로 밀어붙이면 오히려 망치게 되지요. 효율적으로 가공되지 않은 에너지 자체만으로는 한계가 있습니다. 빠르면서도 효과적으로 일하기란 무척 힘든 일이지요. 차분히 앉아서 남의 이야기를 경청하고 올바른 방향으로 일을 진행하십시오. 하던 일을 멈추고 분석하고 계획하세요." 커넥트유틸리티즈닷컴ConnectUtilities.com의 CEO, 마이클 트루펀트는 이처럼 맹목적인 '스피드'를 경계했다.

침묵은 자신감, 그리고 모종의 성숙함을 드러낸다. 반대로 서두른다는 것은 긴장하고 있으며 아직 능숙하지 못함을 나타낸다. 많은 사람들이 서두를 때 자신들이 어떤 모습으로 비치는지 알지 못한다. 서두르는 사람의 모습이 어떤 것인지 제대로 알고 있다면 그렇게 행동하지 않을 것이다.

메이킹더넘버스닷컴MakingTheNumbers.com의 설립자, 잭 폴비는 서두르지 마라고 경고한다. "성급한 사람이라는 이미지는 사람들이 원하는 이미지가 아닙니다. 어떤 사명감을 가지고 있는 사람이라는 이미지는 좋지만 서두르는 사람이라는 이미지는 좋지 않습니다. 남녀를 불문하고 일에 임할 때, 여러 번 심호흡을 하면서 한 템포 늦춘 다음 자신이 그 일을 잘할 수 있을지 생각해보는 시간을 가져야 합니다."

속도를 늦추라는 말이 일을 질질 끌고 장황하게 하라는 뜻은 아니다. 그렇다고 마치 달팽이가 움직이듯이 느릿느릿 늑장을 부리고 게으름을 피우라는 말도 아니다. 노쇠하고 지친 것처럼 보이라는 말은 더더구나 아니다. 완강하게 굴거나 고집 센 아이처럼 굴라는 말도 아니며, 겁먹은 것처럼 행동하거나 뒤처지라는 것도 아니다. 보조를 늦춘다는 것은 의도적으로 그리고 의식적으로 속도를 늦추는 것이다.

아랫사람들이 따를 수 있는 본보기가 되도록 하라. '지도자의 속도는 집단 전체의 속도다.' 라는 말에는 좋은 면과 나쁜 면이 동시에 존재한다. 중대한 순간에 적절한 속도로 일을 이끌어가는 것이 중요하다. 필요하다면 의식적으로 속도를 높이기도 하고 낮추기도 해야 한다.

광적인 태도, 성급한 판단, 빠른 말, 빠른 걸음걸이, 급한 식사, 즉각적인 대답 등은 다음과 같은 일을 야기할 수도 있다.

- 사람들에게 긴장, 산만함, 변덕스러움, 무모함, 경솔함, 숨 막힘, 두려움, 공포, 스트레스와 짜증을 유발하는 걱정 등을 내비친다.
- 주위 환경과 일에 압도된 것처럼 보인다.
- 일을 감당해내기에 부적합한 사람으로 보인다.
- 체계도 생각도 없어 보인다.
- 정직해보이지 않는다.
- 귀찮게 할 수도, 귀찮게 해서도 안 될 사람처럼 보인다.
- 말이 뚝뚝 끊어지고 무뚝뚝하며 무례하게 들린다.

여러분이 위에서 열거한 바와 같은 모습으로 보인다면, 상대편은 그렇게 생각하고 믿을 것이다. 사람들은 보이는 대로 믿기 때문이다.

사람들이 서두르게 되는 것은 상대편보다 몇 걸음 앞서야 한다는 생각 때문인데, 사람들이 그런 생각을 하게 되는 것은 주변 상황과 밀접한 관계가 있다. 우리 모두는 빠른 속도로 변화하고 성장하는 회사에 몸담고 있다. 현대 사회의 기술은 사물을 매우 빨리 변화시키며, 그로 인한 사람들의 스트레스 수준도 높다. 경제는 개개인의 통제 범위를 벗어난 지 오래다. 무리한 요구를 하는 고객과 의뢰인이 있고, 늘 가혹한 경쟁이 있다. 사람들은 이 모든 상황에 끊임없이 압박받고 있다. 그 때문에 마음이 급해지고 서두르게 된다.

하지만 일에 영향을 미치고 싶다면 이런 제반 여건에 휘둘려서는 안 된다. 사려 깊고, 신중하며, 깊이 생각하고 행동하는 태도를 유지해야 한다.

빠른 것보다는 신중한 태도가 매사에 더 효과적이다. 자전거 경주를 할 때 빨리 출발해서 대열을 앞지르려고 하면 곧 다른 선수에게 따라잡힌다. 대신 긴장을 조금만 풀면 경기가 끝날 때쯤 어느새 남들보다 앞서게 된다.

속도를 늦추면 다음과 같은 점에 도움이 된다.

- 자신감 있고 유능하며 편안하고 침착하고 냉정해 보인다.
- 사려 깊고 계획적인 사람으로 보인다.
- 자제력을 유지해준다.
- 쉽게 동요하지 않는다.
- 긴장을 푼 듯이 느긋해 보인다.

- 침착하고 조심스러우며 강인해 보인다.
- 품위 있어 보인다.
- 상대편에 대한 존중이 나타난다.
- 상대편이 말을 훨씬 더 잘 알아듣는다.
- 서두르는 데서 발생하는 실수를 최소화해준다.
- 불필요한 에너지 소모를 막아준다.

카멜 컴퍼니즈Calmal Companies의 CEO, 칼 제프의 말을 들어보자. "예전에 저는 결정을 내릴 때 아주 서두르곤 했었는데 지금은 항상 심사숙고합니다. 서두르면 문제가 발생하니까요. 어떤 문제에 대해 충분히 시간을 갖고 생각하지 않은 상태에서 나중에 실수임이 드러나게 될 경우, 저는 그것이 서둘렀기 때문에 일어난 일이라고 생각합니다. 심사숙고한 후 결정했는데도 여전히 결과가 나쁠 수도 있죠. 하지만 그 결과는 서둘러서 생긴 일은 아니죠."

속도를 늦추면 말하기 전에 먼저 생각할 수 있기 때문에 -또는 최소한 상대편에게는 그렇게 보이기 때문에- 더 분명하게 말할 수 있다. 칼 제프는 원래 이스라엘 어를 쓰는 사람이다. 그렇기 때문에 그는 영어로 말할 때는 상대편이 더 잘 알아들을 수 있도록 신중하게 생각해서 천천히 더 분명하게 말하려고 한다. 그 결과 그가 말하는 것은 모두 깊이 생각한 후에 말하는 것처럼 들린다. 상대편은 그의 다음 말을 기다리고 경청하게 된다. 물론 상대편이 그의 말을 이해하는 정도도 훨씬 높아진다.

영화배우 커크 더글라스는 뇌졸중으로 말이 어눌해진 뒤에 자신의 말을 듣는 사람들이 태도가 달라졌다고 한다. "병에 걸린 이후 내가 새롭게 알게 된 사실은, 사람들이 내 말에 전보다 더 많이 주의를 기울이게 됐다는 것입니다.”

Mento 속도를 늦추는 법

- 생각하라, 우선순위를 정하라, 그리고 선택하라.
- 실행하라.
- 원칙을 일깨워주는 연상 장치를 활용하라.

생각하라, 우선순위를 정하라, 그리고 선택하라.

하루에도 여러 번 –군것질거리를 가지고 편안한 자세로– 앉거나 서서 다음에 무슨 일을 어떻게 해야 할지 2분 내지 10분 정도 생각해보라. 생각하고 행동하고, 다시 생각하고 행동하고, 생각하고 행동하는 대신 오로지 행동만 한다는 것은 충격적인 일이다. 생각을 할 때 관찰하고 의문을 제기한 후, 우선순위를 정하고 난 다음 어떤 행동을 할 것인지 정하라. 다른 일보다 더 중요한 일이 있게 마련이다. 그런데도 수많은 사소한 일들에 밀려서 중요한 일을 잊어버리게 된다. 빨리 행동해야 한다는 생각 때문에 신중해야 한다는 사실을 간과하기도 한다. 세상에는 해야 할 일들도 많고 선택해야 할 것도 많다. 그럴 때 차분히 생각을 하면 복잡한 일들이 단순해질 수 있다. 중요도에 따라 우선순위가 정해지게 되기 때문이다.

“내가 사색하는 장소는 정원입니다. 차를 타고 일하러 나가기 전에 나는 뜰에 서서 주위를 한번 둘러보고 생각을 합니다. 우산을 쓴 채 정원에서 서류가방을 들고 10분 정도 서 있을 때도 있습니다. 그냥 바라보고 생각하면서 말이지요." 온보이Onvoy의 CEO, 재니스 앤은 이처럼 바쁜 틈틈이 짬을 내어 사색을 하려고 노력한다.

소방관들 사이에 '소방관은 절대 뛰어서는 안 된다.'라는 격언이 있다. 불 속으로 뛰어들기 전에 침착함을 유지하며 사태를 판단하는 것이 중요하다. 불가피하게 뛰어들어야 할 때에도 질서정연하게 조직적으로 접근해야 한다.

"마음은 정신없이 앞서가고, 입은 마음을 따라잡을 수가 없습니다. 내 마음과 입이 경주를 벌이고 있다고 할까요." 속도를 늦추고 더 많이 생각하려고 노력하는 한 CEO의 말이다.

"밖으로 소리 내어 말하기 전에 내가 말하려는 것을 스스로에게 모두 말해봅니다. 어떻게 들리는지 한번 들어보고, 필요하다면 바꾸기도 하기 위해서이지요." 한 CEO가 이렇게 말하기에 나는 그에게 다음과 같은 질문을 해보았다. "그러면 시간이 오래 걸리지 않나요?" 그가 말했다. "물론 시간이 더 걸립니다. 하지만 그 시간도 계속해서 단축되죠. 처음엔 생각하느라 시간이 많이 걸렸지만, 스스로 끊임없이 연습한 결과 이제는 단 몇 초만 투자하면 된답니다." 몇 초를 더 투자해서 실수 없이 최고의 효과를 낼 수 있는 말을 하는 것이 좋지 않을까?

아마존Amazon의 전자상거래 부문 부사장인 진 포프가 속도를 늦추기 위해 택한 방법은 질문을 던지는 것이었다. "속도를 늦추기 위해서 나는 질문을 해서 상대편으로 하여금 생각하도록 만듭니다. 그러면 성급히 행동으로 뛰어드는 일은 없어지고 태도가 침착해지지요. 나는 폭풍우 앞에서도 침착해지려고 노력합니다." 진 포프가 질문을 던진 이유가 상대편에게 생각할 기회를 주기 위해서였듯이 여러분도 스스로 생각할 여유를 갖기 위해 자신에게 질문할 수 있다.

선택을 하고 우선순위를 정하는 동안 속도를 늦출 수 있다. 속도를 늦추고 심호흡한 뒤 말을 하면, 말의 내용도 더 분명해지고 말하는 속도도 적절해진다. 상대편과 계속해서 눈을 마주치면 더 침착하고 편안해진다. 말이 여러분이 원하는 대로 분명하고 완전한 문장으로 나오기 때문이다.

생각하고 선택함에 있어 특히 중요한 순간은 상대편의 말이나 행동에 대응할 때이다. 성급히 말하고 성급히 행동하면 실수를 초래한다. 대신에 좀 더 천천히 대답하고 판단을 내린다면 자신감 있고 자제력 있으며 유능하고 침착하고 냉정하게 보일 것이다. 게다가 말하는 내용에 대한 오해와 각종 문제를 최소화해주기도 한다. "상대편에 대해 조건반사와도 같이 즉각적인 반응을 보이게 되면 내 안에서는 부정적인 에너지가 들끓어 오릅니다. 그래서 나는 긴장을 늦추고 숨을 들이쉬고 여러 번 생각해보면서 반응합니다. 때로는 '완전히 이해가 안 되는군요. 다시 한번 말씀해주시겠습니까?' 같은 질문을 해보기도 하죠." 어느 CEO의 말이다.

잭 폴비는 '재빠르다'는 것을 그만의 관점으로 해석하고 그에 따라 행동하는 사람이다. "재빠르다는 것은 말을 하는 데 있어 빨라야 한다는 것이 아니라, 이득보다 손해가 더 커지기 전에 말을 조심하는 데 재빨라야 한다는 것을 뜻합니다."

"나는 결정이나 선택을 하기 전에 잠시 멈춰서 그에 대해 깊이 생각해봅니다. 회의 도중에 생각이 머리에서 들끓어 불쑥 말하고 싶어질 때가 있습니다. 그럴 때는 말하는 대신 종이에 그 생각을 적어보는데 그러면 편안해집니다. 순간적으로 말하고 싶은 충동을 잊을 수 있습니다. 회의가 끝난 뒤 이메일이나 편지 또는 음성 메시지를 보내서 '제가 보기에는 이러이러한데 당신이 보기에는 어떤지요?' 라고 묻지요. 이것이 훨씬 효과적입니다. 전 오랫동안 CEO로 있었기 때문에 부하 직원들보다 문제점과 해결책을 빨리 포착할 수 있습니다. 하지만 제가 문제점과 해결책을 제시하는 것보다는 스스로 해결책을 찾도록 하는 것이 중요하다는 걸 깨달았죠. 제가 문제점을 지적하고 그에 대한 해결책을 제시해주면 사람들은 모든 문제를 내게 의지해 버립니다. 나는 문제 해결사가 되어 버리고 사람들은 스스로의 힘으로는 아무것도 하지 못하게 되지요. 그래서 저는 회의 시간에 입을 여는 대신 조용하게 글로 적어 보는 것입니다. 그들이 스스로 문제점을 발견하고 해결책을 찾을 수 있도록 하기 위해서죠." 굴브랜슨 매뉴팩처링Gulbrandsen manufacturing의 CEO, 돈 굴브랜슨이 속도를 조절하는 방법이다.

반응하기 전에 생각할 시간이 없다면, 첫 번째 반응을 질문으로 하라. 질문을 하게 되면 속도가 늦춰지고 대답할 시간을 확보할 수 있다. 질문함으로써 여러분은 우선순위를 정할 수 있게 되고, 행동의 방침을 배우고 선택할 수 있게 된다.

실행하라.

속도를 늦춰라. -서두르는 것은 좋지 않지만 속도를 늦추는 것만큼은 서둘러라- 생각하라, 그리고 주도면밀하고 사려 깊은 행동으로 실행하라.

"침착하라. 상대편의 위치를 낮출 것이 아니라 스스로를 낮춰라. 그리고 그 낮은 자세를 계속 유지하라." 제리 자인펠드가 어린이 대상 저서에서 쓴 말이다.

재빠를 수는 있지만 서두를 필요는 없다. 재빠른 것과 서두르는 것에는 차이가 있다. 서두르지 않고 여러분이 낼 수 있는 최대한의 속도로 갈 때, 더 빨리 그리고 더 효과적으로 목적지에 도달하게 된다. 그러면 편안한 속도로 품위 있게 일을 해내는 사람으로 보일 것이다. 속도를 늦추면 불필요하게 소모되는 에너지도 절약된다. 이때 비축된 에너지를 통해 정말 필요한 시점에 활용하도록 하라.

한 여성 중역은 속도를 늦추는 방법을 십분 활용했고 그 효과를 톡톡히 봤다고 이야기한다. "말을 할 때, 실내에 있는 사람들을 집중시키기 위해 일부러 말하는 속도를 늦추곤 합니다. 여성들은 보통 이런 방법을 잘 쓰지 않죠. 빠르고 기민하다는 평을 듣고 싶어 하니까요. 하지만 저는 말 속도를 늦추는 행동이 사람들에게 호기심을 불러일으키고 그 때문에 제 말에 더 귀를 기울이게 된다는 사실을 알게 되었습니다." 한 인사 담당 중역은 특정 인물의 승진 여부를 판단할 때, 매사에 적절하게 속도를 늦출 줄 아는지도 판단의 근거가 된다고 귀띔했다.

신중하고 주도면밀하다고 해서 활력이나 원기 왕성함이 부족한 것은 아니다. 한 CEO는 상황에 따른 완급 조절이 필요함을 강조한다. "만약 어떤 일이 지루하고 지나치게 시간을 잡아먹는다면 가급적 빨리 처리하는 것이 좋습니다. 좀 더 활동적으로 생활할 필요가 있으니까요. 하지만 속도를 늦출 필요가 있을 때는 그렇게 할 줄 알아야겠지요."

목적을 가지고 의도적으로 행동해야 한다. 동료의 사무실에 들어갈 때, 거리를 걸을 때, 당황하여 머리를 긁적거릴 때, 누군가를 소개받는 자리에서 상대편의 이름을 반복해서 말할 때, 전화를 받을 때, 음성 메시지를 남길 때 등등. 기타 다른 여러 가지 상황에서 목적과 의도를 명확히 하고 거기에 맞추어 완급을 조절하라.

여러분이 악수를 끝내고 자리에서 일어서서 사무실을 나오는 시간이 얼마나 빠른지 아는가? 사무실을 빠져 나오는 순간에도 항상 긴장을 늦추지 말고 의도적으로 속도를 늦추도록 하라. 도망치듯 나가는 사람처럼 보이는 것은 좋지 않으니까.

무슨 일을 하건 조금 더 천천히, 조금 더 침착하게, 그리고 조금 더 주의 깊게 하도록 하라. 소중한 사람에게 키스할 때 4초를 꽉 채워서 해보라. 오늘 진지하게 한번 시도해보라.

마치 통역을 대동하고 있는 것처럼 말해보는 것도 중요한 연습이다. 한 문장을 끝내고 다음 문장을 이야기하기 전에 듣는 사람이 해석할 수 있는 여유를 주라. 상사에게 말할 때 5살짜리 아이에게 말하는 것처럼 해보는 것도 좋다. 분명하고 신중하며 단순한 단어를 사용하라. 이해를 돕기 위해 중간 중간에 말을 끊고 적절한 얼굴 표정을 지어 주어라. 무척 심사숙고하고 있는 사람처럼 보일 것이다. 그러면 상대편이 여러분의 말을 더 경청하게 되고 당연히 이해도도 높아진다.

한번에 두 가지 일을 하는 것은 피하라. -먹으면서 책을 읽는다든지, 이야기하면서 타이핑을 친다든지, 혹은 내가 샌프란시스코에서 본 어떤 여자처럼 담배를 물고 뜨개질을 하면서 복잡한 도심의 거리를 걸어간다든지 하는 것처럼- 한번에 여러 가지 일을 할 수 있다는 것과 실제 그렇게 하는 것은 다르다. 사실 꼭 그럴 필요가 없을 때가 더 많다.

느리다는 것은 많은 경우에 매우 효과적이다. 어떤 일이든 연습인 것처럼 단순하게 받아들여라. 어떤 잡지의 기사에 따르면, 최근 유행하는 운동 스타일은 초저속운동이라고 한다. 예를 들어 가능한 한 최대로 느리게 웨이트 트레이닝을 한 다음 새로 생긴 근육과 체중 감소를 즐기는 것이다. 웨이트 트레이닝 기구를 10초에 걸쳐 아주 천천히 들어올리고 10초 동안 똑같은 속도로 내려놓아라. 보기와 달리 무척 어렵다는 것을 알게 될 것이다. 초저속운동 훈련 모임의 멤버 147명 중에서 오직 2명만이 10주간의 과정을 완전히 마쳤다. 스폰서의 말에 의하면, "결과는 무척 만족스럽지만 과정은 무척 고통스럽다."고 한다.

원칙을 일깨워주는 연상 장치를 활용하라.

잠시 멈추고, 숨을 고르고, 속도를 늦추고, 생각하고, 그런 후에 행동하기 위해서는 하루에도 수십 번 자기 자신을 다잡을 필요가 있다. 바쁠 때는 잊어버리고 기억하지 못하기 일쑤기 때문이다.

멈추고 생각하고 우선순위를 정하고 선택하는 일련의 단계를 조건반사처럼 행할 수 있도록 모종의 장치를 선택하라. 예를 들면 전화벨이 울릴 때마다 속도를 늦춰야 한다는 것을 스스로에게 상기시킬 수 있을 것이다. 포크를 들 때마다 속도를 늦출 수도 있고, 자줏빛을 볼 때마다 속도를 늦출 수도 있다.

전문 사진작가는 빛이 마음에 들 때까지, 얼굴 표정이 마음에 들 때까지 기다리는 법을 배운다. 빛이든 표정이든 위치든 그것이 무엇이든간에 서두르지 말고 속도를 늦추도록 스스로 단련하라.

속도를 늦추면 여러분은 글자 그대로 더 안전해지기도 한다. 샌프란시스코에서 엘리베이터를 탔을 때의 일이다. 엘리베이터가 고장이 나서

제 위치에 멈추지 않고, 23센티미터 정도 아래서 멈추고 문이 열렸다. 그 층을 눌렀던 남자 승객이 이것을 제대로 보지 못하고 서둘러 나가다가 바닥에 정강이뼈를 부딪치고는 꼴사납게 넘어졌다. 그가 조금만 속도를 늦추고 느긋하게 움직였다면 그런 상황은 벌어지지 않았을 것이다.

화술

똑바로 서서 얼굴에 미소를 띠고 속도를 늦춘다. 이것을 테스트하기에 가장 좋은 장소는 여럿이 같이 있을 때이다. 월요일 아침 회의가 될 수도 있고 이사회, 혹은 사친회 모임이 될 수도 있을 것이다. 여하튼 많은 청중들 앞에 서서 보고하고, 가르치고, 즐겁게 해주고, 자신의 주장에 대해 지지를 얻어야 한다.

한 CEO는 중요한 연설을 할 때면 청중 속에 자기 사람들을 심어놓는다. 자신의 말에 자동으로 기립박수를 터뜨리게 해서 다른 사람들로 하여금 동참하게 하려는 것이다. 그리고 라디오나 TV 토크 쇼에 출연할 때는 직원들을 시켜 자신이 대답하기 좋은 질문을 하도록 한다. 하지만 여러분이 다음 사항들을 지킨다면 그런 방법에 의존할 필요는 없을 것이다. 청중들은 자발적으로 여러분에게 다가올 테니까.

몇 가지 지켜야 할 사항들

- 부정적인 생각으로 스스로를 당황스럽게 하지 마라. 대신에 '나

는 이 일을 할 수 있다, 잘할 수 있다.' 라고 말하라.

- 발표문을 작성할 때는 서두를 강하게 쓰라. 그러고 나서 그 서두를 세 가지 내용으로 넓혀 나가라. -내용은 모두 빨리 이해할 수 있고 오래 기억할 수 있는 것이어야 한다- 개인적인 이야기로 그 내용을 보완하고 재미있는 말을 쓰고 몇몇 종류의 생존 경험담을 포함시켜라. -사람들은 생존을 좋아한다. 아프리카의 정글에서 살아남은 류의 치열한 것일 필요는 없고 직업적인 한계, 이혼, 파산, 실수 등을 극복한 것이면 된다- 또 다른 설득력 있는 이야기로 끝을 맺어라. 3분짜리든 30분짜리 연설이든 이 정도의 내용은 가능하다.
- 연설은 간단하게 하고 요점에서 벗어나지 않도록 하라. 발표의 내용이 무엇이든 길이는 짧게 하라. 최종 결과를 명확하게 해두고 시작하라.
- 시연을 해보라. 청중이 불과 서너 명밖에 없다 할지라도 미리 연습하라. 시험 삼아 연설 연습을 해보라. 방해되는 말이나 동작을 없애기 위해 한 번 이상 반드시 연습하라. 실제 연설을 할 때는 거의 몸에 익어 있어야 한다. 몸에 착 들어맞는 옷처럼 말이다. 연습 없이 즉흥적으로 하는 것은 잘못이다.
- 청중들이 여러분의 발표를 좋아하고, 여러분이 훌륭하다고 생각한다고 상상하라.
- 전날 밤에 옷을 체크하라. 단추는 제대로 달려 있는지부터 소소한 부분들을 꼼꼼히 점검하라. 연설 당일 신을 신발을 신고 연습하라. 소형 마이크는 옷감이 바스락거리는 소리를 성가시리만큼

잘 잡아내므로 실크 블라우스는 입지 않도록 하라. 실크 넥타이도 마찬가지다.

- 비행기가 연착하는 경우가 생길지도 모르므로 미리 날씨를 확인하라. 록 그룹 롤링 스톤즈Rolling Stones의 믹 재거는 미리 날씨를 확인하고 그에 따라 다음 행선지를 정하는 것으로 유명하다. 밴드의 다른 멤버들이 그렇게 하지 않더라도 말이다.
- 연설하기 직전에 음식을 삼가라. 트림, 갑작스런 음식 알레르기, 재채기 소리 등이 마이크를 통해 확대될 수 있다.
- 연단 뒤에 가만히 서서 말하지 말고 앞으로 나와서 이야기하라. 연설의 효과가 적어도 200%는 증대될 것이다. 좀 더 큰 소리로 말하라. 지나칠 정도로 많이 걷고 움직이거나 뛰지는 마라. 청중과의 거리를 다양하게 하라. 그렇다고 너무 많이 이리저리 왔다 갔다 하지 말고 연단 뒤로 천천히 들어갔다 나왔다 하면서 청중의 시선이 분산되지 않을 만큼 움직여라. 몸의 움직임이 말로 전달하는 메시지를 확실히 보강해주도록 하라. 준비된 자세로 똑바로 서서 얼굴에 미소를 지어라.
- 말을 시작할 때는 자신이 원하는 것보다 더 천천히 그리고 더 신중하게 말하라. 시작할 때뿐만이 아니라 연설이 끝날 때까지 계속 그렇게 해야 한다. 그렇게 할 때 여러분은 준비된 사람처럼 보인다. 페이스를 신중하게 유지하라. 시간이 다 돼 간다고 해서 속도를 내지 마라. 대신 내용을 끊어라. 앞 연설자가 배정된 시간을 넘겼다고 해서 여러분도 그래도 된다고 생각하지 마라.
- 청중에게 이야기할 때 마치 오래된 친구들끼리 모여 대화를 나

누면서 정보를 주고받는 것처럼 하라. '우리는 모두 한가족'이라는 태도로 청중에게 접근하라.

- 말을 더듬게 될 정도로 지나치게 빨리 말하지 마라. 그리고 똑같은 단어나 표현을 자주 반복하는 것은 피하라. '그리고, 에, 에또' 등의 말은 없애라. 문법이나 발음을 주의하라.
- 발음으로 주목을 끌 수 있도록 단어를 활용하라. 그러기 위해서는 대본을 잘 써야 하고 그 대본에 대한 연습이 필요하다. 스스로의 말에 귀 기울이지 않거나 청중의 반응에 귀 기울이지 않는다면 연설을 잘 해낼 수 없다.
- 말을 너무 많이 하지 마라. 쉬지 않고 말하는 상황은 피하라. 속도를 늦추고 청중들이 따라올 수 있도록 시간을 주어라. 청중들에게 반응을 요구하라.
- 발표가 너무 딱딱하지 않도록 주제에 대한 참고 사항들을 많이 포함시켜 청중의 이해를 돕도록 하라.
- 지나치게 가식적이거나 뭔가를 구걸하는 듯한 간절한 미소가 아니라 편안한 미소를 유지하라.
- 발표하고자 하는 본질을 명확히 드러내라. 그러면 더 좋은 평가를 받을 것이다.
- 시각적인 보조기구를 적절하게 사용하라. 파워포인트를 사용할 때는 프리젠테이션 보드뿐만 아니라 발표자인 자신의 얼굴에도 빛을 비추어라. 수많은 CEO들이 발표 도중 조명이 비춰지지 않아서 글자 그대로 '어둠 속에' 있는 우를 범한다.
- 몇 만 명쯤 되는 사람을 수용할 수 있는 공간에서 몇 백 명을 모

아놓고 연설을 하는 그런 일은 없도록 하라. 청중에 맞는 공간을 정해야 한다는 말이다. 위성 전송을 피하라. 말할 때 순간적인 지체가 있어서 마치 여러분이 질문을 이해하고 대답을 만들어내는 데 시간이 더 필요한, 둔한 사람으로 보이게 만든다.

- 번개 등의 자연재해로 전력, 조명, 음향 시스템이 나가더라도 적응하고 연설을 계속할 수 있도록 준비하라. 기술에 의존하지 마라.
- 쉬는 시간에 화장실에 갈 때나 사적인 대화를 나눌 때는 마이크를 벗어놓아라. 켜져 있어서 뭔가 실수를 하게 될지도 모른다.
- 연단에 서기 전에 혹은 연설이 끝난 후에도 무대의 연장선에 있음을 기억하라. 차에서 내려 주차장을 가로질러서 회의실로 걸어갈 때 등 여러분이 등장한 처음부터 매 순간, 움직임 하나하나를 사람들은 주시하고 있다.
- 예상되는 질문에 대해 대비하라. 훌륭한 질의응답은 대화를 나누는 것과 같다. 그러므로 어떤 질문이 있을지 예상해보고 그에 대한 대답을 연습하라.
- 질문 -적대적인 질문 및 그 밖의 질문- 에 잘 대처하기 위해서는, 우선 질문자의 관점을 인정하고 문제를 제기해준 데 대해 감사하라. 경험에서 비롯된 여러분의 견해를 말하라. -어느 누구도 상대편이 직접 겪은 경험에 대해 반론을 제기할 수는 없다- 상대편의 경험을 인정하라, 하지만 여러분의 경험 또한 말하라. 질문의 내용을 되물어볼 때 부정적인 말을 반복한다거나 감정적인 단어를 사용하는 것은 삼가라.

그리고 연설이 끝났을 때, '경청해주셔서 감사합니다.' 라고 덧붙이는 것은 훌륭한 마무리이다. 청중들은 존중받고 있다고 느끼며, 거의 대부분의 경우에는 박수를 조금 더 많이 보내줄 것이다.

침묵하고 경청하라

여러분의 입에서 나오는 모든 말에 대해 완벽하게 책임을 져라. 무슨 말을 해야 할지 정확하게 모른다면 말하지 마라. 이미 이 세상은 소음 공해로 가득 차 있다. 거기에 불필요한 말을 함으로써 소음을 더하지 마라.

"상대편에게서 내가 원하는 말을 듣지는 못한다 하더라도, 상대편이 적어도 내 말을 납득하게 하는 법은 배웠습니다. 대개의 경우, 내가 경청하지 않는 듯한 느낌을 주면 상대편 역시 내 말에 귀 기울이지 않습니다. 상대편에게 존중받으려면 상대편의 말을 경청해야 한다는 것이 내 생각입니다. 일단 그렇게 하면 상대편도 내 말에 더 귀를 기울이니까요. 앞으로 듣게 될 말이 마음에 들지 않는 말일 경우라면 더더구나 상대편의 말에 더 귀를 기울일 필요가 있죠." 커넥트유틸리티즈닷컴의 CEO, 마이클 트루펀트는 상대편의 말을 경청해야 하는 필요성을 주장한다.

화젯거리를 제한한다고 해서 여러분이 전하고자 하는 바를 제한한다는 뜻은 아니다. 필요한 것을 말하라, 그리고 필요하지 않은 말은 하지 마라. 말하지 않을 경우 좋은 점은 여러분이 말하지 않는 것에는 아무도 귀를 기울이지 않으며, 따라서 말하지 않은 것 때문에 곤경에 빠지는 일은 없다는 점이다.

침묵하고 경청한다는 것이 자신의 뜻을 전하는 데 있어 우둔하고 소심하다는 뜻은 아니다. 자기표현을 포기하거나 입을 삐죽이면서 침묵하고 있으라는 뜻도 아니다. 말하고 행동하기 전에 먼저 듣고 생각하라는 뜻이다. 성경 야고보서 1장 19절에서 '듣는 데는 민첩하고 말하는 데는 천천히 하라.' 고 했듯이 말이다.

입을 다물고 경청함으로써 얻을 수 있는 이점은 너무나 많다.

- 끊임없이 대답하느라 정신적, 신체적 에너지를 쏟아 붓는 대신 그 에너지를 비축할 수 있다.
- 상대편의 말과 행동에 더 주의를 기울이게 된다.
- 지각 있는 사람처럼 행동하게 된다.
- 상대편의 말에 적절한 반응을 생각해낼 시간을 벌게 된다.
- 신뢰를 얻게 된다.
- 말을 너무 많이 해서 곤경에 빠지는 것을 피하게 된다.
- 당혹스러움에서 스스로를 구하게 된다.
- 상대편의 자존심을 지켜주게 된다.
- 따뜻하고 성실하며 인간적으로 보인다.
- 누군가의 자존심을 상하게 하는 것을 피할 수 있다.
- 인간적으로 더 강하게 보인다.
- 우둔해 보일 위험이 줄어든다.
- 감정적인 폭력을 행사하지 않게 된다.

오래되고 유명한 격언인 '침묵은 금이다.' 라는 말에 내가 하고자 하는 모든 뜻이 함축되어 있다.

여러분은 자기 자신뿐만이 아니라 상대편에게도 귀를 기울여야 한다. 숨을 깊이, 그리고 많이 들이쉬어라. 머릿속에서 대답을 만들어내려는 노력을 멈춰라. 그냥 귀를 기울여 정보를 수집하라.

Mento 침묵하고 경청하는 법

- 생각하라, 우선순위를 정하라, 그리고 선택하라.
- 실행하라.
- 원칙을 일깨워주는 연상 장치를 활용하라.

생각하라, 우선순위를 정하라, 그리고 선택하라.

무엇을 말할 수 있을지 생각해보라. 말하지 않고서도 잘 해낼 수 있는 것이 무엇인지 생각해보라. 그런 다음에 남은 것을 말하라. 말할 수 없을 만큼 어려운 일은 없다.

반드시 말해야 하는 것들 중에서 우선순위를 정하고 말해야 할 시기를 택하라.

요르단의 누어 왕비가 자신의 남편 고 후세인 왕을 회상한 기사의 내용이다. "나는 왕을 성가시게 할 만한 것들은 가능한 한 말하지 않으려고 했습니다. 그가 나를 필요로 한 이유는 자신이 져야 하는 엄청난 짐을 덜어주기를 원했기 때문이었습니다. 당혹함이나 상처 따위의 제 감정으로 그에게 짐을 보태거나 무엇을 해야 할지 몰라 그에게 부담이 되기는 싫었거든요. 나는 가능하면 왕에게 도움이 되려고 노력했고, 내 자신의 걱정거리는 스스로 해결하려고 노력했습니다."

상대편과 모든 것을 공유할 필요는 없다. 그러므로 끊임없이 수다를 떨어댈 필요는 없다. 생각한 바를 모두 표현해야 하는 것도 아니다. 상대편이 이야기하는 내용에 맞춰서 반드시 자신의 이야기를 해야 하는 것도 아니다.

말을 적게 하고 더 많이 듣는 것은 완전히 터놓고 이야기를 나누는 것과 충분히 양립할 수 있다. 적절한 장소에서 적절한 것만을 분명하고 완전하게 말해야 한다. 말하고 싶은 것, 또는 말할 수 있는 것 모두를 말해서는 안 된다.

복도에서 누군가를 만났을 때, 끝없이 주절주절 대화를 나눌 필요는 없다. 그냥 손 흔들고 미소 지으며 지나가면 된다. 대화를 끝맺고 싶다면 말을 멈추는 것도 좋은 방법이다.

"모든 것을 말해야 한다고 생각하지 마십시오. 여러분이 똑똑하다는 것은 모두가 알고 있습니다. 전부 다 말할 필요는 없습니다." 맥더미드 프린팅 솔루션즈MacDermid Printing Solutions의 CEO, 스테판 라겐은 말을 아껴야 한다며 이렇게 말했다.

상대편이 여러분의 말을 편하게 경청하도록 하라. 10초 이내에 상대편이 왜 여러분의 이야기에 주목해야 하는지를 설명한다면, 그들은 기꺼이 경청할 것이다. 만약 그 말 속에 자기 자신에 대한 것이 있다면 그만큼 더 주의를 기울이게 될 것이다. 다음 30초 동안은 상대편에 대해 더 많이 말하라. 솔직하고 간결하게 말하라.

질문을 활용하면 말해야 할 때와 침묵해야 할 때를 판단하고, 우선순위를 정하고, 선택하는 데 많은 도움이 된다. 경청하면 질문해야 할 필요가 있는 것들이 분명히 드러난다. 질문은 여러분이 침묵할 수 있는 구실이 되고, 상대편이 계속 말을 하게 한다. 질문은 또한 대화 중간에 끼어들 수 있는 수단이 되기도 한다.

푸틴의 리더십에 대해 설명한 책이 있다. "말을 덜하고 더 많이 들어라. 말할 필요가 없는 것은 어떤 것도 말하지 마라. 성급하게 결론을 맺지 마라. 대신 결정해야 할 것이 생기면 그때 결정하라. 상대편이 자신을 과소평가하도록 하라. 어떤 반응을 보일지 미리 계산하라." 푸틴의 말이다.

실행하라.

멈추어라. 침묵을 지켜라. 말하는 대신 미소를 지어라. 질문하라. 계산하라. 경청하라. 주의를 기울이라. 들은 바를 적어라. 반복해서 질문하라. 계속 침묵을 지켜라.

한 회사 사장이 내게 이렇게 말했다. "저는 대화를 주도해서 혼자 다 말해 버리고 불가피할 때만 입을 다무는 경향이 있습니다. 말을 많이 하지 않으면 말할 기회조차 얻지 못할까봐 걱정을 많이 하는 편입니다. 하지만 어느 날 입을 다물고 다른 누군가에게 질문해보고는 깜짝 놀랐습니다. 그들은 내가 놓치고 있었던 아주 중요한 것들을 알려주었거든요."

자기의 생각을 다 말해 버리지 않고는 못 견디는 사람들이 있다. 어떤 내용을 말했든 간에, 대부분의 경우 여러분은 이미 말을 너무 많이 해버린 것이다. 말할 필요가 없는 것들을 말하거나 똑같은 말을 너무 많이 반복한다면 상대편은 대화의 초점을 잃고 동요할 것이다. "상대편 또는 여러분 자신에게 이익이 될 만한 것이 아니면 말하지 마라. 사소한 대화는 피하라."라는 글에서 벤 프랭클린은 대화의 내용을 가릴 것을 당부했다.

생각을 밖으로 너무 크게 말하지 마라. 그것은 상대편의 생각을 방해한다. 상대편에게 이야기를 들려주기 위해서나 똑똑해 보이기 위해서 또는 지나친 자부심 때문에 주목을 끌기 위해서 말하지는 마라.

키가 190센티미터인 한 CEO의 말이다. "나는 상대편의 말을 들을 때는 가까이 다가가서 허리를 구부립니다. 그리고 내가 말할 때는 뒤로 물러섭니다. 그렇게 하면 아주 효과적이지요."

상대편의 말을 들을 때는 여러분의 의견은 접어두어라. 듣는 데 방해가 되기 때문이다. 여러분이 경청하고 있을 때 상대편이 바라는 것은 대답이 아니다. 그들이 원하는 것은 공감, 동정 그리고 이해이다.

"상대편이 내 말에 귀 기울이게 하는 가장 좋은 방법은 다른 모든 것들을 배제하고 오직 그 사람, 그리고 그 사람이 말하는 내용에 주의를 집중하는 것이라는 사실을 알게 됐습니다. 방 안에 있는 다른 사람들은 머릿속에서 지우고 다른 모든 사람들이 그 순간 무슨 생각을 하는지도 제쳐둔 채, 오직 말하고 있는 그 사람에게만 귀 기울여야 합니다." 액센추어Accenture의 파트너, 비스다 칼슨의 말이다.

도교 경전에 이런 말이 있다. '현명한 자는 침묵하며, 재주 있는 자는 말을 하고, 어리석은 자는 논쟁을 한다.'

알트란 테크놀로지Altran Technologies의 엔지니어, 시릴 콕 박사는 프랑스에서 근무할 당시, 자신의 상사에 대해 이렇게 표현했다. "그는 내가 만난 사람 중 가장 인상적인 사람이었습니다. 그는 자신이 어떤 사람인지 말할 필요가 없었습니다. 모두가 그가 중요한 사람이라는 사실을 알고 있으니까요. 그는 다소 느리고 의미심장한 태도로 아주 조심스럽게 행동합니다. 자신이 하는 말에 대해 매우 신중합니다. 미소를 띠고 상대편을 보면서 듣고, 듣고 또 듣지요. 그리고 질문하기 전에는 잠시 한숨을 돌리고 생각할 여유를 갖습니다. 그럼으로써 조금 전에 상대편이 한 말이 더 중요해지고, 상대편으로 하여금 자신이 중요하다고 느끼게 만드는 것입니다." 그는 계속해서 이렇게 말했다. "이런 사람은 프랑스에서는 아주 드뭅니다. 그렇기 때문에 인상적이어서 잊을 수가 없는 것이죠." 사실, 그런 사람은 프랑스뿐 아니라 세계 어디에서도 드물다.

질문하고 들을 때는 우편물을 가려낸다든지, 서류 작업을 한다든지, 노트북 컴퓨터로 작업을 한다든지, 이리저리 두리번거려 주의를 산만하게 한다든지 하는 것은 삼가라. 다른 무엇인가를 하는 산만한 사람이 되지 말고, 모든 감각을 집중한 채 적극적인 청중이 돼라.

온몸으로 들어라. 머리뿐만이 아니라 마음으로 들어라. 자기 자신의 생각, 열망, 욕구 등은 비워라. 자신의 입이 움직이고 있을 때는 상대편의 말은 듣지 못한다. 상대편이 말하는 것보다 더 많이 들어라. 듣고 있는 내용이 마음에 들지 않더라도 훌륭한 청중이 되어라. 만약 이 모든 것들을 잘한다면 끝내는 열중해서 듣느라 지쳐버리게 될 것이다. 하지만 사람들이 운동을 하고 나서 지쳤을 때 말하는 것처럼 '지쳐도 기분 좋게 지치는 것이다.'

"듣는다는 것은 지도자에게 있어 가장 강력한 능력입니다. 특히 여러분이 경청하고 있으면, 상대편은 말하지 않고 넘어가려던 것까지도 말하게 될지 모릅니다." 달러 제너럴Dollar General의 CEO, 칼 터너 주니어가 말하는 경청의 효력이다. 입을 다물고 경청할 수 있는 좋은 기회를 절대 놓치지 마라. 그냥 들어라. 판단하지 마라.

대신, 무엇인가를 말하려고 결정했을 때는 말을 시작하기 전에 3부터 10까지 세라. 방 안에 있는 계단이나 사람 혹은 전등의 수를 세라. 속도를 늦추도록 스스로를 억제하고 상대편이 말하고 있는 것에 집중하라. 그런 다음 자신이 말하려고 하는 것에 주의를 돌려라.

불필요한 군더더기 말 –예를 들면 '아, 에, 음' 등– 을 얼마나 많이 사용하고 있는지 계속해서 세는 것도 좋은 연습이다. 전체 시간에서, 듣는 것에 비해 실제로 말하는 시간의 비율이 얼마나 되는지 계산해보라. 입을 닫도록 자기 자신을 억제하는 횟수가 몇 번이나 되는지 세어보라.

불가피하게 말해야 할 때는 반복하라. 상대편이 한 말을 되풀이하라. 그러면 여러분이 듣는 시늉만 하며 단지 말하기를 멈추고 있었던 것이 아니라, 정말로 상대편의 말을 경청하고 있었다는 사실을 보여줄 수 있다. 며칠 후 몇 가지 구체적인 부분을 다시 말해준다면 더욱 좋다.

존 데이비슨 록펠러는, 나중에 활용하기 위해 중요한 정보를 기억해 두곤 했는데, 이는 훌륭한 청취자가 되기 위한 자기 훈련이었다. "그는 상대편이 말한 중요한 포인트를 반복해서 말하곤 했다. 매일 밤 그는 베개에다 대고 큰 소리로 이야기하며 낮에 있었던 사건들을 회고하곤 했다." 〈사업상의 지혜에 관하여Little Book of Business Wisdom〉의 저자, 피터 크라스는 록펠러에 대해 이렇게 묘사한다.

끼어들 때는 현명하게 하라. 말하는 사람을 방해하려 하지 마라. 끼어들고자 할 때는 자신이 말하고자 하는 요점을 분명히 한 후, 화자에게 발언권을 되돌려주라.

여러분은 때때로 화자를 도와주어야 한다. 그들은 긴장으로 주절주절 지껄여대느라 자신의 시간을 소진하고, 여러분의 시간마저 허비해 버린다. 간간이 의견을 제시해줌으로써 적절히 대화를 제어하라. 대화를 제어할 때는 주제에서 벗어나지 않도록 하고, 두서없는 이야기는 피하면서 동시에 주의 깊게 해야 한다.

간혹 '흠' 하는 소리로도 족할 것이다. '그에 대해 더 이야기해주세요. 혹은 예를 들어 주십시오.' 역시 아주 좋다. 장황하게 지엽적인 설명을 하는 대신 믿음이 담긴 눈으로 쳐다보고, 어깨에 손을 한번 얹어주고, 천천히 고개를 깊이 끄덕여주도록 하라.

누군가가 '알겠습니다.' 라고 말한다면, 아마도 사실은 듣지 않았을 경우가 더 많다. 그것은 끼어드는 말로는 좋은 예가 아니다. 그런 발언이 실제로 뜻하는 바는 '당신이 방금 한 말에 대해 도무지 모르겠습니다.' 이다.

원칙을 일깨워주는 연상 장치를 활용하라.

대화가 한창 진행되는 도중에 여러분은 주의가 산만해져 스스로를 제어해야 한다는 사실을 잊을 수도 있다. 다시 정신을 집중할 수 있도록 어떤 장치를 설정하라. 소리, 단어, 물건이 될 수도 있다. 나는 특정한 보석을 사용한다. 주의가 산만해지기 시작하면 나는 그 보석을 쳐다보거나 만진다. 그러면 그 보석은 내가 속도를 늦추고 입을 닫고 더 많이 듣도록 일깨워준다.

한 변호사는 주의가 산만해질 때 이런 방법을 쓴다고 한다. "상대편의 말에 집중하고 경청하도록 책상 밑에서 내 무릎을 꼬집습니다. 내 말이 너무 빨라질 때도 그렇게 하지요. 그것은 내 자신을 상기시켜 주는 행위인 것입니다, '이봐, 멈춰, 속도를 늦추라고.' 라는 말이지요."

산만해지기 시작하는 그 순간을 포착해서 바로잡지 않는다면 이전의 나쁜 습관으로 되돌아갈 것이다. 과거 펜을 잡고 메모한다는 것은 누군가의 말에 귀를 기울이고 있다는 표시이기도 했다. 그러나 노트북 컴퓨터를 잡고 이메일을 확인하는 것은 전혀 다른 뜻으로 비쳐진다.

"경청해야 하는 첫 번째 이유는, 순전히 여러분이 아직 모르고 있는 무엇인가를 배울지도 모른다는 사실 때문입니다. 두 번째는, 거기서 얻은 정보가 여러분의 믿음을 재확인시켜 줄 수 있기 때문이지요. 세 번째 가장 중요한 것은, 인간에 대한 존중 때문입니다. 여기에도 황금률이 적용됩니다. '상대편이 자신에게 해주길 바라는 대로 상대편에게 해주라.' 는 것이지요." BEA 시스템스의 부회장이자 총지배인, 체트 카푸어는 경청해야 하는 이유를 이렇게 조목조목 들고 있다.

"어느 누구도 모든 것을 아는 체하는 사람을 좋아하지는 않습니다. 그건 확실합니다." 매사에 솔직한 친구가 내게 해준 말이다.

Chapter 7

퍼즐의 완성

운명이 두려워 멈추는 사람이야말로 불쌍한 사람이다.
– 루이스 라모르

이제 여러분은 '6단계 행동 원칙'을 알게 되었다. 수행 카리스마라는 목적을 성취하고자 한다면, 여러분은 언제나 이 6단계 모두를 지켜야 한다. 뭔가를 성취하기 위해서는 지각 있게 행동하고, 사려 깊은 태도로 예의를 갖춤으로써 상대편으로부터 자신이 원하는 효과적인 반응을 얻을 수 있어야 한다. 이 6단계를 여러분 자신의 일부로 만든다면, 인격적으로나 직업적으로 성공하기 위한 퍼즐을 완성하게 될 것이다. 자, 이제 성공은 여러분에게 달려 있다.

반대로 행하라

여러분은 분명 이 6단계에서 어떤 유형을 발견했을 것이다. 이 모든 단계를 잘하기 위해서는, 사람들이 일반적으로 행동하는 것과 반대로 행동해야 한다. 모든 일에, 그리고 거의 모든 순간에 적용되는 단순하고도 절대적인 원칙이 있다. 바로 '어떠한 상황에서도 대부분의 사람들이 일반적으로 행하는 것을 면밀히 관찰하고 그와 다르게 행동하라.' 는 것이다. 정반대의 것, 혹은 적어도 반대에 가까운 것들을 택하고 포용하라.

- 상대편이 먼저 하지 않을 때 시작하라.
- 상대편에 비해 부족하다거나 인정받을 만한 자격이 없다고 생각할 것이 아니라, 상대편이 인정해주기를 바라라.
- 상대편을 비판하는 대신 포용하라.
- 답을 알고 있더라도 질문하라.
- 혼자서 알아서 하는 것보다는 부탁하라.
- 지치고 힘들더라도 늘 똑바로 서 있어라.
- 내키지 않을 때도 늘 미소 지어라.
- 자신의 역할에만 충실한 것보다는 인간적인 면을 보여주라.
- 심각한 상황일 때도 유머를 활용하라.
- 두려운 상대라 하더라도 적절한 스킨십을 하라.
- 해야 할 일이 많을 때 서두르지 말고 도리어 속도를 늦추어라.
- 할 말이 많을 때에는 침묵하고, 듣고 싶지 않을 때도 경청하라.

우리 모두는 항상 '인생에서 성공하기 위해서는 한 가지 일을 아주 잘해야 한다.' 는 충고를 듣는다. 여기에 덧붙여서, 여러분이 잘하려고 택하는 한 가지 일은 대부분의 사람들이 행하는 것과 반대되는 것이어야 한다.

수행 카리스마를 위해서는 반대로 행하라. 사회적 규범을 거슬러라.

그러나 기이하거나 어리석게 보여서는 안 된다. 주류와 반대되게 행동하지 않는다면 아주 큰일을 해내기는 힘들다. 남과 다르게 행동할 줄 알아야 큰일을 해낼 수 있는 것이다.

어떤 중역은 대하기 불편한 사람일수록 피하기보다 더 가까이 다가간다고 한다. "저는 항상 저와 가장 큰 문제가 있는 사람 바로 옆에 앉습니다. 상대편의 예상과는 반대로 행동하지요. 그러기 위해서는 용기가 필요합니다. 조금이라도 해결책을 얻을 확률이 있다면 나는 더 가까이 다가갑니다."

반대로 행한다고 해서 완고하거나 완강하라는 것은 아니다. '반대로 행한다'는 뜻은 다음과 같다.

- 유연하고 융통성 있으며 마음이 열려 있는 것이다.
- 파괴적이지만 유쾌하다.
- 새로운 분야에서 새로운 것을 발견하는 데 열려 있다.
- 누구나 알고 있는 명약관화한 것을 피하고 상대편이 예상하지 못하는 행동을 한다.
- 보편적인 것에 동조하기를 삼가고 경계한다.
- 예전과 다르게 행동하는 데 있어 용감하다.

그렇다고 해서 일반적인 것은 틀리고, 그 반대가 옳아서가 아니다. 접근을 달리하면 결과도 달라질 것이기 때문이다. 때로 무엇을 할지보다 무엇을 하지 않을지가 더 중요하기도 하다. 이때 하지 말아야 할 것은, 모든 사람이 하고 있거나 여러분이 지금까지 해왔던 일들이다. 적어도 반대로 행한다는 것은 여러분에게 엄청난 자유를 주고 무한한 선택의 기회를 준다. 한 CEO가 "약간은 다르고 솔직하다는 평판을 얻기만 한다면 스스로가 얼마나 많은 것들을 해낼 수 있는지에 대해 놀라게 될 것입니다."라고 말했듯이 말이다.

이 원칙들을 쓰고 있는 순간, 나 또한 일반적인 것과 반대되는 말을 했다. 그렇다고 해서 현재 여러분이 틀렸다는 말을 하려는 것이 아니다. 하지만 여러분이 현재 하고 있는 일이 원활하지 않다면 틀렸기 때문일지도 모른다. 어쨌든 지금 하고 있는 일은 잠시 멈추어라.

잠시 시간을 갖고 여러분이 반복적으로 겪어왔던 문제점, 사람이나 상황에 대해 생각해보라. 그리고 다음의 질문들에 대답해보라.

1. 상황이 어땠는가?
2. 그것에 대해 내가 한 일은 무엇인가?
3. 원하는 대로 일이 진행되지 않았을 때, 달리 내가 한 일은 무엇인가?
4. 그것도 제대로 되지 않았을 때, 달리 내가 한 일은 무엇인가?
5. 그 역시 제대로 되지 않았을 때, 달리 내가 한 일은 무엇인가?

대개의 경우 여러분은 3번에서 막혀 더 이상 나아가지 못할 것이다. 4번과 5번은 물어볼 필요조차 없을 것이다. 여러분의 행동을 변화시켜 반대로 행해보고, 또 다시 필요한 만큼 변화시켜 보라. 옳고 그른 것은 절대 없다. 항상 다른 것과 또 다른 것이 있을 뿐이다.

'반대로 행하는 것'이 어떤 문제에서는 훌륭한 해결사이기도 하지만 상대편과 차별화시켜 주는 데도 큰 몫을 한다. 허버트 마인즈 어소시에 이츠Herbert Mines Associates의 전무이사, 데이브 하디의 말에서 대다수와 구별되는 행동이 어떤 효용을 지니는지 엿볼 수 있다. "어제 나는 면접을 한 지원자들로부터 감사하다는 사례 편지를 몇 통 받았는데, 5통은 이메일이었고, 1통은 손으로 직접 쓴 편지였습니다. 나는 편지를 써서 보낸 사람에게 전화를 해서 말했지요. '몸소 시간과 노력을 들여 편지를 보내주셔서 대단히 감사합니다.' 즉시즉시 보내는 이메일은 쉽고 흔하지만 사람을 돋보이게 하지는 못하는 법이지요."

반대로 행하면 창의력 향상에도 도움이 된다. "아이들과 함께 우리는 하루를 거꾸로 보냈습니다. 아침 식사로 저녁을 먹는 것으로 시작해서 나중에 저녁 식사로는 아침을 먹습니다. 아이들에게 보다 창의적이 될 것, 너무 뻔한 일은 하지 말 것을 가르치는 과정이죠." 아마존의 전자상거래 부문 부사장인 진 포프는 이렇듯 반대로 행할 것을 강조한다.

반대로 행하면 칭찬할 때도 효과가 커진다. "미인에게는 지적인 면을 칭찬하고, 지적인 사람에게는 미에 대해 칭찬하라."라고 현자는 말한다.

반대로 행하면 유머의 효과도 커진다. 컨트리 가수 브룩스가 "목이 긴 병에 담긴 술을 마실 때는 차라리 손이 필요 없다."라고 가사에 썼을 때, 이는 유머에 반드시 필요한 '역발상'에서 나온 것이다.

다음은 반대되는 행동에 대한 다양한 이야기들이다.

"전체적인 분위기의 흐름과 상반되게 행동하라. 상황이 긴박할 때는 외면상으로는 더 침착해져라. 일이 순조롭게 진행될 때는 오히려 긴장하라." –뉴욕 양키즈 감독, 조 토레

"유능한 매니저들은 곤경에 빠졌을 때, 대개의 사람들이 무시하는 단순한 충고를 따른다. 대담해져라. 즉시 행동하라. 빨리 움직여라." -〈포춘지〉

"시장이 항상 옳다는 것이 보편적인 금언이다. 하지만 내가 생각하기에는 시장은 항상 잘못돼 있다." -억만장자 투자가, 조지 소로스

"마케팅 분야에서 내가 하는 일들은 모두 남들이 하지 않는 것이다. 아무도 시간을 들이거나 솔선수범하지 않는 그런 일들이다. 주문을 받을 때 상대편에게 완성일자와 배송일자를 통지해준다. 그러고 나서 약속 날짜보다 항상 하루 먼저 배송한다."

-웨스턴 건레더Western Gunleather의 창업자, 존 비안치

"다른 사람들이 무엇을 하는지를 유심히 본다. 그들을 따라하기 위해서가 아니라, 그 반대 방향으로 나가기 위해서."

-레스토랑 디자이너, 팻 쿨레토

"머리를 빗을 때도 반대쪽 손으로 빗어라, 그러면 두뇌 세포가 골고루 발달할 것이다." -최근 연구 결과에 대한 AP통신의 보도

"배를 만들고 싶어 사람들을 모았다면, 목재를 가져오고 톱질하고 못질하는 그런 일은 시키지 마라. 대신, 바다에 대한 열망을 가르치라."

-어린 왕자의 작가, 생텍쥐페리

“숲 속에 두 갈래 길이 나 있었다. 그중에서 나는 사람들이 가지 않은 길을 택했고, 그것이 내 운명을 바꾸어놓았다.” –로버트 프로스트의 시

“모든 사람의 생각이 똑같다면, 결국 아무도 생각하지 않는 것이다.”

–조지 에스 패튼 주니어 장군

“그는 자신을 위해 쓰는 돈의 10배를 늘 자선단체에 기부한다.”

–존 템플턴 경에 대한 기사

“완전히 다르지 않고는 성공할 수 없다. 다른 사람들이 우리에게 미쳤다고 말할 때 나는 이렇게 말한다, ‘오 그래요? 그럼 계속 그렇게 해야겠군.’ 사람들이 더 크게 말할수록 나는 더 많이 흥분한다.”

–오라클Oracle의 CEO, 래리 엘리슨

“좋은 소식은 소식이 없는 것이다, 소식이 없는 것은 나쁜 소식이다, 그러므로 나쁜 소식은 좋은 소식이다.”

–어플라이드 머티리얼Applied Materials의 CEO, 짐 모건

“우리가 생각한 것은, 가기 힘든 장소에서 영화제를 연다면 영화제의 열기가 더 고조되리라는 점이었다.” –선댄스Sundance 영화제를 왜 유타 주 윈터 파크에서 개최하는지에 대해, 로버트 레드포드

“할 일을 맡길 때마다 그는 명석하게 잘 해냈고 일을 더 많이 달라고

요구했다. 우리는 계속해서 그에게 일을 더 많이 주었다."

-왜 딕 체니가 자신의 뒤를 이어 대통령 수석보좌관직에 임명되었는지를 설명하면서, 도널드 럼스펠드

나는 더 좋은 성과를 내기 위해 반대로 행하는 사람들을 많이 보아왔다. 상반되는 행동이 상황에 적절하게 맞을 경우, 그 의미는 훨씬 더 커진다. 사고, 행동, 사회적 관계 모든 면에서 '반대로 행하기' 라는 규칙을 따른다면 여러분의 행동은 마침내 이 책에서 제시하는 6단계 행동 원칙으로 귀결될 것이다. 속도를 늦추고 침묵하고 경청하게 되면, 매 순간마다 반대로 행하는 것에 대해 생각해볼 여유가 생기게 된다. 그리고 그 순간들 중에는 분명 여러분의 이력을 결정하는 순간들이 포함되어 있다.

인생에서 최고의 성공이라는 퍼즐을 완성하기 위해서 여러분은 한 가지 일만 잘하면 된다. 그 한 가지 일이란, 남들이 하지 않는 것, 여러분이 일반적으로는 하지 않는 것을 '일부러' '계속해서' 하는 것이다. 그렇게 하려면 연습이 필요하다.

연습

이 책에 있는 모든 것들은 죽을 때까지 연습하고 실행해야 한다. 즉, 내가 언급한 것들은 모두 평생을 두고 의식적으로 반복할 필요가 있는 것들이다. 여러분이 수행 카리스마를 좋다고 생각하고, 여러분에게 수행

카리스마가 생기기를 바란다고 해서 저절로 생겨나고 증대되지는 않는다. 행동변화 전문가에 따르면, 어떤 행동이 습관이 되려면 3,000번은 반복해야 한다고 한다. 평소와는 다른 행동을 수년간 반복한 이후에도 자기 자신을 재삼 훈련시키기 위해서는 연습이 필요하다. 그리고 마침내 그것이 습관이 된 후에도 역시 꾸준히 노력해야 한다. 습관은 쉽게 사라지는 것이라 꾸준히 노력하지 않는다면 곧 잃게 될 것이기 때문이다.

어떤 사람이 똑같은 일에 대해 20년간 경험을 쌓았다고 해서 그것이 훌륭한 경력이라고 단정할 수는 없다. 때로는 초년 때 1년의 경험이 아무런 발전 없이 20년 동안 반복되기만 한 것일 수도 있다.

만약 여러분의 수준이 별 발전 없이 작년과 같다면 남에게 뒤쳐질 것이다. 에디슨은 10일마다 조그만 것을 발명하고, 6개월마다 중요한 발명을 하는 것을 목표로 삼았다. 에디슨이 물건을 발명했듯이 여러분은 늘 변화하고 발전하는 자기 자신을 발명한다고 할 수 있다.

6단계 행동 원칙 중에서 한 가지를 택하라. 그리고 하루 종일, 일주일 내내, 한 달 내내 그것을 실천해보라. 그런 다음 다른 한 가지를 더해서 주기적으로 반복하라. 선택하고 실천하지 않으면 어떤 일도 일어나지 않는다.

6단계 행동 원칙을 활용할 순간을 모색하라. 물론 그런 순간을 만들 기회는 앞서 말한 것처럼, 하루에도 800번 이상이나 있다. 이번 주에 당장 시작해도 좋은 것들을 몇 가지 제안하자면 다음과 같다.

6단계 행동 원칙의 활용

먼저 시작하라

- 중요하지만 말하기 곤란한 것들이 있다. 하지만 아직 상대편이 편하게 느껴지지 않더라도 말할 필요가 있다면 말하라.
- 자신을 좋아하지 않는 사람이라도 먼저 유쾌하게 대하라.
- 먼저 질문하고 부탁하라.

상대편이 인정해주기를 바라고, 상대편을 포용하라. 그것이 상호 존중을 유지하는 길이다

- 나를 주눅 들게 하는 사람과 이야기할 때 '나는 능력이 있으며 이 자리에 걸맞는 사람이다.' 라고 스스로에게 주지시켜라.
- 간혹 바보 같은 행동을 하는 사람이 있을 수 있다. 그렇더라도 그 사람 역시 '인간으로서 능력이 있다' 는 사실을 스스로에게 상기시켜라.
- 오늘 당장 낯선 사람, 가족, 동료를 칭찬하라.

질문하고 부탁하라

- 자신이 아는 것을 모두 말하려고 하지 마라. 오히려 상대편이 알고 있는 것에 대해 질문하라.
- 질문 속에 논평을 포함시켜라.
- 상대편에게 부탁하라. 그리고 상대편의 부탁을 들어주어라.

자신감을 가지고 똑바로 서서 미소 지어라

- 가슴을 쫙 펴고 배에 힘을 주어라.
- 불편한 사람과 이야기할 때에도 시선을 피하지 마라.
- 흥분되거나 슬플 때도 늘 미소 지어라.

인간적이 되어라, 유머러스해져라. 그리고 스킨십을 가져라

- 동료와 대화를 나눌 때, 첫 번째 경험 –첫 번째 좌절, 첫 번째 성공 등– 에 관한 이야기를 먼저 들려주어라.
- 쇼 프로그램에서 들은 재미있는 이야기를 함으로써 의도적으로 자연스러운 분위기를 만들어라. 쇼 프로그램 이야기가 아니더라도 분위기를 좋게 해줄 재미있는 이야기는 많다.
- 스킨십은 인간관계에서 늘 중요하다. 회의실에서 옆자리에 앉은 사람의 팔을 가볍게 쳐라. 누군가를 만날 때는 양손으로 악수를 하라.

보조를 늦추어라, 침묵하라, 그리고 경청하라

- 매시 정각이 되면 무엇이든 하던 일을 멈추어라. 자리에서 일어서서 호흡을 가다듬고 미소 지어라. 그리고 나서 하던 일을 계속하라.
- 말해야 할 것이 세 가지라면 한 가지로도 충분하지 않은지 확인해보라.
- 침묵하라, 그리고 지금 당장 얼마나 멀리서 나는 소리를 들을 수 있는지 집중해서 들어보라.

자신이 잘못할 것이 분명한 일, 불편하게 생각하는 일들을 집요하게 해보라. 그런 일들을 따로 적어두어라. 그리고 쉬운 것부터 골라서 점점 어려운 것으로 나아가라. 하루 종일 한다면 아무리 어려운 일이라도 다 할 수 있다. 저녁 시간에 그날그날을 정리하면서 진전된 바를 기록해두어라. 멋진 결과를 보게 될 것이다.

'연습 인생'이란 없다는 것을 기억하라. 여러분이나 내가 살고 있는 이 인생이 유일한 것이다. 멋진 인생을 만들기 위해서는 '현재의' 생에서 필요한 인생의 기술을 연마해야 한다.

미해군 특전단Navy Seals의 훈련 과정에 '편한 날은 어제뿐이다.'라는 말이 있다. 어떤 일이든 물러서지 마라. 최대한도까지 밀어붙여라. 더 나아지기 위해 노력하면 할수록, 다음 기회에 성공할 수 있는 가능성도 더 커진다. 실패를 초래하고 나쁜 행동을 반복하게 만드는 주범을 붙잡아라. 도움이 안 되는 쓸모없는 행동을 하지 마라. 다시 그 일을 할 때는 맹세코 쓸모없는 행동을 완전히 제거하고 전적으로 집중해야 한다. 일이 힘들 때면 잠시 긴장을 푼 뒤 다시 시도해보라. 조금만 연습해도 아주 큰 효과가 있음을 알게 될 것이다.

아주 높은 장애물을 앞에 두어라. 치워버릴 수도 없을 만큼 높은 것 말이다. 그래야 장애물과 부딪칠 때, 옆으로 치우고 대충 지나가는 일이 없어진다. 장애물을 극복하기보다 옆으로 치우려고만 한다면 발전이 없으며, 그 과정의 경험을 통해 뭔가 귀중한 것을 얻기도 힘들다. 즉, 장애물을 정면으로 극복하는 과정에서 얻어지는 귀중한 경험 말이다.

기술을 완벽하게 배우는 가장 좋은 방법은 상대편에게 그 기술을 가르쳐주는 것이다. 이것은 인류의 오랜 경험을 통해 터득된 진실이다. 자녀들부터 시작해서 친구와 다른 가족들에게 가르쳐주고, 상대편이 원한다면 동료에게도 가르쳐주어라.

일 처리에 있어 예전과 똑같은 방식만을 고집한다면 일의 변화는 더 요원해진다. 작가 스티븐 킹의 담당의는 재활 훈련을 하는 그에게 이렇게 충고했다. "지쳐서 더 이상 할 수 없을 때까지 충분히 하십시오. 그러고 나서 조금만 더 해보십시오." 이는 재활 훈련뿐 아니라 자기 자신의 진보를 위해서도 효과적이다. 그런 태도로 모든 일을 해나간다면 언젠가는 약진하는 날이 올 것이며 모든 것이 제자리를 찾게 될 것이다.

수행 카리스마를 갖추기 위한 핵심은, 여러분이 아직은 수행 카리스마가 그리 중요하지 않은 낮은 위치에 있을 때 필요한 것들을 연습하는 것이다. 여러분의 위치가 올라가고 진정으로 수행 카리스마가 필요해지는 시점에서는 '연습'이란 있을 수 없기 때문이다. 더구나 충분한 연습을 통해 체득하지 않은 상태에서 긴장이라도 하게 되면, 수행 카리스마를 제대로 발휘하기 힘들다.

연습의 장점은, 일단 끝없는 연습을 통해 스스로를 재훈련하고, 습관을 바꾸고, 기술을 향상시키고 나면 예전 습관으로 되돌아가는 것이 오히려 불편해진다는 것이다. 그만큼 몸에 익어 있다면, 무척 긴장하고 있을 때나 상황이 긴박할 때도 예의 그 태도를 유지할 수 있게 되는 것이다.

심리적인 연습도 실제로 하는 연습만큼이나 효과적이다. 육체적인 능력을 가지고 겨루는 것처럼 보이는 운동선수들 사이에서도, 실제 승부는 몸이 아니라 머리에서 나온다. 연구 결과에 의하면, 컨디션 조절의 75%는 심리적인 것이라고 한다. 타이거 우즈는 머릿속에서 공이 홀 안으로 굴러 들어가는 모습을 그린다. 크리스티 야마구치 -일본계 미국인 피겨스케이팅 선수, 92년 프랑스 알베르빌 동계 올림픽 금메달리스트- 는 빙상 위로 나가기 전에 마음속으로 미리 연습하고, 마이클 조단도 코트로 되돌아가기 전에 마음속으로 연습해본다.

어떤 일을 하려 하면 반드시 마음속으로 먼저 연습해보라.

심리적 연습의 또 다른 형태는, 마치 역할 바꾸기처럼 낙관적인 태도로 부정적인 관점을 취하는 것이다. 보통 머릿속으로 상상할 때는 모든 일에 긍정적인 태도를 취해야 결과가 좀 더 좋아진다는 것이 심리학계의 일반적인 견해였다. 그러나 최근 연구 결과에 의하면, 어떤 사람의 경우에는 상황에 대해 부정적인 관점을 가지는 것이 더 나은 결과로 이어진다고 한다. 그런 사람들은 밝고 낙관적인 전망보다 부정적인 결과에 대해 직접적으로 생각해봄으로써 훨씬 더 침착해지고 냉정해지기 때문이다. 자신의 계획이 틀어지게 될 모든 경우를 상상해보라. 그리고 그런 재난을 막을 방법을 계획해보라. 다시 말하면 일이 잘못될 경우를 미리 생각해보고, 그 대처 방법까지도 미리 준비하라는 것이다. 일이 잘못됐을 때 준비되지 못한 상태에서 화들짝 놀라는 것보다는 훨씬 나을 것이다.

변화의 방법 중에서 여러분이 어떤 것을 선호하든, 효과적인 것을 선택해 지속하는 것이 중요하다.

올림픽 출전 선수의 코치들은 모두, 자신이 맡고 있는 선수들에게 '정신 훈련 체육관' 에서 시간을 보내도록 한다. 미국의 다이빙 선수인 미셸 데이비슨은 "신체적인 능력 면에서 보면 모든 선수들은 거의 대등한 수준이다. 누가 정신력을 계속 유지할 수 있는가에서 차이가 드러난다."고 말한다. 온 신경을 집중하게 되면 실제로 운동하고 있을 때와 똑같이 신경계의 순환을 자극한다. 하버드 대학의 스티븐 코슬린은 심리적 훈련에 대해 이렇게 설명한다. "운동선수들에게 있어 중요한 것은 시각적 심상이 두뇌의 시각 대뇌피질을 활성화하듯이, 움직임을 상상하면 운동신경 대뇌피질이 활성화한다는 사실이다." 상상, 즉 정신적인 것이 육체에 직접적으로 영향을 미친다는 것이다.

머릿속으로 연습할 때는 재미있게 하라. 자신이 어느 회사의 본사 신축 건물 복도를 걸어가고 있다고 그려보라. -여러분을 모시러 집에까지 온 회사 차를 타고 온 것이다- 바쁘게 돌아다니는 사람들은 당신을 만나면 깍듯한 눈빛으로 "좋은 아침입니다, 사장님."이라고 인사한다. 중역실 밖에 있던 비서가 일어서서 예의 바르게 인사하고 안으로 안내한다. 여러분이 방으로 들어가면 방 안에 있던 사람들은 말을 멈춘다. 가식적인 충성심에서가 아니라 여러분이 말하는 것을 진심으로 듣고 싶어 하기 때문이며, 여러분이 입고 있는 옷을 눈여겨보고, 여러분의 존재를 느끼고, 여러분의 지휘를 따르고, 여러분의 생각을 다른 사람들에게 전해주고 싶어 하기 때문이다. 그 방에 들어가는 것은 아침 식사를 하러 자기 집 주방에 들어가는 것만큼이나 편하게 느껴진다. 그로 인한 시너지 효과는 여러분 및 거기 있는 사람들 모두를 충전시킨다. 전략적으로 활기차게 일에 임할 때, 여러분은 더할 나위 없음을 느낀다.

이와 상반되게 복도를 터벅터벅 걸어갈 때, 아무도 건드리지 못하도록 손을 주머니에 넣고 발을 질질 끌며 걷는다면 얼마나 이사회 임원들을 두려워하게 만들고 주눅 들게 만드는가. 만나는 사람들은 눈을 돌리고 때로 칸막이 뒤로 숨어 버리기도 한다. 비서는 마지못해 짐짓 표정을 가다듬고 일어서서 맞아주거나 하는, 별 다른 노력 없이 그저 들어갈 방을 손으로 가리킨다. 여러분이 걸어 들어가도 아무도 개의치 않는다. 말을 멈추거나 쳐다보는 사람도 없고, 심지어 여러분이 거기 있다는 사실에 신경 쓰는 사람조차 없다. 여러분은 천덕꾸러기 아이처럼 보인다. 한 친구는 이런 상황을 이렇게 비유했다. "동거하는 사람의 부모님을 첫대면하는 격식 있는 모임에서, 모두가 정장을 차려입은 가운데 혼자서 구멍 뚫린 청바지를 입고 있는 것처럼 불편하게 느껴질 것이다." 방 안에 가득해야 할 의욕들이 마치 엎질러진 물처럼 줄줄 새 나가고 있는 것이다. 그 자리는 주간회의 장소가 될 수도 있고 주간 패배의 장이 될 수도 있다. 그것은 여러분에게 달려 있다.

자, 이제 여러분 스스로 자신만의 수행 카리스마를 형성할 기회가 왔다!

내가 모르는 것도 물론 많겠지만 이것만은 확실히 안다. 과거를 위해 할 수 있는 일보다는 미래를 위해 할 수 있는 일이 더 많다는 것이다. 과거에 무엇이 될 수 있었고 무엇을 할 수 있었는지, 지금이라도 알아내기만 한다면 결코 늦은 것은 아니다.

여러분의 나이가 많든 적든 간에 바로 지금이 수행 카리스마를 시작할 시간이다. 나를 믿어라. 지금 바로 시작하지 않는다면 후회는 더 커질 것이다. 만약 20년 후의 여러분이 지금 현재의 여러분 자신에게 무슨 말인가를 할 수 있다면, 아마 이렇게 말할 것이다. "다행히도 아주 적절한 때에 시작해주었군요."

록 그룹 롤링 스톤즈의 평균 연령은 40대 중반이다. -GM사 중역들의 평균 연령은 겨우 48세이다- 나이에 관해 록 가수 '로드 스튜어트'

는 별로 개의치 않는다. "쉰 살에 록 스타가 되는 것은 나이에 상관없이 음악을 얼마나 잘하느냐에 관한 문제이다." 여러분 자신만의 고유한 수행 카리스마는 나이나 지위에 상관없이 여러분이 어떻게 수행 카리스마를 터득하는가에 달려 있다.

위대한 테니스 스타 존 맥켄로는 승부에 관해 이렇게 말했다. "실제로 지기 전까지는 이기느냐 지느냐는 문제가 되지 않는다." 수행 카리스마가 있다면 여러분은 오늘 당장 '승리'를 위해 무언가를 시작할 수 있다.

사람들은 '좋은 하루 되세요.'라고 말하길 좋아한다. 이 책의 내용대로 산다면 틀림없이 그 말대로 될 것이다. 여러분이 잘 해나간다면 이는 효과가 있을 것이다. 그렇지 않다면 효과도 없다.

사실 수행 카리스마 없이도 견실한 시민이 될 수도 있고 돈을 많이 벌어들일 수도 있다. 하지만 수행 카리스마를 갖추면 더 흥미롭고 재미있으며 가치 있고 만족스런 삶이 될 것이다. 잠재력을 완전히 발휘하면 빈둥거리는 시간이 줄어들 것이라는 사람들의 말은 사실이다.

수행 카리스마에 있어 쉴 수 있도록 허락된 시간은 없다. 위대한 무용가 루디 누레예프가 항상 춤을 생각하고 춤을 추면서 살아가듯이, 여러분도 그처럼 일에 대해 일관성을 가져야 한다. 누레예프는 언제 어디서나 –심지어 창가로 걸어가거나, 문을 향해 걸어갈 때조차도– '춤'을 추곤 했다.

이처럼 여러분도 삶에서 추어야 하는 '수행 카리스마'라는 댄스를 쉬지 않고 계속 추어야 한다. 정히 쉬고 싶은가? 그렇다면 욕실처럼 완전히 혼자 있는 공간에서 잠시 휴식을 취하라.

이미 자신의 일을 충분히 잘하고 있는 상태에서 퍼즐의 마지막 부분을 덧붙여 완성하고자 하는 상황이라면, 여러분이 하지 못할 일은 없다. 모든 것이 가능해지는 것이다. 그러고 나면 적어도 '할 수 있는 것은 모두 다했다' 는 생각이 들 것이고 그것만으로도 마음의 평정을 경험할 것이다. 물론 그런 사람이라면 작가 루이스 라모르가 말한 것처럼 "운명이 두려워 멈추는 사람이야말로 불쌍한 사람이다!"라는 뒤늦은 후회 따위는 하지 않을 것이다.

수행 카리스마 : 6단계 행동 원칙 요약

1. 먼저 시작하라

- 두려움을 없애거나, 아니면 최소한 피하라.
- 순간을 포착하고, 어떤 식으로든 행동을 취하라.
- 일관성을 가져라.

2. 상대편이 인정해주기를 바라고 상대편을 포용하라

- '나는 능력 있고 적합한 사람이야.' 라고 스스로에게 말하라.
- 상대편이 인정해주기를 바라는 것처럼 행동하라.
- 상대편이 인정해주지 않더라도 꾸준히 노력하라.
- 상대편에 대해 '능력 있고 유능한 사람' 이라고 생각하라.
- 상대편을 대할 때 유능한 사람으로 대하라.
- 그럴 만한 가치가 없어 보이는 사람에게도 꾸준히 열린 태도를 보여라.

- 시종일관 황금률을 좇아라.
- 자신의 관점을 택하고 컨트롤하라.
- 자신과 상대편, 그리고 삶에 대해 낙관적인 태도를 취하라.

3. 질문하고 부탁하라

- 단어와 어조를 신중하게 선택하라.
- 체계적으로 질문하라.
- 먼저 정보를 주어 원하는 답을 유도하라.
- 말하라 : '부탁 좀 들어주시겠습니까?' 라고.
- 부탁은 간단하고 명확하게 하라.
- 고마움을 표시하라.

4. 자신감을 가지고 똑바로 서서 미소 지어라

- 자신이 가진 것에 만족하고 그것을 최대한 활용하라.
- 자세를 바로하고 배에 힘을 주고, 호흡을 가다듬어라.
- 이 순간부터는 건강하고 균형 잡힌 자세로 살겠다고 다짐하라.
- 턱의 긴장을 풀고, 입을 약간 벌리고, 양쪽 입가를 올려라.
- 시선을 고정하고 눈빛을 잘 활용하라.
- 항상 웃는 표정을 유지하라.

5. 인간적이 되어라, 유머러스해져라, 그리고 스킨십을 가져라

- 사람들을 그 역할로만 대하지 말고 친근하게 대하려고 노력하라.
- 상대편이 여러분에게 친근하게 대하지 않더라고 상대편을 친근

하게 대하라.

- 도를 지나치지 마라.
- 유머의 소재를 발굴하도록 노력하라.
- 항상 유머를 구사하라. 그것도 상대편보다 먼저 유머를 구사하라.
- 태도를 올바르게 하라. 테크닉을 잘 발휘하라.
- 일관성을 가져라.

6.보조를 늦추어라, 침묵하라, 그리고 경청하라

- 생각하라, 우선순위를 정하라, 그리고 선택하라.
- 실행하라.
- 원칙을 일깨워주는 연상 장치를 활용하라.

7.퍼즐의 완성

- 반대로 행하라.
- 연습하라.

자, 지금이 바로 여러분이 자신만의 수행 카리스마를 만들어낼 기회이다. 지금 당장 시작하라!

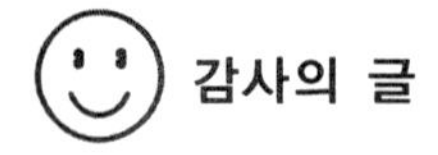

감사의 글

리더십을 마스터하는 6단계 행동 원칙을 완성하기까지 자신들의 경험을 기꺼이 제공해준 많은 분들께 특별한 감사를 드린다.

Adlai Howe, *vice president, Intraluminal Therapeutics*

Andrew Basile, *partner, Cooley Godward LLP*

Anne McCarthy, *dean, University of Baltimore, Merrick School of Business*

Athenia Figgs

Bill Coleman, *founder/former chairman and CEO, BEA Systems*

Bob DeWaay, *senior vice president, Bankers Trust*

Carol Ballock, *Burson-Marsteller*

Caroline Creager, *president, Executive Physical Therapy*

Cathi Hight, *president, High Performance Group*

Cathinka Wahlstrom, *partner, Accenture*

Cdr. Hal Pittman, *public affairs officer, U.S. Navy*

Chet Kapoor, *vice president and general manager, BEA Systems*

Chris Vargas, *CEO, F-Secure*

Cliff Hamblen, *president, Hamblem Sales*

Craig Watson, *CEO, Payment Engineering*

Curt Carter, *chairman and CEO, America, Inc.*

Cynthia Liebrock, *president, Easy Access to Health*

Cyril Cocq, *ph.D., engineer, Altran Technologies*

Dale Fuller, *CEO, Borland Software*

Daryl Brewster, *group vice president, Kraft Foods*

Dave Hardie, *managing director, Herbert Mines Associates*

Deb Hersh, *vice president, Home State Bank*

Don Gulbrandsen, *CEO, Gulbrandsen Technologies*

Doug Conant, *president and CEO, Campbell s Soup Company*

Filemon Lopez, *vice president, Comcast*

Gayle Crowell, *partner, Warburg Pincus*

Gene Pope, *vice president, e-commerce platforms, Amazon*

Greg Eslick, *president, ISTS*

Hal Johnson, *partner, Heidrick & Struggles*

Jack Falvey, *founder, MakingtheNumbers.com*

James Mead, *president, Mead & Associates*

Jeff Cunningham, *CEO, Jeff Cunningham Partners, Inc.*

Jerome Davis, *president-Americas,*
EDS Business Process Management

John Bianchi, *president, Frontier Gunleather*

John Krebbs, *CEO, PAC*

John Slagle, *global market manager, General Electric*

Kal Zeff, *CEO, Carmel Companies*

Kate Hutchinson, *senior vice president, marketing, Citrix Systems*

Kathleen O Donnell, *partner, Advent*

Kent Hayman, *CEO, ServiceWare Technologies*

Kerry Hicks, *president and CEO, HealthGrades, Inc.*

Lawrence Land, *attorney*

Lynn Canterbury, *CEO, Horsetooth Traders*

Mark Gunn, *vice president, people, eMac Digital*

Mark Robbins, *founder, Red Chip*

Maury Dobbie, *president and CEO, MediaTech*

Michael Nieset, *partner, Heidrick & Struggles*

Michael Trufant, *CEO, ConnectUtilities.com*

Michele Fitzhenry, *vice president, TRRG*

Mike Wilfley, *CEO, A.R. Wilfley & Sons, Inc.*

Mindy Credi, *vice president, human resources, PepsiCo*

Natalie Laackamn, *chief financial officer, eMac Digital*

Nimish Mehta, *group vice president, Siebel Systems*

Pam Curtis, *president, Manfredo Curtis Consultants*

Pam Lawlor, *category leader, Quaker Oats*

Paul Schlossberg, *president, DFW Consulting*

Pat Stryker, *chairman, Bohemian Companies*

Peter Mannetti, *partner, iSherpa Capital*

Ragesh Jolly

Reuben Mark, *chairman and CEO, Colgate-Palmolive*

Richard Torrenzano, *chairman and CEO, The Torrenzano Group*

Rick O' Donnell, *Colorado Governor' s Office*

Russ Umphenaur, *CEO, RTM Restaurant Group*

Stephen Largen, *CEO, MacDermid Printing Solutions*

Steve Milovich, *senior vice president, human resources,*
The Walt Disney Company

Ted Wright, *CEO, The Aslan Group*

Thoko Banda, *deputy ambassador, Embassy of Malawi*

Visda Carson, *partner, Accenture*

Wynn Willard, *chief marketing officer, Hershey Foods Corp.*

Yvonne Hao, *McKinsey & Company*